人生忽然

韩少功 作品

湖南文艺出版社

图书在版编目(CIP)数据

人生忽然 / 韩少功著 . -- 长沙 : 湖南文艺出版社，
2021.10（2024.3 重印）
ISBN 978-7-5726-0326-6

Ⅰ . ①人… Ⅱ . ①韩… Ⅲ . ①散文集－中国－当代
Ⅳ . ①I267

中国版本图书馆 CIP 数据核字 (2021) 第 170708 号

# 人生忽然

RENSHENG HURAN

韩少功 / 著

出 版 人　陈新文
责任编辑　杨晓澜　陈漫清
责任校对　彭　进
插　　画　蔡　皋
书籍设计　肖睿子

出版发行　湖南文艺出版社
　　　　　（长沙市雨花区东二环一段508号　邮编：410014）
网　　址　http://www.hnwy.net
印　　刷　长沙超峰印刷有限公司
经　　销　新华书店
开　　本　787×1092　1/32
印　　张　12.25
字　　数　255千字
版　　次　2021年10月第1版
印　　次　2024年3月第5次印刷
书　　号　ISBN 978-7-5726-0326-6
定　　价　59.00元

读大地

2015.12

此文最初发表于2016年《十月》杂志，
已译为西班牙文在境外发表

守住秘密
的舞蹈

## 总统的尴尬

飞行三个半小时，转机等候四小时；

再飞行十四小时，转机等候五小时；

再飞行九小时……差不多昏天黑地两昼夜后，飞机前面才是遥遥在望的安第斯山脉西麓，被人称为"世界尽头"的远方。

随着一次次转机，乘客里中国人的面孔渐少，然后日本人和韩国人也消失了，甚至连说英语的男女也不多见，耳边全是叽叽喳喳的异声，大概是西班牙语或印第安土语，一种深不见底的陌生。但旅行大体还算顺利。只是不再有机场提供行李车，行李传送带也少得可怜，以致旅客们拥挤不堪热汗大冒，一位机场人员还把我和妻子的护照翻来翻去，顿时换上严厉目光："签证！"

我有点奇怪，把美国签证翻给他看，告诉他数月前贵国早已开始对这种签证予以免签认可。

他似乎听不懂英语，又把护照翻了翻，将我们带到另一房间，在电脑上噼里啪啦查找了一阵，没查出下文；翻阅一堆文件，还是没找出下文，最后打了一个电话，这才犹犹豫豫地摆摆头，让我们过了。

这哥们对业务也太生疏了吧？

这几个月里他就没带脑子来上过班？

接待我们的S先生听说这事哈哈一笑，说智利的空港管理已属上乘，拉美式的乱劲儿应该最少。想想不久前吧，中国总理前来正式访问，女总统亲自主持的迎宾大典上也大出状况，音响设备播放不出国歌。有关人员急得钻地缝的心都有。中国总理久等无奈，只好建议，不要紧，我们来唱吧。女总统于是事后向歌唱者们一再道歉和感谢：你们今天真是帮了我一个大忙啊。

这一类事见多了也就没脾气了。临到开会了会议室还大门紧锁，钥匙也不知放在何处。好容易办妥了留学签证和入学手续，上课一天后却不知去向。约会迟到不超过半小时的，已是这里最好的客户。领工资后第二天还能在酩酊大醉中醒来上班的，已是这里最好的员工。你能怎么样？一位在墨西哥打拼多年的广东B老板还说，有一次，几个有头有脸的墨方商业伙伴很想同中国做生意，他把他们带到广交会，特地设一豪宴，替他们联系了局长、副市长什么的，但等到最后也没等来求见者。更气人的是，事后问他们为何失约，为何关手机，他们在夜总会玩得正爽，笑一笑，就算是解释了。

B老板说，笑笑还是好的呢，不然他们会搬出九十九个理由来证明自己根本没错，比如中国人为什么要做金钱的奴隶？

其实拉美人不都是这样粗枝大叶、吊儿郎当、寻欢作乐甚至好吃懒做，不都是"信天游""神逻辑"的主儿。但放眼全世界，连智利这样高度欧化的国家也有盛典上的离奇尴尬，其他地方掉链子的还会少？

军人政权频现大概也就事出有因了。在过往的百年动荡里，大凡后发展国家都挣扎于农业文明溃烂过程中的贫穷和愚昧，面对社会"一盘散沙"的难题。要聚沙成塔，要化沙为石，要获得一种起码的组织化和执行力，如果不依重政党（如俄国、中国等）和宗教（如伊朗等），大概就不能不想到军人了。当混乱与高压的两害相权，总得挑一个轻。当自由与温饱无法两全，光在理论上把它们捏拢了搓圆了，又管什么用？军队是一道整齐而凌厉的色彩，具有统一建制、严格纪律以及强制手段，配以先进通信工具，还有大多数领军人的较高学历。一旦遭遇社会危机，这道色彩便最容易在各种力量的竞争中脱颖而出，成为碎片化社会最后的应急手段。于是，城头变幻大王旗，炮声是最有效的发言，右翼的布兰科（巴西）、翁加尼亚（阿根廷）、阿马斯（危地马拉）、阿尔瓦雷斯（乌拉圭）、德·弗朗西亚（巴拉圭）等，左翼或偏左翼的贝拉斯科（秘鲁）、卡斯特罗（古巴）、阿本斯（危地马拉）、贝隆（阿根廷）等，都是穿一身戎装走向国家政治权力巅峰。

中国人所熟悉的切·格瓦拉，记忆中定格为头戴贝雷帽的那位现代派耶稣，日后被流行文化不断炒卖的那位正义男神，献身于玻利维亚山地战场，其实也是这众多故事中未完成的一个。

与格瓦拉不同，智利前陆军总司令皮诺切特得到了美国中情局的支持。他用坦克攻下了国防部，然后下令两架英国造的"猎鹰"战斗机升空，至少向总统府所在的拉莫内达宫发射了十八枚导弹，一举剿灭了民选总统阿连德——这件事曾在中国广为人知。这一幕狂轰滥炸，我在四十多年后聂鲁达博物馆的小电影上才得以目睹。播映厅里突然浓烟四起。观众面前的飞机俯冲尖啸。当时头戴钢盔的总统拒绝投降，操一把 AK-47，率几十个官兵正在做最后抵抗，再一次留下现代骑士的悲壮身影。作为他的密友，获得诺贝尔文学奖的社会主义者，聂鲁达却帮不上什么忙。他所能做的，就是坐在我眼下抵达的这个海滨别墅，这个著名的船形爱巢，在政变的十二天后郁郁而终。他留下了第三任漂亮的妻子和桌上大堆的革命诗和爱情诗。

有意思的是，皮诺切特以密捕和暗杀著称，欠下了三千多（**另一说是两万多**）条人命的血债，日后受到国际社会几乎一致的谴责。但他的经济政策在智利一直陷入争议。至少很多人认为，正是他治下十七年的强制改革，使自由化行之有效，赢得了经济提速，奠定了日后繁荣的基础——这样说，是不是不够"政治正确"？

是不是涉嫌给恶名昭著的军人独裁洗地？其实危地马拉人评价他们的前总统阿本斯也是如此。尽管很多人厌恶那位左翼军头的土地改革、没收买办资产、反殖反美的外交政策，恨不能将其批倒斗臭，但大多数还是承认，至少是私下承认，他左右政局的十年（1944—1954）算得上该国历史上最为光辉的十年——这事又能不能说？

眼下，无论左翼右翼，将军、校尉们的背影都逐渐远去，太多往事成了一笔糊涂账。很多当事人已不愿向后人讲述当年。何况流行的这主义那主义，已把往事越说越乱，越说越说不清了。

"谁是皮诺切特？"一对智利青年男女面面相觑，没法回答我的问题，只能在酒吧里继续玩手机。

"甲级联赛里没一个这样的球星啊。"另一位睁大眼睛。

我没法往下问。

拉莫内达宫在窗外那边一片清冷，早已消除了墙垣上的累累弹痕，只有一群鸽子腾空而起悠悠地绕飞。


## 群楼的天际线那边


飞机降落哥伦比亚首都波哥大，夜幕缓缓落下了。时间还早，但这个七百万居民的大都市已静如死水，连中央闹市区的街面也空空荡荡，除了昏昏路灯下三两黑影闪现，大概是流浪汉或吸毒者。

商家们都已关门闭户，到处一片黑灯瞎火，连吃个三明治的地方也没法找。我们没备随身食品，看来今天得苦苦地饿上一夜了。

一个特别漫长和寂静的夜晚。

受饿的原因不难猜想。第二天一早，发现宾馆大门以紧锁为常态，保安大汉须逐一验明客人身份才放行出入。几乎每个小店都布下了粗大的钢铁栅栏，用来隔离买卖双方，以致走入店铺都有一种探监的味道。陪同我们的 S 女士感叹，哥伦比亚诞生了文学巨匠加西亚·马尔克斯，却以毒品和犯罪率闻名于世。不要说街头抢劫，就是入室打劫，我的妈，她刚来两个月就有幸领教过一回。

在她的指导下，我们绷紧神经，全面加强戒护，但百密难免一疏，躲过了初一没躲过十五。到麦德林的第三天，时时紧捂的挎包还在，单反相机等也一五一十安然无恙，但就在挤上轻轨车的瞬间，导游的手机还是不翼而飞。

他是热心前来带我们观光的一位前外交官。

我们觉得很对不起他。

我们由轻轨转乘缆车，很快就腾空而起，越过屋顶和街市，进入了麦德林楼群天际线的那一边。恍若天塌地陷，轰的一声，浩如烟海的棚户区突然在眼前炸开，顺着山坡呼啦啦狂泻而下，放大成脚底下清晰可见的贫民窟，一窝又一窝，一堆又一堆，一片又一片，似乎永无尽头。砖头压住的铁皮棚盖，偏偏欲倒的杂货店，戏耍街头的泥娃子，扭成乱麻的墙头电线，三五成群的无业者，还有随处可见的污水和垃圾……梅斯蒂索（混血群体）的妖娆脸型和挺拔身姿，就是高鼻、卷发、翘臀、长腿的那种，出入这一片垃圾场，注解了欧洲血脉的另一种命运，足以让很多中国人恍惚莫名，也惊讶不已。

据联合国机构估计，超过1/4的拉美城市居民住在这种建筑的"矮丛林"[1]，构成了包围一座座城市的贫困海洋，其中以里约热内卢和墨西哥城的巨大规模最为壮观。照理说，巴西和墨西哥，两个地区强国被很多拉美人一直视为"次等帝国主义"，二鬼子似的角色，够风光的，够牛气的，它们尚且如此，麦德林这一角又算得了什么？连阿根廷这个二战结束时的世界经济十强之一，拉美的白富美和高大帅，也野蛮地逆生长，从一个发达国家一路打拼成发展中国家，一度下探至年人均产值两千多美元（2002年），麦德林又能怎么样？

显而易见的是，失败的农业政策抛出了失地农民大潮，虚弱的工业体系又无法将其吸纳，只能把他们冷冷地阻挡在此。各种相关的改革半途而废。说好的"涓滴效应"并未显灵，利润并未自动得到扩散和分享，至少未能越过城市群楼的天际线。都市资产阶级这匹小马，"还未发育就已经衰老"（加莱亚诺语），怎么也拉不动贫民窟郊区这辆大车。

一座摩登建筑光鲜亮丽，鹤立鸡群，冲着我们放大而来。导游说，这并非本地贩毒集团的善举（这样的善举有过一些），而是欧洲某

[1] 引自《拉丁美洲：被切开的血管》，加莱亚诺著，王玫等译，人民文学出版社，2001年版。

国援建的一个图书馆。这事当然值得鼓掌和献花——教育扶贫不失为国际会议上的高尚话题。但图书馆情怀可感，一尊高冷的知识女神却有点高不可攀，与四周棚户区的生硬拼贴让人困惑。想想吧，当西方强国数百年来强立各种城下之盟，把拉美脆弱的国家主权像钟表零件一样一个个拆卸，靠一种低价购买资源／高价倾销商品的简单模式，包括用炮舰和奴隶制开启这种模式，用银行家、技术专利、跨国公司、国际货币基金组织延续这种模式，从这里吸走了海量的土地、黄金、白银、矿石、蔗糖、石油、木材、咖啡之后，再戳几个孤零零的情怀亮点，是否更像富人的道德形象工程，不过是捐赠者玩一把风度自拍？

几个图书馆真是法力无边，能释放神奇的爱和知识，一举化解掉这遍地黑压压脏兮兮的经济发展废料？

即使它们能哺育出来一些大学生，谁能保证他们不会再一次迅速流失，不过是为强国及时供应的小秘或"码奴（程序员）"？

"中等收入陷阱"，就是最先用来描述拉美的流行概念。这种含糊的说法常把板子打在穷国自己身上，只说其一不说其二，似乎并未揭破事情的最大真相。很多拉美人不会忘记，获过诺贝尔和平奖的美国总统西奥多·罗斯福曾自豪地宣告"我拿到了运河"，引来美国听众们的如潮欢呼。这话的意思是，他成功地肢解了大哥伦比亚，实现了巴拿马的分离，获得了一条连接两大洋的战略性通道。作为对受害国的补偿，美国只是支付了2500万美元。

差不多也就是一个图书馆的价格。

西蒙·玻利瓦尔（1783—1830）被誉为"南方的华盛顿"，以一生见证了拉美的旧痛新伤，一次次资本盛宴留下的满目苍凉。这位被委内瑞拉、秘鲁、哥伦比亚、厄瓜多尔、玻利维亚、巴拿马六国所共尊的民族之父，眼下已化为广场上神色忧郁的雕像。他曾目睹油田和矿井积尘弥漫，街道满是泥泞，商店已成瓦砾，旧楼房千疮百孔。一些失业者携带钢丝锯潜入臭水潭，把废弃的油管或井架一节节锯下来，当废铁变卖以聊补生计。一座座被掏空的矿区陆续坍塌，把美丽山峰塌得面目全非，只剩一个空架子。据说每到风雨之夜，人们就能在这里听到往日机器的震天轰鸣，听到当年神父为死亡奴工们做弥撒的呼号，看到天空闪电中一张张布满血污的脸。

孤独的雕像当年还看见了复活节前的情景，原住民在游行队伍中演示一种奇怪仪式，一种恐怖的集体受虐狂热。他们背负沉重的十字架艰难前行，用鞭子猛烈抽打自己，抽得自己全身皮开肉绽，似乎在渴求死神早一点降临。"太好了！我感到天越降越低，末日要降临了！我信仰虔诚！我盼望接受审判！"一个印第安后裔喜极而泣地这样呼喊。

民族之父闭上了眼睛，临终前对一位叫乌达内塔的将军说：

我们永远不会幸福。

永远不会！

似乎是印证雕像的那一预言，很多拉美人日后不幸沦为罪犯。有人说，法律在拉美"得到尊重但不必执行"。在正义和罪恶之间，一些游击队形象模糊，出没于山地或丛林，用血与火发泄深仇大恨，偶尔或经常靠毒品交易支撑财务（有些政府也如此）。共产主义，自由主义，民族主义……他们旗号各别，但似乎并未把旗号真当回事，没怎么过脑子，无法将其落实为有效的社会建设。"大猩猩中尉""讨厌鬼""秃鹰""红皮人""吸血鬼""黑鸟""平川让人恐惧"……他们的首领绰号也大多这样，更像是出自神话、梦幻以及醉酒，有怪力乱神之风。不用说，随着全球思潮的转向，随着政府军逐渐增添了震爆弹、直升机、卫星制导技术，流寇们不大容易成气候，有关故事正越来越少。

　　如果"共产主义""自由主义""民族主义"这些外来词不好使，多少有点水土不服，总是用着用着就串味，那么天主教当然是更便捷的思想资源。天主教在拉美树大根深。1968年第二届拉美主教会议正是在麦德林召开，其文件中首次出现"解放"一词，涉及和平、公平正义、贫困、发展主义等尖锐话题，形成了"解放神学"的起点，亦为三年后古铁雷斯神父《解放神学》皇皇巨著的先声。这种神学强调穷人立场和社会行动，无疑是一种贫民窟的神学，宗教中最有现实关怀的一脉，最接近当代人文社会科学的一脉，其影响波及非洲和亚洲。梵蒂冈教廷后来也对其给予部分包容。

　　不过，政教分离的传统毕竟在那里，正如我在麦德林的一座教堂里，曾听到神父如此循循善诱："可怜的人，亲爱的兄弟姐妹，你们不要害怕自己经受那么多痛苦。贫穷只是伤害了你们的身体，你们的灵魂却永远是自由的。""有那么一天，相信吧，你们也能飞往幸福的天堂。"显然，这种"解放"不还是远离人间而仍在天堂？

神父们披挂长袍，能抗议，能济贫，能抚慰众生，但他们能分身无数天地通吃，具体处理好金融危机、铁矿贸易、IT技术、英阿两国争夺马岛之战这样的俗事？或者，能助产一种强大的社会思潮和社会运动，像当年新教伦理那样，助产"资本主义精神"（马克斯·韦伯语），进而翻开整个世界历史新的一页？像当年写下《太阳城》的康帕内拉修士和写下《乌托邦》的莫尔修士那样，助产一种共产主义理想，再现苏维埃运动的世纪赤潮？

我很好奇。

我只知道，贫民窟的神学，最终得用贫民窟的事实来检验和亲证。


## 南北渐行渐远


尤卡坦半岛的平原天高地阔，墨绿色热带丛林一望无际。常常是数百公里之内渺无人烟，也没有公路服务区和加油站。长途大巴不但要备足燃油，还须自备厕所，因为乘客一旦离开车厢，哪怕只走出七八步，也会立刻遭遇毒蚊的包围和攻击——看似宁静的风景里其实杀机四伏。

如果中途抛锚，唯一的脱险办法就是打电话，等待警方的拖车。

玛雅文化遗址奇琴伊察就坐落在这片丛林。这里有金字塔、天文台以及环形足球场。如果说医学曾领跑古老的印加文化，那么玛雅文化的强项无疑是天文学、建筑学以及艺术了。足球场的声学结构至今成谜。也就是面对石砌的四方看台，不知得助于何种巧妙的建筑设计，裁判位置上发出的人声，竟能清晰地传达给远远的球员，丝毫不输北京天坛的回音壁，相当于原始的扩音器。玛雅先民们的赛制也惊世骇俗：经过多番苦战后，当球队队长将球踢进高高的石圈，胜负决出，全场欢呼，这位明星队长得到的最终奖赏，竟是戴上花环后旋即被砍头——众多砍下的头颅已雕刻于石碑，组成了漫长碑廊，至今仍在昭示荣耀和幸福。

那一种幸福观，那一种逻辑和文明，只能让大多现代人惊疑。

玛雅有过巨大而繁荣的城市，但与印加文明、阿兹特克文明的命运相似，这一切长期被湮灭，直到很久后才得以部分发现。这也许是因为有关典籍和文物流散，也许是掩盖历史更有利于反衬外来殖民者的救世功德。确实，殖民者来了，从海平面那边来，带来了奇异和高效的犁、玻璃、火药、轮子、滑膛枪、大帆船，同时也带来了无情的战争屠杀，还有意外的生物灾难——据巴西人类学家达西·里贝罗在《印第安人与文明》中估计，由于对新的疾病没有任何抵抗力，近半数印第安人在接触白人后就苍蝇般地一堆堆死去。

不过，五千万（**另一说为六千万**）印第安人的消失主要发生在北美——否则，南边就不可能留下这么多混血的后代，不会流淌着这么多褐色面孔。一位读过《马桥词典》的读者说，这里有关混血的命名特别多。描述白男配褐女有一个词，描述白女配褐男又有一个词。描述混血二代配一褐另有其词，描述混血二代配一白也另有其词。还不够烦琐是吧？他们描述混血三代配一白或一褐，居然还是各有其词……他说，这与你那书中提到的海南岛渔民涉鱼词汇量特别大，可谓异曲同工。

据《全球通史》指认：殖民者在拉美杀人，比北美那边杀人相对要少。这一点值得重提。相对于培根、孟德斯鸠、休谟等新派精英一脸的冷傲，拒绝承认自己与新大陆"卑贱的人"同类，坚持三六九等人种分类的"科学"，倒是保守的梵蒂冈有点看不下去。教皇保罗三世于 1537 年发布圣谕，称印第安人为"真正的人"，建议以归化代替杀戮——这似乎对天主教所覆盖的拉美影响甚大，也戳痛了启蒙新派的一根软肋：几近给殖民暴力铺垫过理论依据。不出所料，后来有人怀疑这一圣谕的真实性，甚至怀疑相关说法不过是出于天主教对新教的嫌隙与成见，一如所有批评资本主义的言论，只要是出自梵蒂冈，都可能被疑为别有居心。怀疑者以此维护"启蒙 vs 保守"的标准化现代史观。但无论如何，档案馆里天主教传教士们（如卡萨斯等）的信件，载有对新教人士暴行的明确痛斥[1]，却是事实。上述有关混血的词汇遗存，也不失为相关证据。

[1] 见《全球通史》，斯塔夫里阿诺斯著，吴象婴等译，北京大学出版社，2006 年版。

在这种情况下，一个混血的拉美，一个浅褐色加深褐色（为主）的拉美，与地图上那个白色（为主）的北美，逐渐形成了令人惊心的明显色差。哪一方杀人更多，眼下往摩肩接踵的大街上随便一看便知。

好吧，多杀和少杀都是杀，两大教派的道德总账也许不必细算。有意思的是，还是依《全球通史》的说法，有其利必有其弊，正因为南方殖民者杀人相对少，获得了大量廉价的劳动力，于是更容易远离劳动，更容易生活腐败。这真是又一次历史之手的戏弄。当北美十三个殖民地里热火朝天胼手胝足大生产之际，拉美的富人们在这里却有太多的黄金和白银，太多热带的肥田沃土，而且身处印第安人稠密区，有太多仆役可充当"白人的手和脚"……承蒙主恩，这样的好日子，当然只剩下闲逸、玩乐、艺术了。对于他们来说，改革和开拓不是什么急需，"技术女神不讲西班牙语"也没什么了不起。他们在深宅大院里花天酒地，看日升日落秋去春来，浑然不觉南北人口的明显色差，正一步步转换为南北经济的落差。

两个美洲从此分道扬镳，渐行渐远。

哥伦比亚安第斯大学 P 教授对我愤愤地说："技术？这里有什么技术？统统没有！"我以为自己听错了，后来才知并无大错。对方的意思是，拉美看上去越来越像"西方"的一大块郊区。在这一片文盲充斥的广阔地域，几十个国家捆在一起，其科研投入总量也仅及美国的1/200。地区经济巨头阿根廷，研发支出占国内生产总值的比重也不及韩国的1/6。就大部分国家而言，工业还处于初级加工的低端，大学里的理工系科很不像样，或干脆就没有，怎么也办不起来。巴西的钢铁、汽车、飞机一直领跑拉美经济，但也挡不住来自美国、德国、日本、韩国的进口品大规模覆盖，从天上到地下，眼看就要占领消费者们的全部视野。

但这并不妨碍人们穷且快活着，散漫且浪漫着。事情也许是这样，浪漫的另一面本就是散漫？闲得无聊、远离俗务、意乱情迷从来就是艺术的小秘密？好了，不管怎么说，拉美算得上五光十色的激情高产地。这是一个吉他的拉美，伦巴舞和桑巴舞的拉美，诗人帕斯的拉美，秘鲁领巾和巴拿马大草帽的拉美，麦当娜[1]和嘻哈音乐的拉美，盛装狂欢节的拉美，魔幻现实主义小说人才辈出的拉美……墨西哥在多次民调中，还显示出全球最高的国民幸福指数。没错，在这里走错路都能撞上美女，见识她们各种动人的线条，包括前汹涌后昂扬的妖艳S，以至世界性的历届选美活动中，来自委内瑞拉和波多黎各的冠军频现。在绿茵场上，贝利、罗纳尔多、梅西等巨星所带来的拉美旋风，一再让全场球迷热血沸腾，鼓号齐鸣，声震如雷，天崩地裂，似乎不把球场折腾出东倒西歪之感，那就不叫看球；看球后不去鼻青脸肿口吐血沫地打一架，那也不是真正的球迷。干，干，干，往死里干，你大爷来了就得这样干……他们所拥戴所欢呼的光辉雄性们，那些肌肉奔腾的豹子，因此屡屡得手，至少拿下国际足坛半壁江山

[1] 麦当娜出生于美国，但作为意、法移民后裔，全家信奉天主教，有更多拉丁传统的背景和元素。

（还未算上同有拉丁文化背景的西班牙、意大利、法国那些球星）。

涂鸦也是一种典型的散漫行为。它源于美国纽约的布朗克斯区，不过那个破街区恰好属于拉丁裔居民聚居区，就文化版图而言，相当于拉美的延伸——出于历史的原因，拉美有不少大大小小的文化／血缘飞地，遗落在美国那边。出入那里的臭小子们，简直如同原始人，随处涂画已成恶习，居然把象牙塔艺术从高贵的画院和博物馆里一把揪出来，放归草根大众，变成即兴的、不要钱的、狂放不羁甚至暴力的色彩。他们操着油彩喷枪探头探脑，喷出各种猥亵的、欢乐的、神秘的、天真的、愤怒的、恐怖的、绝望的、淫荡的、忧伤的匿名墙绘。巨鳄与精子齐飞。骷髅与鲜花共舞。骂娘与圣谕对飙。奇怪的是，这种放大版的"厕所艺术"，近乎艺术黑社会帮派的勾当，竟很快风行全美洲，传染到全球各地，几乎改变了所有都市的景观。一些惯犯还暗中联络，划定战区，分头出击，速战速决，一夜之间把某个城市的主要墙面全部重新涂鸦一遍——此之谓 All City Bomb，他们得意洋洋的"炸街"！

看这些墙绘，不免想起墨西哥的马科斯——其实也是一个"炸街"高手。这位哲学教授曾醉心于毛泽东和葛兰西的理论，出任萨帕塔解放军"副司令"，却从不说司令是谁，留下一个空白的符号。接下来，他蒙面、戴墨镜、挂耳麦，披挂子弹袋，操几种流利的外语，擅长使用儿童画和民谣，自称同性恋者和后冷战时代的共产党，又留下一个迷彩的符号。他领导了墨西哥恰帕斯州的原住民起义，于2001年3月12日那天一度攻入首都，引来十多万民众欢呼，狠狠地"炸"了一次街，"炸"了一次世界。连总统也不能不对他客气三分。但他的子弹袋里全是假弹，战士们手里也全是些木头刀枪，简直是一场起义秀的道具。用观察家们的话来说，用国际文化界最流行的概念来说，那不过是冲着万恶的资本主义世界，打了一场后现代主义的"符号战争"[1]。

在纪录片《有一个地方叫恰帕斯》中，他回忆自己的一天：

> 就像降落在另一颗行星。语言，环境是新的。你好像是外部世界的局外人。每一件事情都告诉你：离开。这是一个错误。你不属于这里。而且是以一种外语说的。但是他们让你知道，这里的人民，他们的行为方式；这里的天气；它下雨的方式；这里的阳光；这里的土地；它变泥泞的方式；这里的疾病；这里的昆虫；思乡病。你被告知，你不属于这里。如果那不是噩梦，那是什么？
>
> 这就是我们的日子，死者的日子。

几乎是魔幻现实主义作家们的语言。

事实上，他就是一个作家，出版过小说《不宁的死者》和诗歌散文集《我们的词语是我们的武器》。也许很多人不习惯这种语言，听不大明白，不易进入艺术化的政治，即那种博尔赫斯化或马尔克斯化的政治。但从墨西哥城万人空巷的盛

[1] 见戴锦华、刘健芝主编《蒙面骑士》，上海人民出版社，2006年版。

况来看，从国内外媒体和艺术家们血脉偾张的激动来看，很多当地人倒是特别能听懂这种语言，与他灵犀相通。

虽然这种语言与政治家缜密和冷冽的思考相去甚远，与严密的组织、周密的谋略、可持续的政治运动相去甚远。

最终也未能争回多少原住民的土地。

## 故事从拉丁欧洲开始

德国学者韦伯曾把欧洲一分为二，在《新教伦理与资本主义精神》这本书里，称"几乎没有什么例外地可以发现这样一种状况：工商界领导人、资本占有者、近代企业中的高级技术工人，尤其是受过高等技术培训和商业培训的管理人员，绝大多数都是新教徒"。与此同时，"天主教徒很少有人从事资本主义的企业活动"[1]。

他的前一句，指向北方的英国、德国、瑞士以及北欧地区；后一句则指向南方的意大利、西班牙、葡萄牙、大部分法国等地。

毫无疑问，在他的眼里，一条线画过去，前一个是"新教欧洲"，其优势是"理性化""理性化""理性化"（重要的事情说三遍），多见"集中精神""律己耐劳""责任感""严格计算""讲究信用""精明强干""冷酷无情的节俭"等人格特点，因此成为现代资本主义的伟大源头。至于后一个"天

[1] 引自《新教伦理与资本主义精神》，马克斯·韦伯著，于晓、陈维纲等译，生活·读书·新知三联书店，1987年版。

主教欧洲"，怎么说呢，完全是另外一回事了。

考虑到他的"天主教欧洲"与拉丁语族和拉丁文化的覆盖区大面积重合（爱尔兰等地除外），这一地域大概也可称为"拉丁欧洲"。

不妨暂且这样约定。

很多东方人习惯于把欧洲打包处理，不注意韦伯的这一划分，就像很多西方人分不清中国的儒家和道教，分不清京剧和越剧，分不清山东人和广东人的脸型。这样的"西粉"或"中国通"都委实太多。韦伯大概最恼火这种混淆。事实上，从总体来说，新教欧洲一开始就压根儿瞧不起拉丁欧洲，甚至敌视这些无纪律、缺乏自觉性、只知寻欢作乐的懒汉，一些既不懂洛克（政治学）也不懂斯密（经济学）更不懂康德（哲学）的家伙。看看那些夸夸其谈情绪不定的破落骑士吧，多血质，好冲动，异想天开，只会"信天游"和"神逻辑"，充其量只配泡在剧场或酒店里玩一把激进艺术。那真是艺术吗？西班牙的《堂·吉诃德》和意大利的《十日谈》，早已透出了这种没落社会的气息。美酒、狂欢、奢侈品、巴洛克风格等，不过是这种精神衰亡的回光返照。在英、美输出的知识谱系里（见诸百度百科所列"字典上的解释"），弗拉明戈不仅仅被定义为西班牙歌舞，还被贬为一种可疑的人生态度："追求享乐，不事生产，放荡不羁"，"生活在法律边缘"——新教人士的嫌恶感已呼之欲出。可以想象，如果不是发现了新大陆，突然有了一大块缓冲空间，北方那些勤奋而冷峻的工业家，总有一天忍无可忍，肯定要把这些拉丁佬逐出欧洲——就像双方曾在共同的十字架下，横扫环地中海地区，联手把伊斯兰教成功地挤压出去。

历史没有出现那一幕，也许纯属偶然。

1588 年，英国大败西班牙。1815 年，英国大败法国。法国代办事后还在酒会上被英国外交大臣当面羞辱："好了，胜利的荣耀属于你们，不过随之而来的灾难和毁灭似乎毫无荣耀可言。恰恰相反，工业、贸易以及与日俱增的繁荣肯定属于我们！"

法国代办吞下了整个拉丁欧洲的羞辱。

此时欧洲人正在一窝蜂不断涌向新大陆。新教人群主要向北，拉丁人群主要向南，两个欧洲搞了一次分头对口输出。大体情况就是这样。新教人群胸怀上帝优等子民的使命感，还有实现理想的满满自信，在北方杀出了一片空荡荡的天地。即使买来一船船的非洲黑奴，人手还是明显不够。人工价格随之一直居高不下。依某些史家的说法，没有比美国人更爱发明机器的了，没有比美国人更爱劳动的了，其重要原因之一就在这里[1]。"劳动是最好的祈祷。"新英格兰人确实是这样说的。无耻的乞讨必须禁止，富人再有钱也必须自己动手干活，《英国济贫法》和《基督教指南》（巴克斯特[2]著）就是这样分别规定的。在这种情况下，新移民的生活图景逐渐别具一格。牛仔裤——打工仔的工装裤，后来几乎成为全民流行服，大败旧贵族的口味，却洋溢着劳动的自得和光荣。总统穿上它去盖房

[1] 引自《全球通史》，斯塔夫里阿诺斯著，吴象婴等译，北京大学出版社，2006 年版。

[2] R. 巴克斯特（1615—1691），著名清教神学家。

子，议员或教授穿上它来割草，都特别方便合适。高脚凳——适应一种半站半坐的姿势，一种没打算全身放松和持久放松的匆匆状态。喝一杯廉价啤酒或杜松子酒然后就要去干活的大忙人，最习惯这种屌丝支架，使之很快流行于各地酒吧，然后进入美国的大学、电台以及政府机构。还有快餐，特别是汉堡包——网上曾有一个段子如此调侃，"舌尖上的美国"无非就是大汉堡、小汉堡、圆汉堡、长汉堡、厚汉堡、薄汉堡……这说得很损。不过美国人的口味确实不能恭维。法国、意大利人眼中的这种"狗食"（笔者一位法国朋友语），居然一吃两百年，吃得一年四季一个样，吃得全国到处一个样，居然还吃得兴高采烈。哪怕身家万亿的大亨，比尔·盖茨和扎克伯格那种，一口气裸捐了万贯家财，也能把这单调得不能再单调的干粮吃得津津有味。唯一的解释：他们在这里不仅是吃汉堡，而且是吃习惯，吃性格，吃文化，吃人生信仰，吃"天职"情怀，吃先民们"冷酷无情的节俭"（韦伯语）传统，吃新教伦理和资本主义精神的生理遗传——还能有别的解释？

韦伯并不否认新教欧洲与天主教欧洲之间文化的相互渗透，逐渐变得北中有南，南中有北，你中有我，我中有你。他也不否认资本主义正在被骄奢贪纵所败坏，一步步打了折扣。但"理性化"加上"劳动狂"，显然是他眼中新教伦理的价值核心，圣徒式资本主义的最大奥秘。

在这个意义上，美国发生于 19 世纪的南北战争，不过是两个欧洲的故事上演 2.0 版，是双方披上新马甲，在新大陆换一个场地再度交手。此时的美洲南北已分化为两个截然不同的世界。虽然李将军手下军官们的素质明显胜出，但骑士时代已经过去，代之而起的是经济学家们深思熟虑的历史新篇。新英格兰地区以强大的工具理性和经济产能，最终击溃了南方各州的冒险家、投机商、封建庄园主。战争的结果，是工业资本主义以关税法、宅地法以及幸运搭车的废奴法案，完全主导了美国的历史进程。不仅如此，这还无异于从墨西哥那里夺得加利福尼亚、内华达、犹他、科罗拉多、亚利桑那、新墨西哥以后，新教美国以制度和文化的胜利，确证了对拉丁佬们的全面优势，迅速巩固了南方的新边界。

墨西哥大幅度南移边界，得到的补偿只不过是 1500 万美元，外加 325 万美元的债务减免，差不多又是一个图书馆的价格。

再度交手的结果早有定数。

眼下，站在美国的南方海岸，一步跨到茫茫大海那边似乎也很容易，就像电子信号和喷气飞机去哪里都容易。墨西哥的坎昆，就是一个美国人常去的地方。一个以前的小渔村，转眼已变身为灿烂的国际旅游城市，宾馆区高楼竞立，差不多上千家一望无际，顶级品牌的酒店五光十色应有尽有。更有一些会员制的休闲庄园禁制森严，深不可测，豪车出入，一般的奔驰和宝马在那里都有点拿不出手。作为美国的"后花园"，美式英语是那里的通用语，白人们搭载着邮轮或私人飞机蜂拥而去，塞满了海滩、餐馆、大街、高尔夫球场。褐色的本地人当然有，但几乎都是小心翼翼的侍者，迅速闪避的保安员、清洁工、行李员、服务员、司机、船工，一旦碰到你的目光，便会友好地摇手和微笑。

生意这样火，旅游经济形势大好，他们为什么不笑？

比起很多失业者，他们得到小费后为什么不笑？

不过那种笑的规格统一，来得太密集和太迅速，不像是出于好客的天然，倒是出自某种训练和规定，不能不让人略有迟疑。也许，笑不应是单向的，不能是职业化的，得有些具体理由才对。在一般情况下，他们最好也把自己当成VIP，从邮轮或私人飞机上走下来的世界公民，轻松一些就好，平和沉静一些就够。遇到冒犯时大睁圆眼，用印第安土语大发一顿脾气，可能更给人亲切之感。

那样的南方其实更让人开心。

我心里这样说。


## 不要为我哭泣


"谁是皮诺切特？"

谁是洛克、斯密、康德……以及那个马克斯·韦伯？说那些老帮菜烦不烦？——很抱歉，女士们先生们，提到这些名字不合时宜，令人扫兴。很多人不会对这些感兴趣，不觉得这与他们所热爱的西方有一毛钱关系。

恰恰相反，在他们看来，事情很简单，太简单，"西方"就是不累人的好事，就是好事呀好事呀好事。西方就是摩天楼，就是豪华别墅，就是夜总会，就是 D 罩杯性感妞，就是动作大片，就是戴上墨镜去旅游，就是时尚消费杂志，就是最新款的平板电脑和智能手机，就是戴一顶华丽帽子的巴黎女郎感觉，束一条名牌领带的伦敦绅士感觉，喷几个顶级乐团的赫赫大名然后有登上世界文明顶峰的感觉。网上已有女大学生贴出广告，她愿意应召援交，价格可以面谈，服务一定超值，原因是她要买一台 iPhone 6。

我无话可说。

拉美人一定觉得这种小广告似曾相识。我知道，在很多欠发达地区，或前殖民地区，或文化低理性地区，更不要说这三种状况叠加的地区，都有西方阴影下的众多梦游者。有些小资、文青、学渣一旦想"开"了，走出这一步并不难。越穷就越想消费，越消费就越觉得自己穷。西方那个广告中的五彩天堂都快把他们逼疯了。非洲曾有一个词 Been To（到过），戏指那些最爱同西方攀点关系的小新派，因为他们嘴里最多出现 I have been to……这样的句子，炫一下自己在欧美的游历。我也特别想发明一个词，一个缩合词，像英语中的 China 与 America 合成为 Chimerica（中美国），来描述某种半土半洋、又土又洋、内土外洋、土穷酸洋时尚的夹生状态，一种对西方气喘吁吁两眼红红的爱恨交加。

这话的意思是，一部西方史很大程度上已被他们误解，被他们鸡零狗碎地捣糨糊。西方最好的东西，或者说现代西方文明的价值核心，即韦伯眼里的"理性化"和"劳动狂"，正被他们齐心合力地扼杀——且不说这两条是否留下了重大盲点。这就是说，即便是依据韦伯对西方偏爱型的理解，小新派们也最像一伙反西方分子，"到过"们、"看过"们、"听过"们是隐藏最深的西方文明掘墓人。

因为他们恰恰是不理性，不劳动，厌恶理性，厌恶劳动。

他们甘冒学业荒废的风险，性病和艾滋病的风险，也要一台iPhone 6。这个账怎么算也万分离奇。

接下来的事不难想象。不需要太久，当他们发现自己挤不上现代化快车，失败者最方便的心理出路，就是去神秘兮兮的雨林、天象、传说、术士、荣耀祖先、哈里发神学那里寻求抚慰，然后揪出一个不可或缺的魔头，对眼下糟糕的一切负责。作为一种韦伯眼中失去灵魂的资本主义，消费迷狂已如美妙的吸毒、华丽的自杀、声威赫赫的虚无，不仅制造出太多失败者，不仅放大了他们的失败感，而且正大批量培育他们的冷漠、无知、浮躁、偏执、绝望，为事态的另一个前景做好准备。英国作家奈保尔早就注意到，很多伊斯兰极端分子其实够摩登的，至少是曾经够摩登的，满脑子时尚资讯不少，对新潮电器熟门熟路，刚去宾馆开房以便偷窥泳池洋妹，流出世俗化的哈喇子，一转眼却可能变成虔诚教徒和蒙面杀手[1]。这样的瞬间变脸耐人寻味。据媒体报道，前不久巴黎的"11·13"恐袭案中，主凶之一哈斯娜"对

[ 1 ] 见《信徒的国度》，V.S.奈保尔著，秦於理译，南海出版公司，2014 年版。

伊斯兰教义其实毫无兴趣"，倒是喜欢牛仔帽，喜欢好烟好酒，经常挎上新男友在夜店里瞎混。另一主凶阿巴乌德接受过私立教育，可见不怎么差钱，也是经常出手阔绰，是个在酒吧和夜总会生了根似的"花花公子"。

中国成语：学坏三天，学好三年。很明显，夜店消费主义离夜店恐怖主义只有一步之遥，都是三天之内可以轻易上手的业务。换句话说，金钱并非有效的防暴装置，更非极端思潮的解药。事情倒像是这样：消费主义的虚火有多旺，恐怖主义的势能其实就有多大。在瞬息万变的生存竞争中，极端贪欲最容易变为极端空虚，狂热谄媚最容易变为狂热怨恨，西方的铁粉最容易成为西方的寇仇——区别可能仅仅在于：

前者还混得下去，后者混不下去了。

前者对弱者冷漠，后者开始把冷漠范围覆盖强者——并且碰巧（也是必须）为冷漠找到了一个神圣的名义，比如宗教或民族的名义。

就宗教和民族而言，拉美与西方多少有些亲缘关系，打断骨头连着筋，因此再闹翻也像个穷亲戚，属于某种内部人的分裂，离血腥的"圣战"稍远——正如他们在历史上一次次远离了世界大战。这当然是幸运。但对于某些梦游者来说，这也是痛醒的一再延迟。在我抵达拉美的半年前，爱德华多·加莱亚诺先生去世了。他的一本《拉丁美洲：被切开的血管》，喷涌出对现实炽热的反思和批判，对"拉美化"这种全球最严重贫富分化的痛切剖示。这本书曾在波哥大长途汽车上被一个姑娘诵读，先是给女友读，然后给全体乘客大声读。作为一本禁书，在军政府大屠杀的日子里，它还曾被一个圣地亚哥的母亲偷偷珍藏于婴儿尿布之下，以便带给更多的读者。在布宜诺斯艾利斯，一个没钱买书的大学生竟在一周之内跑遍附近所有书店，寻找尚未卖出的这本书，一段段接力式地读完它，直到自己缩在墙角读得泪流满面……这也是拉美，让人屏住呼吸的一个褐色板块，一种逼近的梦醒国度。当 A 女士对我说她最自豪于哥伦比亚人的"精神"时，我想到了这一切。

回头看去，他们所传承的拉丁语族，一种源远流长的文化巨流，至少曾孕育过 1789 年的法国大革命，1936 年的西班牙共和保卫战，还有几个世纪来拉美此起彼伏的民族解放斗争，没有任何理由低估这种文化的血性和能量。

没有任何理由低估这一切对人类的启迪。


## Don't cry for me——Argentina！


飞机越过安第斯山脉，其时耳机里正传来麦当娜的歌唱，电影《贝隆夫人》的主题曲，曾在电影拍摄现场让四千多名围观民众泪光闪闪的一缕音流：

阿根廷，不要为我哭泣，

事实上我从未离开过你。

在那段狂野岁月中，

我一直疯狂拼争。

我信守我自己的诺言，

不要将我拒之千里。

…………


　　贝隆夫人出身卑微，小时候绰号"小瘦子"，是一个穷裁缝的私生女，十五岁那年当上舞女，成为社交场所知名的交际花，直到遇上贝隆将军，后来的改革总统。贝隆推动了国家工业化，抗拒英、美强权，为下层民众力争社会福利，得到她的全心支持。即便丈夫后来下台蹲进监狱，她也决不言弃，仍奔波于全国各地，为平等和民主呐喊，为妇女争取投票权，为失业者、单亲家庭、未婚母亲、孤寡老人、无家可归者维权抗争，被誉为"穷人的旗手"。但正是这一切触怒了上流社会，"婊子贝隆""艾薇塔婊子"等词曾经充斥大小媒体。"婊子！""婊子！""臭婊子！"……贵族男女和无知市民们一次次投来香蕉皮和鞋子，要把她轰下台去。

　　直到三十三岁她永远倒下的那一天。

　　阿根廷，不要为我哭泣。她擅长舞蹈，熟悉华尔兹和狐步，也是弗拉明戈的"阿根廷玫瑰"。源于西班牙安达卢西亚地区的这种舞蹈，眼下经常跳成了一种艳俗的商业表演，一种单薄的欢乐或色情诱惑。其实，这种舞是复杂的、纠结的、撕裂的、尖锐的，热情又痛苦，敞开又隐秘，倾诉又沉默，目光中交织了鼓励和禁止。舞者们并无芭蕾的清纯，也无华尔兹的高贵，倒是有一种孤冷和顽强的风格，往往是耸肩，昂首，眼神落寞甚至严厉，与舞伴忽远忽近，若即若离，手中响板追随靴跟踏出的铿锵顿挫，用令人眼花缭乱的眉梢、指尖以及腰身回望内心沧桑。按一位中国作家[1]的说法，真正的弗拉明戈很难看到，从不会出现在剧场，只有经朋友私下联络，人们才可能进入夜幕下某处不起眼的小巷小门，在一个不太大的房间里，坐在少许"内部人"中，听直击人心的吉他声砰然迸发，地下宗教仪式般的肢体暗语已扑面而来。

舞者通常是中年妇人。黑裙子突然绽放遮天之际，她们的命运就开始了。

她们假定你读懂了暗语。

[1] 见《鲜花的废墟》，张承志著，新世界出版社，2005年版。

2017.2

此文最初发表于2017年《钟山》杂志

渡口以及
波希米亚

一

　　一个跨国流动的族群，幽灵般在欧洲各地出没。英国人称之为吉卜赛人，俄罗斯人称之为茨冈人，西班牙人称之为弗拉明戈人，法国人则称之为波希米亚人……他们的深肤色和大眼睛，他们在流浪旅途上的吉他、歌舞、水晶球、大篷车、猴子或小黑熊，形成了到处流淌的悲情与浪漫。

　　他们把自己称为罗姆（Rom），即吉卜赛语言中的"人"。

　　法国人眼中的这些波希米亚人，像乔治·比才歌剧《卡门》中的女主角，普希金长诗《茨冈》中的草原人，当然是来自以前的波希米亚王国，即大致重合当今捷克的地块。其实，最早的吉卜赛人据说来自波斯、印度——布拉格大学的 W 教授告诉我，只是波希米亚国王曾对这些流浪者给予庇护收留，签发旅行关防文书，因此给了他们又一个故乡。

曾与捷克合为一国的斯洛伐克，至今保持了全球最高的罗姆人比例，但数百万波希米亚先民毕竟早已流散四面八方，把故地让给了更多白种人。他们为什么要走？为什么总是以路为家走向地平线？也许，作为他们最后的故乡，中欧平原这一地区缺少足够的粮食。这里一马平川，绿荫满目，风景优美，却没有春夏季风这一重要条件，没有生成淀粉和发达农业所必需的"雨热同季"，因此只能靠放牧、采猎维持较低的人口保有率。也许，中欧平原这一地区也缺少高山、大河、沙漠、海峡等天然的军事屏障。在一个冷兵器时代，一个几乎全靠人肉方阵相互铣削以决定胜负的时代，辽阔的波希米亚夹在西欧、斯拉夫、奥斯曼几大板块之间，任列强的战车来回碾压，太像一片天然的角斗场，一项大量删削人口的除数，很多弱势者只好一走了之。

有意思的是，这些卑微的流浪者似乎一直在承传欧洲艺术之魂，以至 Bohemian，一般译为"波希米亚"，既有早期的人种意义，也有后期的地域意义，至今仍是自由、热烈、另类、性感、优雅、颓废的集大成符号，一种生活时尚的多彩密码。

吉他、涂鸦、梵香、石木手链、周游世界的冒险，似乎总是释放出民间的神秘野性。流苏、褶皱、大摆裙、大理石花纹的重色调，包括深蓝、深黑、大红、大绿、橘红、玫瑰红以及"玫瑰灰"，则透出中世纪的晦涩，蓄聚了岁月的大起大落与层层叠叠。这种艺术情调是欧洲最柔软的一块。连傲慢的现代资本在这里也很大程度上丧失了美学抵抗力。BOBO（**布波族**）流行全球，作为流行文化的小资版，在很多人心目中竟形成了波希米亚（B）＋布尔乔亚（B）的最佳组合。所谓嬉皮与雅皮兼容，自由与财富两全，像资本家一样有钱，又像艺术家一样有闲、有品位、有率性自由——已成小清新、小确幸们最大梦想的调色盘。据说一个标准BOBO的形象就是这样：既有蓬乱的头发又有无比讲究的内裤，既有天价皮质上衣又有超便宜的牛仔裤，既有后现代的极简主义全套家具又有老掉牙的裸铁风扇和青瓷大碗，既有出入名流会所的脸面又能接受大麻……热情万丈地做一把公益事业也时有可能。他们是一些奢华的另类，高贵的叛徒，满嘴文艺腔的当代英雄，反抗主流却早已暗中领导主流。

波希米亚终于从街头巷尾进入了沙龙和时尚杂志封面。

但他们离罗姆人的出发地已有多远？


# 二


当年弗兰兹·卡夫卡也许就是这样走出了查理大学，斜插过小树林，经过那家印度人的餐馆，下行约两百步，再经过那个德国人的钟表店，进入瓦茨拉夫广场。在街口拐角处，他照例看见了操弄手摇风琴的卖糖老汉。

他也许继续沿着碎石铺就的老街向前，在一盏盏煤气街灯下走过，嗅到了那家土耳其店铺里咖啡和甜圈饼的熟悉气味，然后远远看见了市政厅大楼高高的尖顶，还有旁边的伯利恒教堂。他照例捂嘴咳嗽了，咳到自己几乎头痛欲裂的时候，听到了钟楼上自鸣钟应时的当当敲响。

一辆马车摇摇晃晃窜下来，溅起街面积水并惊飞几只鸽子，引来某个临街阳台上的狗吠。他几乎绕过了老城广场。就在广场那边，赫然耸立的市政厅大楼上，人们再熟悉不过的四个人物塑像，分别象征这片土地上四类群体："欲望""虚荣""死亡""贪婪"，其中最不堪的"贪婪"当然派给了犹太人——卡夫卡恰恰就是这样一个犹太崽，在这些街巷蛇行鼠窜，是这个广场上受到羞辱和指控的一个阴暗灵魂。

布拉格一片红瓦黄墙，群楼荟萃，千塔竞立，集众多教堂、城堡、宫殿、剧院、碑塔、雕绘老桥于伏尔塔瓦河两岸，任罗马式、哥特式、文艺复兴式、巴洛克式、洛可可式、新古典主义、新艺术运动等各种建筑风格争奇斗艳百花齐放，完全是一个巨大的历史博物馆，一个晚霞下的金色童话。它曾被无数参访者誉为欧洲最美丽的城市之一，欧洲文化的聚宝盆之一。然而奇怪的是，卡夫卡在这个童话里活得并不安宁——我已在这里至少参观了他五六个旧居，都是隐在窄街小巷里的那种，采光明显不足的那种。我惊讶他的青春如此破碎，把一个窝不断地搬来搬去，东躲西藏似的，惊弓之鸟似的。是要躲避父亲、躲避某个女人，还是躲避市政厅大楼上那种日日示众的指控？

他是一个富商的儿子，却曾蜗居于黄金小巷，其实是各类杂役混居的连排宿舍，低门矮窗，狭小如穴，并在破房子里写出著名的《乡村医生》。这后面的苦涩隐情不能不让人猜想。他曾给父亲写过一封多达百多页的长信，但始终没有将信发出，直到自己死后才被人发现。这后面的故事也想必让人唏嘘和心酸。不管怎样，种种迹象表明，他活得越来越腼腆、沉默、孤独、脆弱、惊慌、神经质，在照片上的表情如同死囚。

他在美丽的布拉格不过是一个影子，一种破碎而凌乱的若有若无，以至全世界轰然震撼的那一天，他写下一篇著名的日记，只有一句话：德国对俄国宣战了，下午去游泳。

这是1914年8月2日。德国此前一天向俄国宣战，以配合奥匈帝国向塞尔维亚的进攻，标志着第一次世界大战全面爆发。这场大战最终席卷三十多个国家和地区，导致一千万人丧生，三千万人伤残，并大大改写了欧洲地图。中欧最辉煌的时代由此一去不返——这是指继神圣罗马帝国坍塌之后，哈布斯堡王朝覆灭之后，短暂的奥匈帝国也再遭肢解。作为满地碎片之一，波希米亚从此走上孤弱之旅。

很难想象，面对这样一场历史风暴，故国家园大难临头之际，卡夫卡仍然冷漠如冰人，只是提上泳镜和泳裤走向河岸。他是不是太冷血了？是不是太缺乏社会热情和公共知识分子的责任感？不过，一个犹太少年蜗居在杂役们的破房子里，连自己的父亲也沟通不了，连自己的婚姻也屡屡失败，又拿什么去撼动国家战争机器分毫？特别是身处中欧这地方，无论是德意志那样的西方强邻，还是俄罗斯那样的东方大国，都无不汹涌着对犹太人的敌意，无不出现排犹、仇犹的暗潮。他这只小蚂蚁又能做些什么？满眼望去的基督徒们几乎都相信是犹太人出卖和杀害了耶稣，都相信犹太人应对欧洲的黑死病承担罪责，更相信犹太人正在以"贪婪"吸走众生之血，这种恶感每天就昭示于市政厅那座大楼。那么德国战胜俄国，或俄国战胜德国，对于他来说有什么太大的区别？中欧最常见的双头鹰旗徽，不管西望还是东望，又能望来一些什么？

这个影子选择游泳，选择个人主义，显然不那么令人费解。

正是从这里开始，卡夫卡成为文学史的一个重要节点。他以《判决》《审判》《城堡》《洞穴》等作品，与爱尔兰的詹姆斯·乔伊斯、法国的普鲁斯特一道，后来成为现代主义文学的鼻祖和图腾，开启了以自我和感觉为核心的20世纪美学大潮，孕育了日后遍及全球的文艺青年。

他生长于欧洲的"渡口"（布拉格一词的原义)，也许并非巧合。公无渡河，公竟渡河。其水泱泱，其天茫茫——就像大批波希米亚人从这个渡口开始流落他乡，卡夫卡不过是沿着笔头里涓涓不绝的蓝墨水，从这里开始逃亡于内心自我。

# 三

个人主义美学的故乡，承受了 20 世纪太多的灾难，上演了一出出现代史上惊心动魄的逆转大戏。

1938 年 10 月 5 日，阿道夫·希特勒指挥下的德国军队战车隆隆，尘土蔽天，闪电式地成扇形突破边境线，一举占领苏台德地区，踹开了第二次世界大战序幕。德国人来了！德国人来了！……人们望风而逃。可为什么是德国？德国不正是中欧居民多年来一直向往的福地吗？不正是新教活跃的解放区，而且是本地同道惨遭天主教镇压之后的投奔之地吗？不正是现代大牌科学家、哲学家、音乐家们扎堆式井喷，而且是中欧少年争相前往求学的希望之地吗？不正是新式工业产品层出不穷绚丽夺目，以至商人、技工、企业家们津津乐道的模范之地吗？连卡夫卡也在学习德语，准备前往德国深造或就业。没料到经济危机一来，"老师"便翻然变脸。自 1937 年德、意、日三国最终结成法西斯同盟，走完《反共产国际协定》签署的最后一步，同盟最优先做的事，就是在慕尼黑会议上逼英、法两国妥协，切下苏台德这一块肥肉。

这一地区有大量德语人口，小说家赫拉巴尔的《我曾经侍候过英国国王》，也描述过德裔孩子如何被其他族裔孩子侵凌的故事。历史总是复杂的。英、法等听任这一变局发生，听任波希米亚流血和呻吟，也不一定没有他们的难处。但强权的逻辑一旦确立，战争机器一旦咆哮，任何形态的文明社会也不会比原始部落更少一些残忍。

受害的首先是弱势一方。德军即便把这里当作满洲国式的"被保护国"，也开始把大批犹太人、反抗嫌疑者投入集中营和刑场，仅在布拉格西郊一个村子就杀光199名男人，差一点杀光全部孩子（仅有8个年龄最小的被领养）——后来由国际社会设定的六一国际儿童节，就是为了纪念这一惊天惨剧。

其实，受害的最终也少不了强势一方。就在这个苏台德，数年后因纳粹德国战败，竟有223万德语居民被新政府驱逐出境，其财产全部被没收充公——只要比较一下中国建三峡水库，耗时多年，耗资千亿，广泛动员19个省的物力，也只安排了水库移民约150万——就不难明白远超此数的德语难民是个什么概念。他们净身出户，哭号于途，一时间死伤万千，并且从此沦为一块记忆空白，断不会有什么国际节日以为抚慰。

混乱的剧情还在继续。1968年8月20日晚，布拉格机场同意一架苏联民航客机因"机械事故"临时迫降，不料客机一降落，冲出机舱的却是数十名苏军特种兵，直扑指挥塔台和其他制高点。几分钟后，一个满员空降师乘三十多架运输机，在战斗机和轰炸机掩护下，以每分钟一架的节奏空降布拉格。由苏、匈、保、东德近三十个师组成的华约地面部队，分四个方向越过边界，合围捷军营地，逮捕执政党领袖杜布切克。一夜之间天翻地覆，让国民们再一次震惊得目瞪口呆。这些苏联佬来干什么？他们的坦克凭什么黑烟滚滚，竟在瓦茨拉夫广场和查理广场横冲直撞？如果说当年德军入侵，还依仗着西方科学、工业、学术和文化的骄人气焰，那么苏联佬呢，那些愣头愣脑的大头兵，太像顿河流域的牧民和西伯利亚的农夫，一群无知的乡巴佬，是来卖土豆还是来看马戏的?

诚然，苏联建立了世界上第一个穷棒子的政权，并从纳粹手里解救过半个欧洲；苏联把人造卫星最早送上太空，让美国也不能不忌惮几分；是苏联的经验让中、东欧这些红色友邦也普遍建立了国营工厂、廉租国民公寓、少年宫和工人俱乐部，福利性的医疗、教育、供暖、供水、供电系统，以至早期的小说家米兰·昆德拉同志也像很多青年一样，曾热情讴歌红色的新生活。但在一些自视高雅的欧洲精英看来，社会主义的乡巴佬终究魅力不够，一旦耀武扬威就更让人没法忍。正像昆德拉后来在小说《生命中不能承受之轻》中描述的，人们对入侵者的反抗成了一幕"狂欢的节日"。这就是说，他们并未动刀动枪，甚至主要不是去怒斥，倒是围绕坦克起哄，吹口哨，大跳华尔兹，大跳踢踏舞，朗诵歌德或荷尔德林的诗篇，用扩音器播放德沃夏克和莫扎特的名曲。漂亮的姑娘们还爬上坦克，不由分说地搂住兵哥哥照相，向兵哥哥献花和献吻……整得对方面红耳赤不知所措。

与其说这是反抗，不如说更像戏弄，像取笑，像一种居高临下的文化蹂躏。事实上，英语 slave（奴隶）一词源于中世纪拉丁语 sclavus（斯拉夫人），是一个卑贱民族的语言胎记。特别是那些更低下一等的东斯拉夫人，叫喊"乌拉"一类蒙古语，当然更像是来自蒙古（或称亚细亚）的野蛮物种，要赢得中欧、西欧的尊重并不容易——这是 20 世纪意识形态冷战所掩盖的另一个剧本。相比之下，虽然布拉格也有不少斯拉夫裔，但千百年下来，它毕竟一度是神圣罗马帝国的皇宫所在地，是哈布斯堡王朝的工业心脏和天主教重镇，其繁荣程度曾远超巴黎和伦敦，在文明等级的排序下一直深藏着强烈的历史记忆和内心自尊。正是在这个意义上，作为政治冲突、经济落差、文化异质等诸多矛盾总爆发的一个剖面，"布拉格之春"在很多人眼里不过是一种文化回归事件，一种身份苏醒事件，是迟早都要到来的又一次欧洲史断裂。

类似情况也发生在此前的匈牙利。

可惜的是，文化蹂躏并不能驱退乡巴佬的坦克。布拉格这一次照例表现了抗议、不合作、沉默与冷目、地下电台舆论战，但除了查理大学一个学生企图自焚抗议，辱国现实似乎并未得到多少物理性的改变。这种情况竟一直持续到二十多年后苏联自行解体，多少有些沉闷。人们如果稍微把目光移开一下，在同一个历史时期，同是被苏军侵占的国家，贫穷得多的阿富汗，既没多少科学也没多少工业的一个亚洲小国，却能坚持长达七年的游击战，仅凭借他们的头巾、赤脚、馕饼、肩扛火箭筒以及一册《古兰经》，就打得外来的现代化强大军队灰头土脸，到处丢盔弃甲，最终被迫签约撤军而去——与之相比的布拉格，是否少了点什么？你们的团结呢？你们的独立、勇敢以及顽强呢？

时值"布拉格之春"48 周年纪念日，我在瓦茨拉夫广场观看庆典，也只看到一些二流摇滚歌手，在舞台折腾出一些夸张姿态，唱出一些虚头巴脑的爱呀愁呀明天呀，赢得台下稀稀拉拉的掌声。背景上再现的黑白老照片，当年的坦克和旗帜，在又一轮洛可可化的历史缅怀之下显得过于陌生，有点不搭调。

不难理解，昆德拉当年就对这个民族表达过困惑：

1618 年，捷克的各阶层敢作敢为，把两名奥皇钦差从布拉格城堡的窗子里扔了出去，发泄他们对维也纳君主统治的怒火。他们的挑衅引起了三十年战争，几乎导致整个捷克民族毁灭。捷克人应该表现比勇气更大的谨慎吗？回答也许显得很简单：不。

320 年过去了，1938 年的慕尼黑会议之后，全世界决定把捷克的国土牺牲给希特勒。捷克人应该努力奋起与比他们强大八倍的力量抗衡吗？与 1618 年相对照，他们选择了谨慎。但他们的投降条约导致了第二次世界大战，继而丧失自己的民族自主权几十年，甚至长达几百年之久。

他们应该选择比谨慎更多的勇气吗？他们应该怎么办呢？

如果捷克的历史能够重演，我们当然应该精心试验每一次的其他可能性，比较其结果。没有这样的试验，所有这一类的考虑都只是一种假定性游戏。

Einmal ist Keinmal。只发生一次的事，就是压根儿没有发生过的事。捷克人的历史不会重演了，欧洲的历史也不会重演了。捷克人和欧洲的历史的两张草图，来自命中注定无法有经验的人类的笔下。历史和个人生命一样，轻得不能承受，轻若鸿毛，轻如尘埃，卷入了太空，它是明天不复存在的任何东西。

昆德拉就是在苏联坦克前想起这些的。

## 四

美国史学家卢卡克斯（John Lukacs）回望20世纪，称"这是一个短暂的世纪。它从1914年到1989年，仅持续了75年"。

作者划定这个七十五年，显然是要凸显1914年（**第一次世界大战爆发**）和1989年（**柏林墙倒塌**）这两个时间节点。前一个节点意味着，资本主义在前半个世纪遭遇重挫，包括两次世界大战以来法西斯主义土崩瓦解，殖民主义地盘丧失殆尽；后一个节点则意味着，社会主义在后半个世纪也遭遇重挫，包括苏联解体和整个东欧红色版图的全面易帜——那一段真是戏剧性的一日一变啊。记得法国电视台的主持人每播完一条东欧国家的新闻，总是忍不住补上一句："各位观众，还没有中国的消息。"

他似乎觉得，中国的消息近在咫尺，就可能在下一秒钟。

一前一后，风水轮流转。作为两次大规模的现代制度探索，两种苦涩的历史教训，二者构成了人类20世纪的主要遗产。不无巧合的是，这两次大震荡都曾以捷克为最初震源之一。捷克总是成为神奇的历史起点。

只是这一震源区，各方应力反复交集之地，倒是一直显得平静，显得温和与柔软。似乎很多当事人已习惯了忍受多于抗争，散弱多于团结，犬儒多于铁血，因此既没有多少行动也没有太多思想，很容易被史学家们的目光跳过去。

他们的前人可不像是这样的。布拉格广场上矗立着胡斯的雕像——那位布拉格大学的老校长，比马丁·路德更早的宗教改革家，年仅四十五岁被腐败天主教会处以火刑的新教先烈，一直在登高回望，思接云天，斗篷呼啸而去，其悲怆的目光触抚人间，构成了英雄主义一大丰碑。他眼中的疑惑似乎是：你们波希米亚的血性、能量、历史主动性如今安在？

也许，很多当事人都像卡夫卡那样，转过背"游泳"去了，亦如昆德拉后来一本书名所宣示的，"庆祝无意义"去了。

一种逻辑关系在这里也令人疑惑：

在这里，是太多历史灾难催生了个人主义？

还是太多个人主义反过来诱发了历史灾难？

与19世纪的文化潮流相比，20世纪显然出现了更多退场者，更多"游泳"者，即去政治化、去社会化的孤独灵魂。不论是阴郁的卡夫卡，还是奢华和逍遥的"布波"一族，20世纪的"文青"们更多一些颓废和虚无的精神底色。这些人避开了各种宏大叙事的专断与胡夸，常在文学艺术这一类个人化事业上别有活力，心细如丝，异想天开，独行天下，包括在捷克这一弹丸之地形成瞩目的文化高地。哈谢克、卡夫卡、赫拉巴尔、伊凡·克里玛、昆德拉、哈维尔……光是享有广泛国际声誉的文学家，在这里就能数出一大串，远非众多其他国度能比。

但这一冲击波也留下了大片的精神废墟。事情似乎是这样：只要往前多走半步，心细如丝就是过敏症，异想天开就是幻想症，独行天下就是自闭症……而这正是当代很多"文青"常见的人格特点，是大批高等院校正在输出的才子形象，也差不多是费尔南多·佩索阿在《惶然录》中说的："在今天，正确的生活和成功，是争得一个人进入疯人院所需要的同等资格：不道德、轻度狂躁以及思考的无能。"

于是，"国家不幸诗家幸"，历史的悖论再次让人吃惊，一块文化高地放在另一个坐标系里，就可能是一片随风飘荡的落叶，一种无奈的国运滑落，在经济、政治、科学技术等方面的能见度越来越低。捷克几乎就是这样。它不仅与斯洛伐克分拆，再遭一次沉重的破碎；连捷克人一直引以为傲的斯柯达汽车，民族工业最亮丽的百年名片，整个国民经济的支柱，也于1991年落于德国大众公司之手。

斯柯达易主之日，很多布拉格工人和市民潸然泪下，很多司机在街头一齐鸣笛，发出他们民族品牌的最后一声倾诉。时任国家总统的文学家哈维尔，倒是在与大众公司总裁大谈"全球化"的美好前景，正如他后来确信"民族国家的消亡"，宣称"民族主义是一面最危险的旗帜"。

也许他对国民们的安抚并非完全无据。特别是在中欧平原这里，国家边界总是多变，所谓民族从来都是你中有我，我中有你。中欧地区最常见的双头鹰旗徽，意味着这里与东、西两端根脉相连，在历史上既倾心西方也属意东方。当年哈布斯堡王朝女皇玛丽娅·特蕾西娅说"让别人去打仗，我们结婚吧"。她把十几个女儿分别嫁往欧洲各国王室，想必就有一种到处结亲戚的跨国主义愿景，想把整个欧洲过成一家人。

呵呵，那个"欧洲的丈母娘"尚有如此情怀，哈维尔为什么就不能做一个新时代的对外团结大叔？

哈维尔大叔受到了西方的赞许。2003年捷克派出80名军事警察参加伊拉克战争，比德、法的拒战态度更让美国欢心，被美国国防部长誉之以"新欧洲"。可惜的是，美国所主导的全球化并不总是一个浪漫故事。也就是一二十年后，令众多精英才子目瞪口呆的是，英国冷冷地宣布"脱欧"，美国特朗普上台强悍地宣称"美国优先"，世界各地突然间政治强人竞出，重新绷紧国家利益的神经。如此看来,哈维尔当年的一厢情愿还是有点文艺腔了。或者说，知识界主流力图对20世纪做一个抒情化的处理，还是过于简单。

人们该继续"庆祝无意义"吗?

该继续"游泳"去吗?

当然可以。

但短暂20世纪（仅75年）之后的世界，一头是消费主义的物质化压迫日益加剧，另一头是极端化的宗教、邪教力量大举回潮，无不以原子化的个人主义为心理基因。个人主义也是容易上瘾的，甚至是权力、资本、宗教上瘾的新一代隐形根源。个人主义不论是扑向"物化"，还是遁入"神学"，都像是福柯（Michel Foucault）意义上的"人之死"。世界卫生组织不久前宣布抑郁症发病率约为11%，预计到2020年可能将成为仅次于心脏病的人类第二大疾患，其中2005—2015年十年间的患者数猛增18.4%，每年造成高达100万患者的自杀，其相当多数更像是一种极端个人主义的生物／化学反应。在这些自杀者的个人资料里，我们经常看到满是文艺腔的逃避心态和厌世言语。

这也许不是一种巧合。

查理大桥是布拉格最为辉煌的一个建筑经典，苔藓年深月久，雕像琳琅满目，是外国游客日日川流不息之处。乞丐和卖艺者也就盯住了这里。衣衫褴褛的画家、乐手、民俗艺人大多出手不凡。特别是男女提琴手一听就是专业水准，琴弓之稳，指位之准，情绪之细腻和精准，让不少游客如闻天籁惊讶不已——到底是欧洲！到底是波希米亚啊！他们纷纷朝地上的帽子里扔下三两个硬币。

可美丽的波希米亚是不该用硬币打发的。不是吗？

我没有投下硬币，只是在人流中匆匆而过。我情愿被他们看成是一个吝啬的亚洲佬，一个对艺术无动于衷的野汉子。

2001.2

此文最初发表于2001年《天涯》杂志，
已译成日文

# 你好，加藤

## 一

加藤四岁的时候就到了北京，进了一所幼儿园，是班上唯一的日本孩子。他与同学们一同学习毛主席语录，一同唱《大海航行靠舵手》，一同看电影《地道战》《地雷战》《小兵张嘎》。孩子们玩战斗游戏的时候，他的日本人身份似乎使他最适合扮装日本鬼子，但他决不接受这种可耻的角色，吵闹着一定要当地下武工队员，当八路军政委。

有的人可能觉得这很有趣：八路军里怎么冒出一个日本政委？母亲遇到了幼儿园的阿姨，说你看这孩子就是要强，老师，拜托了，你就给同学们做做工作，让他当上八路军政委吧。

其实，日本母亲用不着拜托。小伙伴们都喜欢加藤，一再把战斗的指挥权优先交给政委加藤。

加藤的父母是在中日建交前来到中国的。当时居住北京的外国人很少，也鲜有专门招收外国小孩的幼儿园。但加藤的父母很乐意让孩子与中国娃娃打成一片，加藤一口纯正的京片子普通话就是在这时学会的。有一次，一位瑞典朋友来加藤家做客，顺便给加藤带来一点礼物，包括一面小小的日本国旗。没料到八路军小政委在家里也坚守抗日阵地，一见太阳旗便怒从心头起，将小旗摔在地上，跳上去踩了两脚。

瑞典朋友大惊失色，不知道一个日本孩子怎么可以这样。

直到加藤的父母解释了孩子在幼儿园看过的电影，客人才惊魂稍定，理解了一个孩子反常的激愤，理解了一面日本国旗在当时纯正北京腔里的含义。要知道，这个国家的国歌就是抗日动员，是一首战争年代里燃烧着悲愤和仇恨的出征之歌。


二


现在，加藤在东京大学读博士学位，开着德国汽车出没于东京的车水马龙之中。他不会再那样粗暴地对待日本国旗了，不会再那样简单地理解日本了。但他仍然在继续学习中文，研究中国穆斯林的历史，希望成为中国人民的朋友。

这种愿望也许是他父母的心理遗传，甚至是他外祖父、外祖母人生经历的延伸。外祖父很早就踏上了中国的土地，像他的几位青年朋友一样，离开那个显得较为狭小的九州岛，来到新大陆传播知识和技术，希望在这里寻找和建设自己的理想。他们没有想到的是，此时的日本政府高层也移目西望，看上了中国东北乃至华北丰饶的矿产、森林、大豆以及黑土地。为了争强于世界民族之林，也为了抗拒西洋大国的挤压，大和民族的生存空间必须扩展——这成为那个时代启蒙逻辑的自然结论，不会让任何新派人士惊诧。民主几乎与殖民两位一体。"大东亚主义"等说辞就是这个时候涌现于日本报端的。日本民主运动主将和早稻田大学的创始者大隈重信，同时成为当时挟"二十一条"以强取中国山东的著名辩家。人们在诸多说辞下即便伏有不同的情感倾向和利益指向，也基本上共享着一种踌躇满志的向外远眺和帝国理想。

　　理想主义青年自发的援外扶贫，最终被纳入官方的体制化安排，纳入日本军部对伪满洲国的政治策划。加藤的母亲后来说，加藤的外祖父当时"受蒙蔽了"，同意出任伪满洲国的公职，成了一名副县长，位居中国人出任的傀儡县长之下，却是实际上的县长。他忙碌于繁杂政务废寝忘食，真心以为东亚共荣能在他的治下成为现实。为了抵制无理的强征重赋以保护地方权益，他甚至常常与日本关东军发生冲突，好几次面对武夫们气势汹汹的枪口。他没料到中日战争的爆发，在战争现实面前对日本疑虑渐多，但他无法摆脱历史大势给他的定位，差不多是一片随风飘荡的落叶。

悲剧结局终于在这一天匆匆到来：苏联红军翻过大兴安岭，势如破竹横扫东北全境。覆巢之下岂有完卵？他理所当然地被捕入狱，接着被枪决，踉踉跄跄栽倒在一片雪地里。他是一个敌伪县长，似乎死得活该。没有人会对这种判决说半个不字。也没有人在战争非常时期苛求胜利者的审慎：那些俄国军人没有足够耐心来辨察官职之下的不同人生，也不习惯啰唆的审判程序。

这是新政权的判决。与旧政权一样，中国人此时仍然只是黑土地形式上的主人。一些以前流窜到西伯利亚的中国流民乃至盗匪穿上苏军军装，跟随苏联人的坦克回来了，被宣布为临时执政者。但这种宣布是用俄语完成的。

很多年后，日本天皇为一切在境外因公殉职的日本官员授勋，抚慰死者亲属。加藤的外祖母拒绝了勋章。她曾经带着三个年幼的女儿在中国的战俘营里苦熬多年，回国后一直以低级职员的微薄薪金拉扯大孩子，以一个女人的非凡力量扛住了生活的全部重压，有太多的理由获得政府的奖赏和补偿，但她还是坚决地拒绝了勋章。在中国的经历使她的眼光常常能够越过大海，对"国家"和"民族"这类神圣大话下的一切热闹保持戒意。她说她永远也忘不了一家四口从中国回到日本时，她们日夜企盼日夜思念的祖国，竟是一些粗暴的日本小吏，在码头上命令乘客脱下衣服，劈头盖脸撒来一把把滴滴涕药粉，防止他们带回肮脏和病菌。她护住三个吓得哇哇大哭的孩子，在凛冽的寒风中突然觉得，她真真切切地回来了，但一片呛人的药粉扑来之际，故国反而成了一个模糊的概念。

她热爱日本，但拒绝了天皇授勋，而且让女儿师从于鲁迅的研究专家竹内好先生，学习中国的语言和文化。她希望女儿们继承父亲遗志，将来再返中国，续写父亲在黑土地中断了的故事。


## 三


拒绝天皇授勋的并非加藤的外祖母一人。在整个20世纪50年代和60年代，中国和日本处于冷战时期的对峙，还未建立外交关系，在法律意义上甚至还未结束战争状态。但日本社会各界形成了一股反省战争和亲善中国的潮流。各党派和民间团体纷纷组团去中国访问，毛泽东的书和周恩来的画像在书店、大学里流行，甚至成了不少知识分子争相拥有的前卫标志。"打破美帝国主义对中国的包围圈！""坚决捍卫社会主义中国！""无产阶级文化大革命万岁！"……很多日本青年头缠布条，手挽着手，在驻日美军基地前抗议"安保条约"时高喊这一类口号，履行自己神圣的职责。

加藤的父母亲就是在这股潮流中重返中国的。他们如愿以偿地发现了一个新中国：妇女真正获得了解放并且在社会各个领域意气风发，往日卑贱的工人农民成为文艺舞台的主人，留洋归国的教授随着医疗小分队深入穷乡僻壤，政府官员满身泥巴并且累死在盐碱地上，奇迹般的"两弹一星"在日新月异的大地上陆续腾空……对比日本社会那些令人窒息的等级森严和金钱崇拜，中国确实让他们兴奋不已。毛泽东思想哺育出来的针刺麻醉法甚至使加藤的父亲亲身受益，他在北京亲历针麻的外科手术过程，既无痛苦又价格低廉，由他撰文在《读卖新闻》介绍，引起了一片惊讶和轰动。中国政府放弃对日军侵华的战争索赔，相对于日本政府在甲午战争后从中国狠狠刮走的整整三年全部国库收入的巨款，红色大国的国际主义慷慨情怀更使他们倍觉温暖。

在当时很多日本知识分子看来，中国是一个神话，实施了刚好是日本所缺位的社会大变革。虽然这个国家还较为清贫，但它代表着最优越的制度和最崇高的精神，是一片燃烧着人类希望的社会主义圣土。不难理解，当庆祝"四人帮"下台的锣鼓鞭炮在北京爆响，当中国诸多问题随后在媒体上曝光，海峡那边很多日本人，与其说是震惊，不如说更多一些绝望和迷茫。他们一时无话可说。

他们再一次与中国失之交臂。如果说多年前，中国众多知识分子曾把日本视为模范和老师，一批批漂洋过海去求取启蒙和维新的救国之道，后来却被日本的大炮轰隆隆迎头痛击；那么现在，众多日本的知识分子也曾把中国视为模范和老师，一批批漂洋过海来寻找独立和革命的救国之道，最终却被中国突然亮出来的累累伤痕吓得浑身冰凉。

历史再一次在这两个民族之间开了个玩笑：继中国误解"先进"的日本以后，日本也误解了"先进"的中国。一个维新梦，一个革命梦，先后在很多人那里破灭。双方不得不从头开始，不得不重新开始相互认识的漫长过程。

一个世纪以来的中日关系，不同于英、美之间的关系，不同于印、巴或希、土之间的关系，相互之间除了正常的利益摩擦，同为亚洲国家，其交往动机中更暗伏一种发展道路、社会制度的寻优和竞比。意识形态曾带来各种玫瑰色的浪漫幻想，一旦幻想破灭，意识形态放大器便会大大膨胀怨恨或者轻蔑，加剧两国关系的震荡。从"停滞落后的支那"（*津田左右吉氏语*）到"一无是处的日本"（*竹内好语*），资本主义的价值尺度可以更换成社会主义的价值尺度，穷人革命可以取代富人维新；但这种取代，往往只是使"先进／落后"的视轴来了一个上下倒置，源自欧洲的单元直线历史观一如既往，一心追赶先进文明的亚洲式焦虑与迫切也一如既往。

向西方看齐的意识和潜意识是如此深入人心，自卑的亚洲人免不了有点慌不择路，免不了一次次心理高热后随之而来的骤冷酷寒。

加藤的父母亲向我讲述他们在北京目睹 1976 年的中国，目睹北京市民连夜庆祝游行时激动的泪水，当时感受十分复杂。他们既无意拥护日本一些左派朋友对江青的崇拜和声援，也无法认同一些右派朋友对中国革命的幸灾乐祸，还有对中国文化的顺手诛杀。他们几乎再一次听到了当年中日战争爆发的炮声，一时颇有些手足无措。

中国革命的这次重挫，不能不启动思想和情感上的地壳运动，中日关系再一次山重水复。几年或十几年后就可看得明白，"进步／落后"的标尺在上世纪两度失效之后仍未废弃，且在东欧剧变和苏联解体后更增神威，正迅速比量出各种歧视的最新根据。某些日本人的"侵略有功"论和中国人的"殖民不够"论，都重新复活了。日本政府可以就殖民和战争问题向韩国正式道歉，而至今一再闪过中国，厚此薄彼的反常，一直受到日本国内舆论主流的纵容。这里的潜台词十分清楚：赤色支那无权受此大礼。

有意思的是，被轻蔑者有时也能熟练运用轻蔑的逻辑。很多中国人此时虽身处十年动乱后的贫困，但即使在全中国泛滥着丰田汽车、索尼电视、本田摩托、尼康相机、富士胶卷、东芝电脑以及卡拉ＯＫ的时候，不少人对"小日本"的轻蔑也暗中储备，常一触即发，与他们对欧美的全心爱慕大有区别。他们崇美而贬日，厚西洋而薄东洋，能忍美国之强霸，却难容日本之错失。他们模糊的历史记忆里，不便明言的潜台词耐人寻味。他们不过是流露出一种日本人同样熟悉的法则，不过是觉得自家邻居的黄皮肤和黑头发不足为奇，也不足为尊，无法代表最先进的文明和人种，因此必须扣分降级。"小日本"不就是有几个臭钱吗？日本的现代化虽让人眼红，但仍不足以改变"假洋鬼子"的二等身份，有什么资格在我们面前牛皮哄哄？

这样，自以为已"脱亚入欧"的很多日本人觉得无须再高看中国，而渴求"全盘西化"的很多中国人从另一个层面上，把轻蔑目光奉还给日本，不接受日本的高人一等。歧视"落后"的飞去来器，伤人最终伤己。两个文化相近、经济相依的邻国，两个地理上仅一水相隔的邻邦，反而面临着越来越遥远的心理距离。

加藤的父母无法改变历史，他们复杂的感受看来只能深埋内心。他们拥抱中国的努力，包括他们翻译的毛泽东文选和其他中国著作，还有对中国技工赴日培训等各项友好事业的全身心投入，无法不承受着越来越多的讥嘲：这些傻书生，他们当时不是可以享受日本的富足繁荣吗？不是可以吃香喝辣、披金戴玉、"条条大路有丰田"吗？他们为什么跑来中国瞎折腾？

何况他们对于中国似乎无恩可报，倒是有伤难愈。加藤母亲的童年是在中国监狱里开始的。加藤外祖父是在中国被处决的。中国东北的档案馆里至今还保存着他的罪案卷宗，其中指控他聚敛民财和三妻六妾之类均属不实之词，但这些旧账不可能得到重审甄别——档案馆的官员这样冷冷地告诉他们。

哈尔滨，外祖父屈辱的葬身之地。加藤一家今后是不会再去那个地方的。那么中国呢，外祖父没有写完的故事在这里再一次面临无限空白。加藤一家在北京打点行装，是不是该再一次告别这片大陆？

# 四

我没有见过面的一位姐姐和一位哥哥，死在日机轰炸下的难民人流里。我岳父的堂兄也是在日军湖南南县大屠杀时饮弹身亡，尸骨无存。这使我在东京成田机场听到日本话和看到日本国旗时心绪复杂。

新千年的第一天竟在日出之国度过，是我没想到的。由于汉文化的农历新年已退出日本国民习俗，得不到法律的承认，西历亦即公历的新年便成了这个国家最重要而且最隆重的节日。政府、公司、学校都放了一周左右的长假，人们纷纷归家与亲人团聚。街上到处挂起了红色或白色的灯笼，还有各种有关"初诣（新年）"的贺词。但一个中国人也许会感受到喜庆之中的几分清寂，比如这里的新年没有中国那种喧闹而多一些安静，没有中国那种奢华而多一些俭约，连国家电视台里的新年晚会，也没有中国那种常见的金碧辉煌流光溢彩花团锦簇，只有一些歌手未免寻常的年度歌赛。如果说中国的除夕像一桌豪华大宴，那么此地的除夕则如一杯清茶，似乎更适合人们在榻榻米上，正襟危坐，静静品尝。

我在沉沉夜幕中找到加藤一家，献上了一束鲜花，意在表达一个中国人对他们无言的感激。我知道我们之间横亘着将近一个世纪的纷乱历史，纷乱得实在让人无法言说唯有长叹，但人们毕竟可以用一束鲜花，用一瞬间会意的对视，重新开始相互的理解。

让我们重新开始。

加藤的母亲请我吃年糕，是按照外祖母的吩咐做成的，白萝卜和红萝卜都切成了花。用中国人的标准来看，这种米粑煮萝卜的年饭别具一格，堪称素雅甚至简朴。其实日本料理虽有精致的形式，但大多有清淡的底蕴。生鱼、大酱汤、米饭团子，即使再加上荷兰人或葡萄牙人传来的油炸什锦（天妇罗），也依然形不成什么菜系，不足以满足富豪们的饕餮味觉。这大概也就是日本菜不能像中国菜、法国菜那样风行世界的原因。

同样用中国人的标准来看，日本传统的服饰也相当简朴。在博物馆里，女人足下的木屐，不过是两横一竖的三块木板，还缺乏鞋子的成熟概念。男人们身上的裤子，多是相扑选手们挂着的那种两条相交布带，也缺乏裤子的成熟形态。被称作"和服"或者"吴服"的长袍，当然算是服饰经典了，但在18世纪的设计师们将其改造之前，这种长袍尚无衣扣，只能靠腰带一束而就，多少有些临时和草率的意味。

日本传统的家居陈设仍然简朴。法国历史学家费尔南·布罗代尔曾指出，家具的高位化/低位化是文明成熟与否的标志，这一标准使榻榻米只能低就，无法与中国民间多见的太师椅、八仙桌、龙凤雕床比肩。也许是空间窄逼的原因，日本传统民宅里似乎不可能陈设太多的家具，人们习惯于席地而坐，席地而卧，习惯于四壁之内空空如也。门窗栋梁也多为木质原色，透出一种似有似无的山林清香，少见花哨富丽的油漆覆盖。

我们还可以谈到简朴的神教，简朴的歌舞伎，简朴的宫廷仪轨，简朴得充满泥土气息的各种日本姓氏……由此不难理解，在日本大阪泉北丘陵一次史无前例的大规模遗址发掘中，覆盖数平方公里的搜寻，只发现了一些相当原始的石器和陶器，未能找到任何有艺术色彩的加工品，或稍稍精巧一些的器具。对比意大利的庞贝遗址，对比中国的汉墓、秦俑以及殷墟，一片白茫茫的干净大地不能不让人扫兴和心惊。正是在这里，一个多次往地下偷偷埋设假文物的日本教授最近被揭露，成为轰动媒体的奇闻。其实，从某种意义上来说，这位考古学家也许是对日本的过去于心不甘，荒唐中杂有一种殊可理解的隐痛。

从西汉雄钟巨鼎旁走来的中国人，从盛唐金宫玉殿下走来的中国人，从南宋画舫笙歌花影粉雾中走来的中国人，遥望九州岛往日的简朴岁月，难免有一种面对化外之地的不以为意。这当然是一种轻薄。成熟常常通向腐烂，历史的辩证法就是如此。在人类漫长的历史上，山姆挫败英伦，蛮族征服罗马，满人亡了大明，都是所谓成熟不敌粗粝和中心不敌边缘的例证。在这里，我不知道是日本的清苦逼出了日本的崛起，还是日本的崛起反过来要求国民们节衣缩食习惯清苦。但日本在 20 世纪成为全球经济巨人之一，原因方方面面，我们面前一件件器物或能提供部分可供侦破的密码。这样一个岛国，确实没有过大唐的繁荣乃至奢靡，古代的日本很可能清贫乃至清苦。但苦能生忍耐之力，苦能生奋发之志，苦能生尚智勤学之风，苦能生守纪抱团之习，大和民族在世界东方最先强大起来，最先交出了亚洲人跨入工业化的高分答卷，如果不是发端于一个粗粝的、边缘的、清苦的过去，倒可能成为一件不合常理的事。

明治维新之后，日本内有粮荒，外有敌患，但教育法规已严厉推行：孩子不读书，父母必须入狱服刑。如此严刑峻法显然透出了一个民族卧薪尝胆的决绝之心。直到今天，日本这一教育神圣的传统仍在惯性延续，体现为对教育的巨额投入，教师们的优厚待遇，每位读书人的浩繁藏书，还有全社会不分男女老幼的读书风尚：一天上下班坐车时间内读完一本书司空见惯，一个少女用七八个进修项目把自己的休息时间全部填满纯属正常，一个退休者不花点钱去学点什么，可能就会被邻人和友人侧目——即便这种学习有时既无明确目的，也派不上什么用场。日本人似有一种与生俱来的危机感，恨不得把一分钟掰成两分钟过，恨不得把全世界的知识一股脑学完，永远不落人后。

这种日本的清苦成就了一个武士传统。"士农工商"，日本的"士"为武士而非文士，奉行王道而非儒学，与中国的文儒路线迥然有别。日本的武士集团拥天皇以除（德川）幕府，成功实现明治维新，一直是举足轻重的政治力量，并且主导着武士道的精神文化，包括在尊王攘夷的前提下，吸收"汉才"以及"（荷）兰学"（即当时的西学），在很多人眼里几乎就是大和魂的象征。这个传统几乎不可避免地导致了日本现代的军人政治和军国主义，导致了"神风敢死队"之类重死轻生的战争疯狂行为，直到二战结束，才在"和平宪法"下被迫退出历史舞台。然而这一传统的影响源远流长，在后来的日子里，修宪强军的暗潮起伏不止，无论是极左派还是极右派，丢炸弹、搞暗杀的恐怖行为也层出不穷，连著名作家三岛由纪夫也在和平的70年代初切腹自裁，采取了当年日军官兵常见的参政方式。他们的政治立场可以不同，但共同的激烈和急迫，共同的争强好斗、勇武刚毅甚至冷酷无情，都显现出武士传统的一线遗脉。

日本的清苦还成就了一个职人传统。职人就是工匠。君子不器，重道轻术，这些中国儒生的饱暖之议在日本影响甚微。基于生存的实用需求，日本的各业职人一直广受尊重，在江户时代已成为社会的活跃细胞和坚实基础。行规严密，品牌稳定，师承有绪，职责分明，立德敬业，学深艺精，使各种手工业作坊逐渐形成规模，一旦嫁接西方的贸易和技术，立刻顺理成章地蛹化为成批的工程师和产业技工，一直延伸到日本60年代后的经济起飞。直到今天，日本企业的终身制和家族氛围，日本企业的森严等级和人脉网络，还有日本座座高楼中员工们在下班后习惯性义务加班的灯火通明，都留下了封建行帮时代职人的遗迹。日本不一定被人视为世界上的思想文化大国，但它完全具有成为技术强国的传统依托和习俗资源。造出比法国埃菲尔铁塔更高的铁塔，造出比美国通用汽车更好的汽车，造出当今世界首屈一指的新干线、机器人、高清电视等，对于职人的后代来说，大概都无足称奇。从这个角度说，与其说资本主义给日本换了血，不如说日本的人文土壤，使资本主义工业化得以扎根，且发生了变异性的开花结果。

有趣的比较是：中国自古以来没有武士传统，却有庞大的儒生阶层；缺少职人传统，却有浩如海洋的小农大众。因此，中国历史上少见武士化的职人和职人化的武士，日本历史上也少见儒生化的农民和农民化的儒生。儒生＋农民的革命，武士＋职人的维新——也许，撇开其他条件不说，撇开外来的意识形态影响不说，光是这两条，就足以使两国的现代形态生出大差别。与其说这种差别是政治角力的结果，不如说这种差别更像是受到了传统势能的暗中制约，受到地理、人口、发展机遇、人文传统等一系列因素的综合作用。

事情似乎是这样，种子在土地里而不能在石块上发芽，在不同土壤里也不可能得到同样的收成。人们在差不多一个世纪以来的制度崇拜，包括有关姓"社"还是姓"资"的简单化纠缠，常常遮蔽了所谓制度后面更多隐形的历史因缘。

整个 90 年代，日本的经济在徘徊萧条中度过，让很多中国人也困惑不已。想一想，是不是日本武士和职人的两大传统在百年之间已能量耗尽？或者说，是不是这些文化能量已经不再够用？

情况在变化。科学正在被自己孕育出来的拜物教所畸变，民主正在被自己催养出来的个人主义所腐蚀，市场正在被自己呼唤出来的消费主义巨魔所动摇和残害。情况还在继续变化，包括绿色食品的原始和电子网络的锐进并行不悖，全球化和民族主义交织如麻。进入一个技术、文化、政治、社会都在深刻变化和重组的新世纪，日本是不是需要新的人文动力？比方说，是不是需要在武士的激烈急迫之外多一点从容和持守？是不是需要在职人的精密勤勉之外多一点想象和玄思？

还比方说，日本是不是需要在追逐"先进"文明的狂跑中冷静片刻，重新确定一下自己真正应该去而且可能去的目标？


# 五


加藤说，东京各路地铁每天早上万头攒动，很多车站不得不雇一些大汉把乘客往车门里硬塞，使每个车厢都像沙丁鱼罐头一样挤得密不透风，西装革履的上班族鼻子对鼻子，几乎都被压成了人干。但无论怎样挤，密密人海居然可以一声不响，静得连绣花针落地好像都能听见，完全是一支令行禁止的经济十字军。这就是日本。

我说，中国各个城市每天早上是老人的世界，扭大秧歌的，唱京戏的，跳国标舞的，打太极拳的，下棋打牌的，无所不有。这些自娱自乐的活动均无商业化收费，更不产生什么GDP，但让很多老人活得舒筋活络，心安体泰，鹤发童颜。当年繁华金陵或者喧闹长安，市民们的尽兴逍遥想必也不过如此。这就是中国。

加藤说，很多日本人自我压抑，妻子不敢冒犯丈夫，学生不敢顶撞老师，下属更不敢违抗上司，委屈和烦恼只能自己一个人吞咽。因此日本的男人爱喝酒，有时下班后要坐几个酒店喝几种酒，喝得领带倒挂，眼斜嘴歪，胡言乱语，完全是一种不可少的发泄。提供更多解闷的商业服务也就出现了，你出钱就可以去砸东西，出钱就可以去骂人，客人一定可以在那里购得短时的尊严和痛快。这就是日本。

我说，很多中国人处世圆滑，毫无原则但也不拘教条，包括日本军队侵华时，中国伪军数量之多和易帜之快一定创世界之最。这些伪军中当然有附强欺弱的人渣，但也有不少人不过是脆卵避石，屈辱降敌并不妨碍他们后来明从暗拒阳奉阴违，甚至给日军使阴招下绊子，私通八路见机举义，直到最后投靠安全和实惠的真理。这些人似有多重人格，当不成烈士却也不一定全无心肝。他们到底是见风使舵投机自保，还是借力用力以柔克刚？连他们自己也不一定能明白。这也是中国。

加藤还说了很多。他说到加藤家先人是德川幕府的重臣，因而是明治维新中的反动派；说到东京禁用廉价汽油，名为加强环保实则是欺压穷人；还说到最近东大学生发明了一种软件，可把任何文章都转换成校长大人可笑的文体……说得我不免大笑。

但他和我都知道，无论怎样说下去，我们都是瞎子摸象，无法把中国或者日本完全说清楚。

加藤还是操一口纯正的京片子。他带我去参观东京博物馆。我们在这里遇到一群日本少男少女，像中国的很多同辈人一样，他们中也有好些人把头发染成黄色，以宣示新人类或新新人类离经叛道的美学，更宣示他们对欧美文明的向往。有意思的是，就是跟着这些向往，跟着这些化学工业造就的黄头发，我们走到博物馆最后一个展区，突然看到美军飞机在二战后期对东京等日本城市的轰炸。这里没有解说员，简略的几张图片下也没有详尽的说明文字。博物馆似乎对那一段历史既无法回避，又须尽量保持沉默，对当年十几个城市的遍地废墟闪烁其词——美国毕竟是当今日本最重要的盟国。但馆内扬声器里，持续不断地传出当年的实况录音，有警报的尖啸，有战机的俯冲和射击，有炸弹的爆炸，隐约可闻楼房坍塌和日语形成的哭喊，然后又是连绵不绝的嘈杂音响。

这种令人惊悚的录音在这里已经回响了多年，看来还将永远地在东京这一角飞绕盘旋下去，成为很多日本人偷偷咽入内心的永恒凄泣。

我不知道设计者当时为什么安排了这样一个录音馆。设计者是要让人们记住什么？而眼前这些黄发少年，对这种地狱声效又有何感受？

我们就要分手了。

我对青年加藤说，海南三亚也有穆斯林居住，欢迎他以后来海南做调查研究。我希望他能在海南或别的地方留下加藤家第三代人的中国故事。来日方长，这个故事才刚刚开始。

2008.6

此文最初发表于2008年《海燕》
杂志和《天涯》杂志

# 笛鸣香港

进入香港后的第一印象，就是不少高楼瘦长如棍，一根根戳在那里顶着天，让观望者悬心。

在全世界都少见这种棍子，这种用房屋叠出来的高空杂技。它们扛得住地震和狂风吗？那棍子里的灯火万家，那些蛀入了棍子的微小生物，就不曾惊恐于自己的四面临虚和飘飘欲坠？

我这次住九楼，想一想，才爬到棍子的膝部以下，似乎还有几分安稳。套间四十多平方米，据说市值已过百万。家居设施一应俱全，连厨房里的小电视和小花盆也不缺。但卧房只容下一床，书房只容下一桌一椅，厨房更是单人掩体，狭窄得站不下第二人。我洗完澡时吓一大跳，发现客厅里竟冒出陌生汉子。细看之后才松了口气，发现对方不是强盗，不过是站在对角阳台上的邻居，透过没挂上窗帘的玻璃门，赫然闯入我的隐私。

他不在客厅里，但几乎就在客厅里，朝我笑了笑，说了句什么，在玻璃门外继续浇洒自家的盆花。

他是叫海曼还是汤姆？

我不知该如何招呼。

港人多有英文名字——多族裔机构里的职员更是如此。这些海曼或汤姆在惜地如金的香港，如果没有祖传老宅或千万身家，一般都只能钻入这种小户型，成天活得蹑手蹑脚和小心翼翼，在邻居近如家人的空间里，享受着微型的幸福与自由。也许正是这一原因，港人擅长螺蛳壳里唱大戏，精细作风举世闻名。在这里，哪怕是一条破旧的小街，也常常被修补和打扫得整洁如新。哪怕是廉价的一碗车仔面或艇仔饭，也总是烹制得可口实惠。哪怕是一件不太重要的文件副本，也会被某位秘书当成大事，精心地打印、核对、装订、折叠、入袋、封口……所有动作都是一丝不苟按部就班，直至最后双手捧送向前，如呈交庄严的国书。

正因为如此，香港缺地皮，有世界上最大的人口密度、高楼密度、汽车密度，却仍是很多人留恋的居家福地。海曼们和汤姆们，即自家族谱里的阿珍们和阿雄们，哪怕在弹丸之地也能用一种生活微雕艺术，雕出了强大的现代服务业，雕出了曾经强大的现代制造业，雕出了或新潮或老派的各种整洁、便利、丰富、尊严以及透出滋补老汤味的生活满足感。毫无疑问，细活出精品，细活出高人，各种能工巧匠应运而生，一直得到外来人的信任。有时候，他们并不依靠高昂成本和先进设备，只是凭借一种专业精神与工艺传统的顽强优势，也能打造无可挑剔的名牌产品——这与内地某些地方豪阔之风下常见的马虎潦草以及缺三少四，总是形成了鲜明的对照。

一些称之为 mall 的商城同样有港式风格。它们是巨大的迷宫，有点像传统骑楼和现代超市的结合，集商铺、酒店、影院、街道、车站、学校、机关以及公园于一体，钩心斗角，盘根错节，四通八达，千回百转，让初来者总是晕头转向。它们似乎把整个城市压缩在恒温室内，压缩成五光十色的集大成。于是人们稍不留心，就会产生自己在酒店里上地铁，在商铺里进学堂，在官府里选购皮鞋的错觉。想想看，这种时空压缩技术谁能想得出来？这种公私交集、雅俗连体、五味俱全、八宝荟萃、各业之间彼此融合、昼夜和季节的界限消失无痕的建筑文化，这种省地、节材、便民、促销的建筑奇观，在其他地方可有先例？

一代代移民来到这里打拼，用影碟机里快进二或快进四的速度，在茫茫人海里奔走，交际，打工或者消费，哪怕问候老母的电话也可能是快板，哪怕喝杯奶茶或拍张风景照也可能处于紧急状态。"你做什么？""你还做什么？""你除了这些还做什么？"……熟人们经常一见面就劈头三问，不相信对方没有兼职和再兼职，不相信时间可以不是金钱。显然，这种忙碌而拥挤的社会需要管理，近乎狂热的逐利人潮需要各种规则，否则就会乱成一团。19 世纪末的英国人肯定看到了这一点。他们面对维多利亚港湾两侧乱哄哄黑压压的割占之地，面对缺地、缺水、缺能源但独独不缺梦想的香港，不会掏出什么民主，却不能不厉行法治。他们把香港当作一个破公司来治理。米字旗下的建章立制、严刑峻法、科层分明、令行禁止，成了英伦文化在香港最需要也最成功的移植。"政府忠告市民：不要鼓励行乞！"这种富有基督新教色彩的警示牌，大悖佛家和印度教的理法，也从欧洲舶来香港街头。

一次很不起眼的招待会，可能几个月前就开始预约和规划了。电话来又电话去，传真来又传真去，快递来又快递去，参与者必须接受各种有关时间、地点、议题、程序、身份、服装、座位、交通工具、注意事项之类的敲定。意向申明以后还得再次确认，传真告知以后还得书函告知，签了一次字以后还得再签两次字，一大堆文牍来往得轰轰烈烈。不仅如此，一次主要时间只是用于交换名片、介绍来宾、排队合影再加几句客套话的空洞活动结束之后，精美的文牍可能还会尾随而至：关于回顾或者致谢。

不难想象，应付这种繁重的文牍压力，很多人都需要秘书。香港的秘书队伍无比庞大当然事出有因。

也不难想象，港人在擅长土地节约之余，却习惯了秘书台上日复一日的巨量纸张耗费，让环保人士愤愤不满。

但没有文牍会怎么样？

口说无凭，以字为据。没有关于招待、合同、动议、决策、审计、清盘、核查、国际商法等方面的周到字据，出了差错谁负责？事后如何调查和追究？追究的尺度和权利又从何而来？……从这种意义来说，法治就是契约之治，就是必须不断产生契约的文牍之治——虽然文牍癖也有闹过头的时候，比方说秘书们为某些小事累得莫名其妙。

车载斗量的文牍，使香港人几乎都成了契约人，成了一个个精确的条款生物和责任活体。考虑到这一点，在庞大秘书行业之后再出现庞大的律师队伍之类，出现数不胜数的诉讼和检控，大概也不难理解了。

有一位老港人向我抱怨，称这里最大的缺点是缺乏人情，缺乏深交的朋友。光是称呼就得循规蹈矩不得造次：Mister，先生就是先生；Doctor，博士就是博士；Professor，教授就是教授——大学里的这三个称呼等级森严，不可漏叫更不可乱叫，以至只要你今天退休，你的"×教授"称呼明天立马消失，相关的待遇和服务准时撤除，相处多年的秘书或工友也忽如路人，其表情口气大幅度调整。这种情况——包括不至于这般极端的情况——当然都让很多内地人和台湾人深感不适，免不了摇头一叹：人走茶凉啊。

但人走茶凉不也是法治所在吗？倘若事情变成这样：人走了茶还不凉，人不在位还干其政，还要来看文件，写条子，打电话，参加会议，消费公款，甚至接受前呼后拥，有关契约还有何严肃性和威慑力？倘若人没走茶已凉，人来了茶不热，有些茶总是热，有些茶总是凉……那么谁还愿意把契约太当回事？

契约人就不再是自然人，须尽可能把感情与行为一刀两断，用条款和责任来约束行为。这样，缺乏人情是人生之憾，却不失为公法之幸，能使社会组织的机器低摩擦运转。面子不管用了，条子不管用了，亲切回忆什么的不管用了，虽然隐形关系网难以根除，但朋友的经济意义大减，询私犯科的风险成本增高。香港由此避免了很多乱象，包括省掉了大批街头的电子眼，市政秩序却井井有条，少见司机乱闯红灯，摊贩擅占行道，路政工人粗野作业，行人随地吐痰、乱丢纸屑、违规抽烟，遛狗留下粪便……官家的各种"公仔（干部）"和"差佬（警察）"也怯于乱来。哪怕是面对一个最无理的"钉子户"，只要法院还未终结诉讼，再牛的公共工程也奈何它不得。政府只能忍受巨大预算损失，耐心等上一年半载，甚至最终改道易辙。

因为他们都知道，法治治民也治吏。违规必罚，犯禁必惩，一旦出了什么事，就有重罚或严刑在等着，没有哥们儿或姐们儿能来摆平，也难有活菩萨网开一面。那么，哪个鸡蛋敢碰石头？

无情法治的稍加扩展就是无情人生——或者这句话也可反过来说。

这样，人情与秩序能否兼得？在难以兼得之时我们又如何痛苦地选择？

这当然是一个问题。说起来，香港人并非冷血，每日茶楼酒馆里流动着的不全是社交虚礼，其中很一部分仍是友情。特别是节假日里，家庭成了人性取暖的最佳去处，合家饮茶或合家出游比比皆是，全家福的图景随处可见，显现出香港特别有中华文化味道的一面。父慈子孝，夫敬妇贤，其情殷殷，其乐融融，构成了百姓市井的亲情底色。

这些人不习惯当差时的西装革履，更喜欢休闲便装；不习惯道貌岸然，更愿意小节不拘自居庸常——包括挂着小腰包光顾赛马场和彩票。与之相联系的是，他们的阅读大多绕开高深，指向报上的地方新闻和娱乐八卦，还有情爱和武侠的小说。他们使用着最新款的随身听、数码相机、便携宽频多媒体，但大多热心于情场恩仇和商界沉浮一类粗浅故事——这是通俗歌曲和通俗电影里的常见内容。内地文化人对此最容易耸耸肩，摇摇头，讥之为"文化沙漠"。其实这里图书、音乐、书画、电影的同比产出量绝不在内地之下，大量人才藏龙卧虎。稍有区别的是，他们的文化主题常常是"儿女情"而非"天下事"，价值焦点常常落在"家人"而不是"家国"，多了一些就近务实的态度，与内地文化确实难以全面接轨。黄子平教授在北京大学做报告的时候，强调香港文学从总体上说最少国家意识形态，是一个特别品种，值得研究者关注。据他说，学子们对这个话题曾不以为意。

学子们也许不知道，他们与大多港人并没有共享的单数历史。在百年殖民史中，港英当局管理着这一块身份暧昧的东方飞地，既不会把黄肤黑发的港人视为不列颠高等同胞，也不愿意他们时常惦记自己的种族和文化之根，那么让他们非中非英最好，忘记"国家"这一码事最好——这与一个人贩子对待他人儿女的态度，大体相似。这种刻意空缺"国家"的教育，一种大力培养打工仔和执行者而非堂堂"国民"的百年教育，也许足以影响几代人的知识与心理。

再往前看，香港自古以来就是天高皇帝远，"帝力于我何有哉？"这里的先辈们难享国家之惠，也少受国家之害，遥远朝廷在他们眼里实在模糊。当中原族群反复受到外来集团侵掠或统治，那里的国家安危与个人的生死荣辱息息相通，国与家关系密切，一如杜甫笔下的"国破山河在"多与"家书抵万金"相连。这是一种整体利益与个体利益高比率重叠的状态，忧国、思国、报国之情自然成了文化要件，"修齐"通向"治平"的古训便有了更多日常感受的支持，有了更强的逻辑力量。与此不同，香港偏安岭南一角，面对大海朝前望去，前面只有平和甚至虚弱的东南亚，一片来去自由、国界含混、治权凌乱的南洋。在这样的地缘条件下，如果不是晚近的鸦片战争、抗日战争以及九七回归，他们的心目中那个抽象的"国家"在哪里？"国家"一词对于很多人来说，是否显得模糊而遥远？

大多数港人也修身，也齐家，但如果国家若有若无，那么"治国平天下"当然就不如"治业赚天下"更为可靠实用了。这样，他们精于商道，生意做遍全球，但不会像京城出租车司机们那样乐于议政，不会像中原农民们那样乐于说古。内地文化热点中那些宫廷秘史、朝代兴衰、报国志士、警世宏论、卫国或革命战争的伟业，在这里一般也票房冷落。国家政治对于很多港人来说是一个生疏而无趣的话题。更进一步说，如果国家的偶尔到场，不过是用外交条约把香港划来划去，使之今天东家，明天西家，今天姓张，明天姓李，一种流浪儿的孤独感也不会毫无根由。

殖民地及其他侵占地都是精神和文化的流浪儿——香港不过是他们中比较有钱的一个。想一想，这个流浪儿是应该责难还是应该抚慰？他们的文化在经受批评之前是否应该先得到几分理解？

1997 年，很多港人在五星红旗下大喊一声"回家啦——"，但这个家，对于他们来说还是比较陌生，比如有相对的贫穷，有较多的混乱和污染，有文化传统中炽热的国家观和天下观。但无论人们是珍爱这个家还是厌恶这个家，"国家"终于日渐逼近，不可回避了。

世界上并非所有人都有国家意识，都需要国籍的尊严感和自豪感。诗人北岛说，他曾经遇到一个保加利亚人。那人说保加利亚乏善可陈，从无名人，连革命家季米特洛夫还是北岛后来帮对方想起来的。但那人觉得这样正好，更方便他忘记自己的国族身份，从而能以世界文化为家。出于类似的道理，多年来几无国家可言的港人，是否一定需要国家这个权力结构？他们下有家庭，上有世界，是否就已经足够？他们国土视野和国史缅怀的缺失，诚然收窄了某种文化的纵深，但是否也能带来对希特勒式国家主义的避免？……

无可选择的是，国家是现代共同体的基本形式。历史上的国家功罪俱在，却从来不是抽象之物，不全是旗帜、帽徽、雕像、诗词、交响乐、博物馆、哲学家们的虚构。对于九七以后的很多港人来说，即使抗英、抗日的伤痛记忆已经淡漠，即使内地输血香港的贸易秘密被长期掩盖，但国家也不仅仅意味着电影里的"内战"和书刊里的"文革"，而有了电影与书刊以外的更多现实内容。国家是化解金融危机时的巨额资金托市，是对数千种产品的零关税接纳，是越来越值钱的人民币，是越来越有用的普通话，是各种惠及特区的人才输入、观光客输入、股市资金输入、高校生源输入、廉价资源产品输入……一句话，国家是这里日常生活的一部分，正在成为真切可触的利益，正在散发出血温。

即便有些人对这一切不以为意，即便他们还是贬多褒少，但无论褒贬都透出更多北向的关切，与往日的两不相干大相异趣了。即便有些港人还不时上街呛声某些中央政策，但这种呛声同样标示出关切的强度。

汶川大地震后，我立在香港某公寓楼的一扇窗前，听到维多利亚港湾里一片笛声低回，林立高楼下填满街道的笛声尖啸，哀恸之潮扑面而来。各个政党和社团的募捐广告布满大街，各大媒体的激情图文和痛切呼吁引人注目，学生们含着眼泪在广场上高喊"四川坚强"和"中国坚强"，而高楼电子屏幕上的赈灾款项总数纪录，正以每秒数十万的速度不断跳翻……这一刻，我知道香港正在悄悄改变，一种心灵流浪大概行将结束。

我隔着宽阔海面遥望港岛，那一片似乎无人区的千楼竞起，那一片形状各异的几何体，如神话中寂静而荒凉的巨石阵。

我知道那里有很多人，很多陌生而熟悉的人，只是眼下远得看不见而已。

2003.4

此文最初发表于2003年《当代》杂志

# 万泉河雨季

## 一

当年农场接到了通知，全县组织革命样板戏移植会演，各单位必须拿出个节目。场里几个女生奉命开始合计。她们不会唱京剧，又嫌花鼓戏太土，一边铡猪草一边胆大包天地决定：排《红色娘子军》！

样板戏《红色娘子军》是芭蕾舞剧，是要踮脚的，是要腾空和飞跃的，是体重呼呼呼地抽空和挥发，身体重心齐刷刷向上提升从而羽化登仙那种。投入那种舞曲，像剧照里的女主角一样，一个空中大劈叉，后腿踢到自己后脑，不会把泥巴踢到场长大人的脸上去？

我们只当她们在说疯话。不料好些天过去了，几个疯婆子从城里偷偷摸摸回来，据说在专业歌舞团那里得了真传，又求得姑姑一类人物的指教，当真要在乡下发动艺术大跃进。虽然不能倒踢紫金冠，但也咿哒哒咿哒哒地念节拍，有模有样地压腿，好像要压出彼得堡和维也纳的风采。场长不知道芭蕾是何物，被她们哄得迷迷糊糊，说只要是样板戏就行，请两个木工打制道具刀枪，还称出一担茶叶，换来几匹土布，让女生自己去染成灰色，缝制出二十多套光鲜亮眼的红军军装。

好在是"移植"，可以短斤少两，高难动作一律简易化，算是形不到意到。县上对演出要求也不高，哪怕你穿上红军服装做一套广播操，也不会让人过分失望。《红色娘子军》第四场就这样排成了。万泉河风光就这样第一次出现在我的眼前。作为提琴手之一，我也参与了这次发疯，而且与伙伴们分享了成功。

我们在县里会演拿了奖，又被派往一些工地巡回演出。多少年后，我还记得最后一次演出之后，一片宽阔的湖洲上，突然下起了倾盆大雨，我在一辆履带式拖拉机的驾驶室里避雨，见工棚里远远投来的灯光，被窗上的雨帘冲洗得歪歪斜斜。我透过这些水流，隐约看见伙伴们在卸装和收拾衣物，在喝姜汤，在写家信。曲终人散，因为有人被专业艺术团体录用，有人申请"病退"回城，我们伟大的舞台生涯将要结束了。

我知道道具服装将不会再用，上面的体温将逐渐冷却，直到虫蛀或者鼠咬的那一刻。我还知道熟悉的舞乐今后将变得陌生，一个音符，一个节拍，都可能使人恍惚莫名：它与我有过什么关系吗？


## 二


十多年以后，我迁往海南岛，与曾经演奏过的海南音乐似乎没有关系，与很久以前梦境中的椰子树、木棉花、尖顶斗笠似乎也没有关系——那时候知青时代已经成了全社会所公认的一场噩梦。我曾经在琴弦上拉出的长长万泉河，已在记忆中被删除殆尽。

我是大年初一与家人和朋友一起启程的，不想惊扰他人，几乎是偷偷溜走。海南正处在建省办经济特区的前夕。满街的南腔北调，来自全国各地的青年学子在这里卖烧饼、卖甘蔗、卖报纸、弹吉他、睡大觉，然后交流求职信息，或构想自己的集团公司。"大陆同胞们团结起来坚持到底，到省政府去啊……"一声鼓动请愿的呼喊，听来总是有点怪怪的，需要有一点停顿，你才明白这并非台湾广播，"大陆同胞"一词也合乎情理：我们确实已经远离大陆，已经身处一个四面环海的孤岛——想到这一点，脚下土地免不了有了船板晃动之感，船外的未知纵深更让人怯于细想。

"人才"是当时海南民众对大陆人的另一种最新称呼，大概源于"十万人才下海南"的流行说法。同单位一位女子曾对我撇撇嘴："你看那两个女的，打扮得妖里妖气，一看就知道是女人才！"其实她是指两个三陪女。三陪女也好，补鞋匠和工程师也好，在她看来都是外来装束和外来姿态，符合"人才"的定义。

各种谋生之道也在这里得到讨论。要买熊吗？熊的胆汁贵如金，你在熊身上装根胶管龙头就可以天天流金子了！要买条军舰吗？可以拆钢铁卖钱，我这里已有从军委到某某舰队的全套批文！诸如此类，让人觉得海南真是个自由王国，没有什么事不能想，没有什么事不能做。哪怕你说要做一颗原子弹，也不会令人惊讶，说不定还会有好些人凑上来，争当你的供货商，条件是你得先下定金。

海南就是这样，海南是原有人生轨迹的全部打碎并且胡乱联结，是人们被太多理想醉翻以后的晕眩和跌跌撞撞。

"人才"涌来使当地人既兴奋又惶惑。特别是女人才们的一大特点让当地人惊疑不已，她们居然要男友或丈夫干家务：买菜，洗衣，带孩子，甚至做饭和做蜂窝煤，真是不成体统匪夷所思。阿叔，你好辛苦啊！当地男人常常暗藏讥笑和怜悯，对邻家某个忙碌的男人才这样亲切地问候，走过去好远，还回望再三，暗暗庆幸自己没有摊上一个"大陆婆"。我后来才知道，依照旧传统，海南男人一般是不受这种罪的。我后来的后来还知道，个中原因是他们的女人太能干，不光包揽家务，还耕田、砍柴、打鱼、做买卖、遇到战争还能当兵打仗——《红色娘子军》传奇故事发生在这个海岛，纯属普通和自然。

这些海岛女人大多有美艳的名字：海花，彩云，喜梅，金香，丽蓉，明娘，美莲……大方而热烈，热带野生花卉般尽情绽放，不似大陆很多女子名字用意含蓄、矜持、温良，吞吞吐吐。

这些海岛女人大多还有马来人种的脸型，那种印度脸型与中国脸型的混合，透出热带女人的刚烈和坚强。她们钢筋铁骨，赴汤蹈火，在所有男人们辛劳的地方，都有她们瘦削的身影出没，一个个尖顶斗笠下射出锐利逼人的目光。连满街机动三轮车司机也大多是这些女人，让初来的外地人深为惊讶。热带的阳光过于炽热了。这些司机总是一个个像蒙面大盗，长衣长裤紧裹全身，外加手套和袖套，外加口罩和头巾，把整个脑袋遮盖得只剩下一双闪动的眼睛。这在北国是典型的冬装，在这里却是常见的夏装，是女性武士们防晒的全身盔甲。她们说话不多，要价公道，熟练地摆弄着机器和修理工具，劳累得气喘吁吁，在街角咬一口干馍或者半截甘蔗，出入最偏僻或最黑暗的地段也无所畏惧。你如果不细加注意，很难辨认她们的性别。你甚至可以想象，如果出于生存的需要，她们挎上一支枪，同样能把武器玩得得心应手，用不着改装就成了电影里那些蒙面敢死队员，甚至眼都不眨，就能在战火硝烟中飞跑，拉响捆在自己身上的炸药包。

有人说，海南岛以前男人多是出海打鱼或者越洋经商，一去就数月或者数年，甚至客死他乡尸骨无存，家里的全部生活压力只能由女人们承担。也许正是这种生活处境，才造就了她们，也造就了当年的红色娘子军。

这种说法，也许有几分道理。

三

　　成立于 1930 年万泉河边的红军某部女子军特务连，还有后来的第二连，作为"红色娘子军"共同的生活原型，曾经历过惨烈的战斗，比如在马鞍岭尸横遍野，一个个女兵被开膛破肚，但有的手里还揪着敌人一把头发，有的嘴里还咬着敌人一只耳朵。她们也曾经历过残酷的内乱，在丁狗园等地遭遇风云突变，忍看成批的战友一夜之间成了 AB 团或取消派，成了内部"肃反"的刀下冤魂。

　　当革命的低潮到来，更严峻的考验出现了。队伍离散之后，生活还在进行。有的在刑场就义，有的蹲在感化院，更多的是自谋生路，包括在媒婆撮合之下嫁人成家，包括嫁成了官太太或地主婆。有些官太太或地主婆在日后的抗日斗争中又可能为国捐躯——没有人来指导和规划她们的人生，人生只是在风吹浪打之下的漂泊。这样的生活当然不是时时充满诗意，不是出演在舞台的聚光灯下，更没有仿《天鹅湖》那种轻盈而细腻的舞步。但这种没有诗意的生活，真实得没有一分一秒可以省略。特别是在娘子军被迫解散以后，女人们回到世俗生活，面对更复杂而不是简单的冲突，投入更琐屑而不是痛快的拼争，承受更平淡而不是显赫的心路历程，也许会付出更为沉重的代价。

　　只是这些代价不再容易进入舞台。

　　她们在清理战场的时候，发现一个个牺牲的战友，曾忍不住号啕大哭。一位血肉模糊的伤员，却没有任何遗憾和悲伤，临死前只有一个小小请求，请姐妹们给她赤裸的身体盖上一件衣衫，再给她戴上一只铜耳环——这是她生前最隐秘也最渺小的愿望。老阿婆讲述的这件往事，可惜没有进入样板戏，因为在生产样板戏的那个年代，人情以及人性是不可接受的，像耳环这样的细节总是让当时的文艺家们避之不及。恰恰相反，样板戏把敌我双方的绝对魔化或绝对神化，已到了极端的地步。

在这种情况下，一个极富讽刺性的效果，是样板戏《红色娘子军》风靡全国之际，却是大多数当事人大为恐慌之时，大喇叭里熟悉的音乐总是让她们心惊肉跳，把她们推向严厉的政治考问：你不就是当事人吗？奇怪，你为什么没有在战场上牺牲？为什么好端端地活到了今天？虽然你当年就没有在感化院写过忏悔书，但你是不是隐瞒了其他历史污点？你至少也是个胆小鬼没有将革命进行到底吧？……面对这样的质问，没读过多少书的女人们有口难辩，也找不到什么证据，来证明历史远比舞台剧情更为复杂。

于是，她们只能为自己历史上真实或虚构的污点长久赎罪。涉及娘子军的政治冤案，在海南岛随处可闻，直到上世纪80年代初才得以陆续平反。

在一个乡村福利院，我参加了春节前夕慰问孤老们的活动，事后散步到后院，闻到了一丝怪味。循着这股怪味，我来到了一孔小小的窗口，发现一间小屋里，一条赤裸的背脊蜷曲在凉席上，上身成了一个骨头壳子，脑袋离骷髅状态已经不远，掩盖下体的絮被已破烂如网，床头只有半碗剩饭，一股恶臭就是从这里扑面而出——大概是管理员好多天都捏着鼻子不敢进去清扫了。

我看见了耳朵上的一只耳环，才发现这是一个人，一个女人，但门窗上都有封锁空间的粗大木头，如同在对付一只猛兽。人们告诉我，这就是一个"文革"中被专案组逼疯的阿婆，眼下虽已获得平反，但疯病没法治好了。把她关起来，是怕她乱跑。

你们到前厅去喝茶吧，喝茶吧。管理员这样说，意思是你们没必要慰问她，反正她什么也不明白的。

呵呵，这没有什么好看的。另一个人说。

我心里一沉，突然想起了少年时代的演出，想起了舞台上雨过天晴的明丽风光里，那些踮着脚移动的女兵，朝红旗碎步轻轻地依偎过去，再依偎过去……我站在这个故事延伸到舞台以外的一个遥远尽头，不知道自己今后还能不能平静如常地回首那如幻天国。万泉河，特别宁静和清冽的水，从五指山腹地的雨季里流来，七滩八湾，时静时喧，两岸很少有村落和人烟，全是一座座移动的青山，是茂密的芭蕉叶和棕榈树的迎送，是它们肥肥大大的绿色填埋在水中。

你在船头捧起一捧河水，无法打捞沉积了千年的绿色，只有一把阳光的碎粒在十指间滑落，滴破你自己的倒影。

# 四

我在海南省Ａ县生活过一年，经常走过城中心红色娘子军的石头塑像，看见塑像下常有两个卖甘蔗的女孩，有时还有几个老人在地上走棋。

这里是万泉河下游，从 90 年代开始，成为旅游观光业开发的目标。日本的以及中国台湾、香港、海南的开发商在这里升起一座座星级酒店，带来了熙熙攘攘的人流与车流，也带来了大批浓涂艳抹的女子，给空气中增添一些飘忽身影，一丝丝暧昧和诱惑的香水味——从她们的口音听得出来，本地的女子倒是罕见。

一般来说，她们在白日里隐匿，到夜里才冒出来，四处招摇，装点夜色。如果临近深夜，她们觉得业务还无着落，就如同热锅上的蚂蚁到处乱窜。游人的汽车还没有停稳，她们的利爪可能已经伸入了车窗；游人刚进入客房，她们猖狂的敲门或电话可能接踵而至，甚至一头冲进门来赖在床上，怎么也轰不走。她们尖利的怒目，此时总是投向其他女人，把漂亮脸蛋当作最大的灾星和仇敌，或当作越界入侵者。她们用外地口音大喊："哪来的？这样不懂规矩？把她打出去……"

"扫黄"运动说来就来。一到这时候，风尘女们作鸟兽散，待风声过去，又偷偷地挎着小皮包聚合起来，在角落里描眉眼和抹口红。俄罗斯或者越南的女子可能也混迹其中。在她们的出没之处，其实还有一些身份不明的人，隐伏在不远处的茶馆里或者大树下，喝茶，抽烟，打牌，睡觉，聊天，打游戏机，看录像带，不时放出一个长长的哈欠。他们衣冠楚楚，不是打工者，不是游客，但总是在这里游荡，每天要做的事情似乎只有一件：收钱——等着某个女子把赚来的咸钱送到他们手里，供他们点数，供他们去吃喝。让人迷惑的是，有些女子居然把这个程序完成得急不可耐，票子还没有在手里捏热，就会气喘吁吁地跑来上缴，有一种业绩骄人的兴奋感，然后忙不迭地再投入新的街头拉客。

我后来才察觉到这些隐身的小白脸，无法不为之惊讶。这些吸血鬼居然不承认自己下流，按照他们的说法，别人谋生只需要投入资本或者体力，他们可不一样，付出的代价太沉重了，因为他们付出的是感情，准确地说，是爱情。他们脸上挤出一丝坏笑，常拍着胸脯保证，他们是那些风尘女的情人，是她们的慰藉和寄托，包括在她们哭泣的时候去擦擦眼泪，在她们病倒的时候去找找游医，在她们被警察抓走以后去交钱赎人……这桩桩事都容易吗？不容易的。因此他们是见义勇为，舍己利人，因此收入合理，毫不在乎"吃软饭""放鸽子"一类恶名。有时候，他们甚至觉得你们这些打工者和生意人算什么鸟？哪有他们的一份轻松和潇洒？

他们也许曾让自己的女人生疑，但女子沦落至此还能有什么别的指望？而一种毫无指望的日子是否过得下去？

爱是女人之魂。生活中一个哪怕最卑微的女人，一个对世界万念俱灰的女人，也常常不能没有爱这个最为脆弱的死穴。即使没有可靠的家，一个虚幻承诺也常常可以成为她们的镇痛毒药。一天，一个怒气冲冲的男人赶来，把自己的女人从嫖客怀抱里拉出来，揪住她的头发，狂扇她的耳光，然后把她像只死狗一样拖向归程——这个女人立刻受到了同业姐妹们的羡慕，甚至让她们热泪盈眶。呵呵，她们何时也能享受这种幸福的暴打？她们能否也有一个在乎老婆、在乎家庭而不在乎钱的男人？

　　一位警察告诉我：在这些女人中间，大约七成受到这种荒唐盘剥。这位警察还让我惊讶地得知，一些未能养上"鸽主"的女子，甚至会觉得前途渺茫，至少在同伴面前脸上无光，会急切地寻找与攀比。真是邪门了。她们常倾其所有，数万元乃至数十万元地甩出去，供养一个几乎注定无法兑现的承诺。

　　一个脂粉凌乱的疯女走过来了，又哭又笑的，嘴上有明显的血痕，脚下的高跟鞋只剩下一只。她一见小汽车就扑上去，像只彩斑壁虎死死贴在前窗上，对着车里的我们大喊："我没有存折，我没有存折！"……

　　没有人知道这只花壁虎后面的故事。

　　也没有人把她领入医院或者领回家门，更没有一支姐妹们组成的军队前来为她复仇——眼看就要天黑了，雨点正在飘落，热带雨季的阵雨总是准时抵达。在一个和平的、世俗的、市场化的逐利时代，革命已经远去，嘹亮的军号声已经没入宁静，没有人愿意多管大街上的闲事，包括为一个下贱的疯女人停下步来——虽然她们承担过各种暧昧的收费和罚款，让某些人享受着财政收入的增加；虽然她们曾为很多商家争来客源，提供过金灿灿的大把利润；虽然她们还一次次被文人们津津乐道地写进作品，其性奴的苦楚已被描写成性解放的狂欢，让文人赚得稿酬或版税。法国最近一本特别走红的小说，除了痛斥伊斯兰教，就是盛赞泰国及其他发展中国家的色情业：真是美妙的全球化啊，既能缓解欧美中产阶级的性苦闷，吸收掉这个世界上太多危险和无聊的荷尔蒙，又能给世界上的贫困地区和贫困阶层增加收入，岂不是最符合人性？凭什么要受到伪善者的指责？

一位著名的中国理论家也在立论，一心证明"红灯区"的重要意义：旅馆业、餐饮业、娱乐业、美容业、交通业、服装业、医药业乃至银行业，无不受到这一行业强有力的拉动，而资金由富区流向穷区或者由富人流向穷人，从经济学的角度看，还有哪一个渠道比女人的肉体更高效和更平稳的呢？

就在不久前，女性的苦难曾使新派人士们悲潮滚滚，把栏杆拍遍，将所有阶级姐妹都牵挂心头，恨不能拔剑出征替天行道。奇怪的是，他们中间的很多人，眼下面对灯红酒绿里的日常强暴，却总是心平气和通情达理，对社会上流行的鸨婆哲学也总是及时理解。他们已经展开理论上大规模的宽容，只要把压迫者的鞭子，由权力换成了金钱就行——在他们看来，人性当然是重要的，是无比伟大的，只是与卑贱者无关。

# 五

又是十多年过去了。大概是90年代后期的一天，一位朋友拉我去看内地再度上演的《红色娘子军》。这位朋友也曾在海南打拼，办过一个农场，后来被一场台风吓得屁滚尿流。他一出门，几百颗扑面而来的沙粒就射进了他的皮肉，到医院手术台上把一颗颗沙粒从肉洞里夹出来，竟花了血淋淋的整整六个小时。他说海南的台风实在太可怕了，你在那破地方还混个什么劲儿？

大幕徐徐拉开。惨淡阴森的灯光下，水牢情景浮现，镣铐的金属声哗啦作响，满身鞭痕的女主角缓缓起舞，在聚光灯下用每一个细胞挣扎，用每一个骨节悲诉，向一个她看不见的上空伸出空空双手……在这个舒适的大剧院里，看得出，那是一双没有挨过鞭打的手，纤细，柔软，嫩滑，也许只适合掩口浅笑或月下拈花，或泡在什么品牌洗浴液里。

接下来是四个女奴的中板群舞。年轻演员们个头高挑，技巧娴熟，对肢体应该说有足够的控制，但看上去仍是柔弱无骨，缺乏岩层般的粗粝和刚强，即便一齐举臂显露出身上条条鞭痕，但那红色分明不是鲜血，而是人体秀的油彩。她们给人失真的感觉，串味的感觉，不时透出华尔兹或者伦巴的风韵。

再接下来，群舞也好不了多少。一群热带丛林里的伪奴隶，倒像是一群纽约或巴黎的洋妞，搬弄着她们十分陌生的大刀和步枪，表达着她们十分隔膜的忧伤和愤怒。

但还是有很多人鼓掌。

女奴们用手臂挡住鞭击从而让琼花死里逃生的时候，孤苦无告的琼花被女兵们如林双手热情接纳的时候，琼花来到政委就义现场找不到身影于是向空阔四周一遍遍追问和悲诉的时候……生死相依的情景，义重如山的表达，如此久违与罕见，暗暗击中了观众们的震惊。剧场在升温，爆发出潮水般的掌声，并且有一种反常的经久不息。连我身边的朋友也拼命鼓掌，只是事后说不清自己为什么激动——他说他还哭了，却不明白一个夜总会的常客，一个差不多劣迹斑斑的老色鬼，今夜泪水为谁而流。

我发现更多的人也是泪眼花花。

对新一代演员的挑剔，对当年样板戏政治背景的警觉，似乎都足以成为取消鼓掌的理由。但我无法否认的是，当熟悉的乐浪在我体内呼啸，当舞者的手足一一抵达我视野中预期的区位，这出观看过好多回的芭蕾舞剧，眼下还是给我一种初看的新鲜。它不再是样板，不再当红与流行，在今天甚至退到了边缘位置，于是刺目的强光熄灭，让人们得以睁开双眼，重新将其加以辨认。我似乎惊讶地发现，这个幽暗中故事里的人性，其实比我料想的要多得多，比我料想的要温暖得多。

这个作品不是曾用刀枪吓坏过很多温良人士吗？如果高举刀枪有违人性，那么在你陷入恶棍围剿的时候，他人统统袖手旁观倒成了人性？如果奴隶造反有违人性，难道在你横遭欺诈或暴虐的时候，他人转过头去傍大款、拍马屁倒成了人性？是的，今天不会有太多的人，会为一个烈士的献身而痛泣；不会有太多的人，会把人间的骨肉情义默默坚守心底。如果——如果——如果这种痛泣和坚守都已陈腐可笑，那么我们是否只能把面色紧张的贪欲发作当成伟大的人性解放？或者，引起革命的压迫与剥削，革命所力图消除的压迫与剥削，在今天是否正成为人性复归的美妙目标？

也许我已经老了，见过了太多人事，于弦惊之处却依然忍不住鼻酸，似乎正在为不能确定身份和不能确定面目的什么人伤心——你是谁？你就是那个我一直熟悉但从未见过面的你吗？那个我一次次错过却一直在暗中寻找的你吗？今天还有多少人愿意挺身而出挡住落向你的皮鞭？还有多少人愿意伸出援手将走投无路的你接纳和庇护？也许，你不必过于悲伤和绝望，我的姐，我的妹，我的女儿和母亲，你至少还能听到掌声，听到四面八方经久不息的掌声，再一次在剧场里实现对革命的重申。革命是什么？革命确实是仇恨，是暴乱，是狂飙，是把天捅下来，但革命无非是暗无天日之时人性的爆发，是大规模恢复人性的号令和路标，因此也是一切卑贱者最后的权利——虽然革命大旗下同样可能重现罪恶，有时候会使革命变得面目不清，让回望者难以言说。

我也无话可说。

我擦擦眼角，止住一颗下滑的泪水。

2019.11

此文最初发表于2020年《芙蓉》
杂志

# 重返雪峰山

　　三十多年前，我在怀化地区林业局挂职锻炼。这个局管辖全省约三分之一的山林，差不多是个山大王，不过也是个穷大王，我这个副局长下林区也得蹭货车，搭乘那种拉木头的解放牌或黄河牌，叮咚咣当响一路，尘土飞扬半遮天。

　　我因此认识了潘司机。

　　老潘胖，怕热，常冒油汗，入夏后多是光膀子上路，有时还把车门打开，半个身子探出车外兜一把风，哦嗬一声做鬼叫——那时的驾驶室里没空调，烤得人肉都有几分熟。

　　即便山道上人少车也少，这种野蛮操作还是吓我个半死。

　　好像吓得我还不够，他回到座位，抹了一把脸："不好意思，一热就特别困，刚才都睡着了。"

　　我差点跳起来："你不能停下车睡吗？你好歹快五十了，要是活够了，莫拉上我啊。"

"没事，没事。"他笑了笑，"就是个打屁觉，不耽误开车。"

"你……不会是还在梦游吧？"

"怎么会？"他抽了自己响亮一耳光，然后手板伸给我，好像那就是有力证据。

我还是贪生怕死，不敢往下细想，强迫他把车停在路边，抽支烟，洗个冷水脸，嚼两块路边摊上的酸姜，休息片刻后再走。他嘟嘟囔囔，责怪我这纯粹是浪费时间，还满嘴歪理邪说，说午饭时要不是我夺了他的酒杯，他眼下精神头肯定更好，抢盘子肯定更加灵敏和来劲，也不会睡打屁觉。酒啊酒，酒就是他潘师傅最好的清醒剂知道不？

我得承认，他喝酒并不误事，二十多年来居然没出过事故，对雪峰山里的每条路都呼呼呼跑得顺溜。不论在哪里遇到路面塌方，走不成了，他也能在附近找到熟悉人家，高声大气，呼朋唤友，有吃有喝。大概是他来得多，帮山民们捎带过私客私货，他也从不把自己当外人，有时一进门就检查这个娃娃写字，指导那个木匠打墨线，还要吃点菜，一口一声自称"野老倌"，同主妇们开点不正经的玩笑，然后让我一同享受她们餐桌上的腌蚯蚓（看上去像酸豆角）或油炸蜻蜓（美其名曰金秧子）——昏黄油灯下我看不清楚，吃下去才知是大补，差点要喷呕出来。

照他说，眼下有公路了，有汽车了，一天可以跑上几百里，已经是神行太保，是孙猴子一个筋斗腾云驾雾。要放在以前，雪峰山的几根木头要运出去，难啊，只能钻山缝，走水路，让人们先扎成小排，用的是藤条篾缆，不可用铁丝钢钩，以便整个排筏柔软一些，缓冲一路上可能的挤压或碰撞，防止排散人亡。驾着这种小排，由溪涧进入江河，进入资水或沅水那里的宽阔江面，才能把小排积攒成大排，上下叠加，前后左右串联，大若一座座浮游的人工岛，是可搭窝棚架炉灶的那种，可捎带山货和散客的那种，以实现规模化经营。一声长啸报客往，他们迎山送岭，拨嶂推峰，顺流而下，一直漂到洞庭或长江那些大码头，把"人工岛"交付客商，既是卖货也是卖货船，这才算一次日落星沉的远行结束。

那些职业放排的"排拐子"，相当于那年头的物流捷运公司，把这些行当做得多了，对沿途的地名都如数家珍，对各地的水情已了如指掌。同样是一片平静碧波，他们只要瞟一眼，就知道哪里水急，哪里水缓，哪里水深，哪里水浅，哪里还有暗涌或暗礁。同样是水边石岸，他们甚至不用看，只是靠肌肉的记忆，就知道哪里藏有最佳落篙点，不会滑，不会塌，一戳一个准。这时候他们戳早了不行，撑晚了也不行，一定要稳稳地借助水势，等到木排眼看就要轰然撞翻的那一瞬，恰如其分地将长篙一点，或长短有致刚柔相济地左一撑右一拨，才能降伏排天巨浪，轻巧地避开鬼门关，跃入豁然开朗的下一程。三十六道湾，七十二个滩，这些在他们心中都已再熟悉不过，不过是儿时听惯了的一曲歌谣，哪里有半音，哪里有滑音，哪里该换气，哪里变假声，都已被耳膜无数次铭刻，永远也不会错的。

但他们从不吹嘘自己的本领。相反，每一次放排前他们都会小心翼翼敬天祭神，祈盼自己一路平安。他们的禁忌也特别多，比如从不说"散""塌""沉""翻"这些字，各人自带筷子，到时候不得在桌上分筷子，不得在桶里搓洗筷子，更不能用筷子盖碗，用筷子插饭，诸如此类，似乎小筷子就是大木排，就是大木排的魂，受不得惊扰和胡闹。沿途的伙铺、客栈、货商、某某的老相好之类也都懂规矩，从不乱动他们的筷子。

作为雪峰山放出去的主要耳目，那年头日本军队何时撤了，汽车长成什么模样，城里女子会不会勾魂⋯⋯这些新鲜的重磅消息也总是由"排拐子"们带回山里，使一个个山寨不至于悠悠坠入历史之外的深远寂静。

> 阿哥放排三月三，
> 阿姐河边洗衣衫。
> 桃花落水雾不散，
> 棒槌打手泪不干。
> ⋯⋯⋯⋯

潘师傅酒后就唱过这首情歌。

我眼下已听不到他的歌声，连往日林区的简易公路也几乎看不到了。这次入山的邀访者是陈，自称以前见过我，网上自我命名"哈协主席"——"哈（卵）"就是湘语中傻的意思，二的意思。

在不少人看来，他确实有点傻和二，都什么年代了，不知打了什么鸡血，他从上市公司老总一路打拼成家乡的农民头，从繁华都市一鼓作气高歌猛进到穷山寨，所有的身家血本砸下去，居然在雪峰山多点开局，建起了五大景区，一心用沥青公路和过山缆车接通城乡，让山里的夕照、富氧、幽泉、古树、刺绣、柴门、篝火、美食、歌舞、梯田、先人传说、冬日的雪以及夏日的凉等，统统变成游客的幸福和山民的财富——而且果真打造了一个企业扶贫的省部级知名样板。这个"老土"，走村串户，大概想象大家都是同他一样喜欢大碗喝酒和大块吃肉，同他一样喜欢石头、喜欢木头、喜欢泥土和山脊线、喜欢开门见山和天高地阔，为此多年来不厌其烦地说服地方官员和合作伙伴——这也就算了，有意思的是，这个黑大汉有时忙得一身臭汗两脚泥，据他同事说，还总是激情和精力过剩，随便逮住路上一位陌生阿婆，也能巧舌如簧滔滔不绝，详细解说他手上一块石头的地质特征和美学价值，阐述他穷乡僻壤遍地宝的变金术。

一直说到老阿婆迷迷瞪瞪，对他的深刻理论胡乱点头。

难怪一些同事也笑：还真是个大哈呀。

这一次，我也想去听听他如何解说石头。时值深秋，雁阵南飞，高铁"复兴号"不知何时已从省城滑出，一路上静静地暗中加速，很快就有了时速近300公里的飞翔感。眼一眨过桥，眼一眨钻洞，眨一眼又是桥……整个行程几乎就是桥洞相连，上天入地反复切换，闹着玩儿似的，对沿途的山山水水压根就是粗枝大叶视若无物没心没肺，已把旅行简化成一条唰唰唰任性的直线，一种舒适和洁净的服务平均值，一种旅客们恍恍惚惚的科幻遭遇。我完全找不到感觉了。这还是雪峰山吗？喂，喂，这还是雪、峰、山吗？睁大眼睛朝窗外寻找，一匹匹翠绿翻阅过去，当年的"排拐子"们在哪里？当年潘师傅的简易公路和叮咚咣当尘土飞扬在哪里？当年那油灯下客人们吃过恶心腌蚯蚓的一座吊脚楼，是否就在山那边？而当时围着黄河牌大卡摸来摸去的一群娃娃中，一个挂着鼻涕的光屁股男孩，被汽车喇叭声吓一大跳的，莫非就是多年后的陈大哈？……

我突然有一点心酸，至少是心慌。

飞翔吧。飞翔。现代科技正在大大缩短空间距离，却也一再刷新世界图景，一步步放大了时间距离，如同电影播放突然提速，让往日的人和事速来速去，很快就变得模糊不清，了无踪影，遥不可及更遥不可追。昨天已是久远。前天已是史前。我只能面对身后一片模糊，凭吊自己遗落在洪荒岁月深处的记忆残片——那是我青春的一部分。

也许，雪峰山，雪峰山，我这次完全算不上重返了，不过是奔赴一个重名的陌生之地，一片让人无措的茫然异乡，只能像一个两鬓斑白的婴儿，被山里的阳光刺得睁不开双眼，在那里经历新的一轮再生，一切都重新开始。

你飞翔吧——

我真不希望这样，但也希望就是这样。

2017.8.17

此文为2017年8月17日在湖南省
汨罗市八景村"发现故乡与乡土
书写"工作坊的演讲记录稿

# 大视角下的小故乡

我是距离这里最近的与会者，家里离这里就几百米。如果不是一个小山头挡住视线，你们可以直接看到我家的屋顶。大家有兴趣的话，闲时可以散步到那里，到我家去喝茶。

那个房子是 1998 年建的，当时国务院还没有下文禁止城市居民到乡下买宅基地。盖房的时候我并不在场，只是委托一个朋友打理，我说就盖成砖墙、柴瓦、木门木窗的那种，同农民打成一片。后来才发现农民根本不愿意同我打成一片，全是瓷砖、铝合金，甚至来几个落地窗和罗马柱，洋别墅的式样。这样，我那个房子就变成一个老土的房子。

我刚入住的时候，农民也不大理解。那时正是进城的高潮，大部分有点钱的人都会搬到城里去，至少到长乐镇——你们上午看过的地方，然后是县城、省城、北上广一类。所以他们觉得你来到这里，要么是脑子进了水，要么就是犯事了，来这里躲债、躲案子……有各种各样的猜测。后来他们知道我是一个作家，但也不大知道作家是干什么的。比较有见识的人，以为作家是记者，或者是秀才，会写对联、写祭文的那种。

我这样说，并不是说他们与文学毫无关系。事实上，写对联至少是乡村最大的文学运动，遣词造句是很讲究的，经常要被人挑剔来挑剔去。我写的《马桥词典》啊，《山南水北》啊，他们后来也偷偷地看，猜里面的谁是谁，要"对号入座"。我在书里写到一个神医，一个江湖郎中，其实名字也换了，地名也换了，但那个人物原型一看就知道我写的是他。他被我写成"神医"，其实有几分得意，但不满意我把神医写成了个"塌鼻子"。"我不是一个塌鼻子啊，我的鼻子长得很好啊。"直到他去世之前，他一直想找到我把这个鼻子的事说清楚。

这里原来建制上是一个乡，去年合乡并镇，同黄灯（汨罗籍作家、学者）的老家那边并成了一个镇，叫三江镇，有人口将近三万。很多人以为乡村和城市完全是两个世界，其实不是，至少不尽然。据我观察，城市有的问题，乡村差不多都有；城市里有的话题，乡村里差不多也都有。曾有一个七十多岁的老农，有一次酒过三巡突然问我：韩先生，我要问你个问题，这个问题我问了好多老师，好多科级和处级干部，他们都答不上来。我看了几十部电视连续剧，也没找到答案。我不知道他要问什么，有点紧张，说你问吧问吧，我尽可能试一下。他的问题是：什么是爱情？什么是友情？爱情和友情的区别在哪儿？这个可真是把我难住了。我说这是一个琼瑶式的问题啊，你问错对象啦。我支支吾吾，说爱情和友情之外，还有交情、亲情、色情……他说，色情我知道，那是吃快餐盒饭，止一下饿，我不谈论那个，那个太低级了。你们看看，一个乡下七十多岁的老头，同我们那些城市里的所谓小鲜肉、小清新呀，纠结的事好像也相差不远吧？

这里是汨罗的一个山区。就在我们开会的这个地方的下边，现在被水淹掉的一个地方，叫枫树坪，当年中共湘北特委的所在地，印发过《巴黎公社纪念宣传大纲》，与巴黎有关系的。为此，光这个乡就出了一百多个烈士。你们今天上午经过的前面那一个山口，叫梅冲，1944年王震领导的八路军南下支队在那里设过司令部。他们当时想在国民党的区域挖出一块红色根据地，打出一片天下，后来计划失败，又中原突围，回到陕北。我以前对这里也不熟，是当知青的时候来过这里。那时要买树、买竹子、买木炭，虽然是给集体买，但没有计划指标，所以也同做贼差不多，要挑着百来斤的东西躲过各种路卡，晚上翻山越岭，赶在天亮前走到长乐镇，喝一碗五分钱的甜酒，再一口气挑到我落户的地方，整个来回行程是一百多里路。那时还没有这个水库。八景峒、向家峒、蓝家峒三个大水库，都是"文革"中后期建设起来的。

我2000年重新来到这里，阶段性地居住，带来一辆捷达车，算是这个乡第一辆私家车。好多人来围观，这个说他下个月要嫁女，那个说他明天要开会，都想借车用一下。他们被拒绝之后，不免有些沮丧。我就说，放心吧，二十年之内，你们都有希望开上车。那时我说二十年，还觉得是一个很大胆的预言。其实也就是十年左右，这里的私家车已普及到 50% 的家庭。有一次他们开大会，小客车、小货车停满了学校半个运动场，吓了我一跳——这不活脱脱就是美国景象吗？以前，农村最揪心的事是吃不饱。现在呢，一家家开始愁"富贵病"，糖尿病、脑血栓、脂肪肝、血脂高什么的。我经常批评他们，说以前你们天天劳动出汗，现在却成天关起门来吹空调、打麻将，这个身体怎么受得了？你们以前几个月才吃一次肉，现在天天吃肉，顿顿吃肉，也是转弯太急了，这个身体怎么受得了？

很明显，中国乡村的经济建设已有了巨大的成就，但这并不是说没有问题。下面我就要回到今天交流的主题：怎样看待这些问题？如果给中国乡村来一个定位，需要哪些必要的参照坐标？


## 一、从历史看乡村


现在，我们有些年轻读书人不容易再回到故土，不大能接受家乡，倒不是说那里贫穷、落后、土气、青山绿水不再——这些他们大多还可以忍受；他们常常最觉得受不了的，是道德的崩坏，是世道人心和公序良俗的根基动摇。所谓笑贫不笑娼、笑贫不笑贪、笑贫不笑刁，这种情况在有些地方确实是一种刺心的存在。赤裸裸的金钱关系，连亲人之间也寡恩薄义，那么年轻人即便一心热爱家乡，怎么爱得起来？美好的乡情和乡愁在哪里？

所谓"土豪"现象，道德与文化确实是中国现实的一个短板，是乡村建设的重要短板之一。对这个问题光是放一放道德嘴炮，并不解决问题，需要一些冷静的观察。有一次打雷——我在城市住过多年之后，已几乎没有关于雷击的概念了——结果一个雷打下来，家里五件电器全被烧坏，搞得我狼狈不堪。但乡下人以前经常与雷电打交道，甚至很多道德观念也是靠这一类不可知、不可控的神秘力量来维系。"天人感应""因果报应""天打五雷轰"等，就是相关的说法。邻居告诉我，以前见天色不对，要打雷了，很多人就会及时关心父母：老娘，你是不是要一件新棉袄呀？我这马上就去做。老爹，你是不是想吃肉呀？我这马上就去买。这些话一定要靠近门窗大声说出来，让老天爷听见。为什么呢？因为老天听见了，在很多人看来，雷电就不会殃及其身了。

问题是，随着科学技术发展，现在我们装上避雷针了，雷公电母不起作用了，我们的老爸还能不能吃上肉，我们的老妈还能不能穿上新棉袄？当我们的医疗手段越来越发达，大幅度降低伤病的危害；当我们的救灾手段越来越发达，大幅度减少洪水、干旱、山火、蝗虫的危害，总之，不可知、不可控的神秘力量一步步减少，那么靠"老天"管理世道人心的机制还灵不灵？替代性的机制又如何建立？

除了"老天"，以前管理道德的另一个重要工具就是先人。在西方，人们常说"以上帝的名义"，但中国人爱说的另一句话是，"对得起先人"。先人，或说祖宗，就是一个中国化的上帝。祖宗意味着名誉和尊严，是一种无所不在的公共监视和家族群体压力，多少能约束人的一些行为，但现在呢，这样的作用恐怕也大不如前。将近三分之二甚至四分之三的乡村青壮年正在进入城市，成为流动、混居、相互陌生甚至处于匿名状态的农民工。祠堂基本上消失；祖坟也不再出现在房前屋后；周围没有族人们的身影；甚至连邻居也极不稳定，三天两头得重新辨认；碰到清明节、亡人节（七月半）、重阳节，在城市里也没法上香烧纸，没法建立和加固一种与先人仪式性的对话关系。如此等等，不过是因为环境的变化，因为生产方式和生活方式的变化，祖宗这个制衡角色正在弱化、淡化、虚化。这也是我们需要有所准备的一个历史过程。

当然，对于道德管理来说，历史性变化也不全是负面的。以前的乡村人情有很强的经济功能，"人情是把锯，你一来我一去"，隐含着一种先存后取的互助机制和期权关系。如果我们仔细了解一些贪官的案情，也许能发现有些当事人的隐情。比方他们来自乡村，以前家里穷，考上了大学没学费，怎么办？于是就把亲戚、族人们请来吃一顿饭，意在收礼金，拉赞助，相当于融资和参股，借助家族或村社的合力来对付高昂学费。那么问题来了，当他学成就业、升官晋级以后怎么办？他欠下那么多债，看起来软，实际上很硬，能不偿还吗？他一个科长，一个副局长，工资就那么几个钱，若不利用权力介绍个工程、安插两个人头、揩一点国家的油水，又拿什么来回报？有一个村的书记曾对我说：教育真是特别重要啊，一个地方关键是要出人才啊。你想想，将来读大学的多了，我们在财政局有人，在交通局、农业局、水利局也都有人；就算他们全部成了贪官，不要紧啊，肥水不流外人田，这些人总要回家盖点房子，修点路吧。

你们不要笑，这个书记是真心诚意这么说的，逻辑就是这样简洁和务实的。他觉得一个人读书做官，不捞点钱怎么回报家族和家乡？由此可知，经济不仅仅是经济，也是道德和文化的关联条件。所谓"人穷志短"——相反，一个人脱贫了，小康了，他的人格就可能更独立一些，更阳光一些，至少不必因一笔学费而背上沉重债务，受制于某种人情关系网的枷锁。这就如同工业化能带来妇女解放——没有工业化，女强人再多也困难重重；有了工业化，妇女们想不解放都不行，谁都拦不住。这里面都有一个历史变化的水到渠成。

那么，为了补上道德与文化这块短板，与其着急和开骂，还不如顺势而为，因势利导，注意各种新的资源、新的方式、新的机会，以便于拿出有效的治理举措。

## 二、从世界看乡村

中国的人情传统源于漫长的农耕定居历史，与欧洲人的游牧史迥然有别，这个老话题我们就不说了。

这里说一说土地政策的问题。我在印度、墨西哥看到过巨大的贫民窟，所谓世界上三大贫民窟奇观，只差一个巴西的没看了。你们可能看过电影《贫民窟里的百万富翁》——满世界的乞丐和流浪汉，就是那种景象，像一片五光十色的"垃圾"海洋，把城市里三层外三层地团团围住，谁看了都会觉得恐怖和窒息，觉得轰的一声天塌了。

稍懂得一点经济学的人肯定知道，这些国家的农村政策肯定出了大问题，土地政策一定是失败的。简而言之，因为土地私有化，因为土地兼并严重，大量失地的农民无路可走，从四面八方涌向城市，而虚弱的城市和工业又吸纳不了他们，于是只能把他们排拒在城外，成了里三层外三层包围这些孤岛型城市的海洋。只有在这里，人们才可能理解中国土地革命的意义，理解土改的意义，还有土地家庭联产承包制的意义。说实话，以前我觉得家庭联产承包责任制并不是一个最有效率的制度——农民就这一点点田土，人均几分地，顶多一两亩地，鸡零狗碎的，怎么形成规模效益？怎么走向"大农业"？生产、销售、技术创新的单位高成本怎么降下来？我也曾差一点赞成土地私有化，差一点相信市场这只"看不见的手"，能自动解决失地农民的谋生问题。但我看到国外的贫民窟以后，发现问题远不是那么简单。

不少经济学家说，如果允许土地自由买卖，农民立刻可以通过卖地获得可观的原始资本，就可以自主创业，进城做生意等等，促进现代化和城市化。但我在海南工作多年，亲眼看到不少郊区农民发了土地财，卖地以后腰缠万贯，手上戴几个金戒指，兜里一掏都是美元或日元，但一两年过去，两三年过去，他们的钱很快就挥霍一空，无非是赌博，嫖娼，吸毒，养二奶，三下五除二就被打回原形，重新成了需要社会救助的穷光蛋。林森（青年作家）是海南来的，你应该知道这些情况。由此可见，所谓人们都是"理性人"的启蒙主义假设，以为人人都是天然的理财能手、都能"利益最大化"的假设，大半是书生的想当然，具有极大风险。

如果从实际出发，我们才可能知道，为什么家庭联产承包责任制尽管不一定是最好的制度，却是社会巨大的稳定器，是给一大半老百姓社会保障托底。其微观经济效益如果不是最优，但至少有宏观的社会效益最优——至少让中国不至于成为全球第四个贫民窟大国。这种安排给广大农民工留了一条谋生的后路，也为工业经济应对波动周期，提供了充裕的回旋余地和抗压能力，形成另类工业化道路的"中国特色"。西方媒体把中国的"农民工"普遍译成 migrant labour（移民工），完全漏掉了亦"工"亦"农"的义涵，在这方面的理解上一直不得要领。

事实上，日本、韩国和中国台湾地区等东亚社会，也都是警惕土地兼并风险的。大体上说，这些国家和地区的乡村建设、农业发展相对成功，有关经验值得借鉴，比欧美经验更重要。欧美基本上都城市化了，因为他们碰上历史机遇，抢上了工业化的早班车，已把辽阔的发展中国家当成他们的"农村"，自己当好世界的"城里人"就行了。即算他们还有一点农业的问题，但基本上没有农村和农民的问题，只有 farmer（农场工），没有 peasant（农民）；只有前者的现代身份，没有后者的前现代身份；不像我们这里是农业、农村、农民三位一体，"三农"总是捆起来说的，现代／前现代的双重挑战是需要一并应对的。

欧洲多是"雨热不同季"，土地好，气候不好，即气候不大宜农，因此那里的森林和牧场还不错，却从未有过东亚这样深厚的农耕传统，直到很晚近的时候才摆脱农产品大量进口的地位。这样，他们的经验离我们太远，参考价值不大，更不可作为发展范本。有人想让中国重复欧洲历史，比如也把农村人口比例降到 5% 以下，但我一直不知道他们这样说的根据是什么。我们从未重复过他们的游牧经济、中世纪、殖民时代，为什么就一定要重复他们那种"都市化"？

东亚当然也有内部的差异性。比如，我曾注意到台湾的村庄大多人气旺，晚上万家灯火，寺庙香烛熏腾，"空心村"的现象很少见。后来才知道，台湾就那么大的地方，村里人白天进城打工，晚上坐一个捷运或大巴，骑一辆摩托，也是可以回村和回家的。再不济，周末才回村和回家，也大体上能照顾村务与家务。这使他们宗族、村社、部落的格局都相对完整和稳固，一时半刻没法被掏空。相比较而言，大陆幅员太辽阔了，广西的农民工去北京，贵州的农民工跑杭州，一去就是数千里，晚上怎么回村？"白天进城，晚上回村"的生活模式怎么可能？就因为这一点，这一个地理幅员条件的制约，现在大陆的乡村治理、乡村建设、乡村文化、乡村留守儿童和老人等问题，都多出了一个人力资源的困局。有时要找个能干正派的年轻人当村主任，配强几个村民组的业余组长，还真不那么容易。连划个龙船，跳个广场舞，都可能人力短缺。那么，大陆与台湾这一差异，是否会带来什么影响，会怎样影响两岸各自教育、民俗、公益、经济、政治、城镇化进程？

凡此种种，恐怕都是有意思的课题。

"发现故乡和乡土书写"是一个很重要的会议主题。今天我就此谈了一点零散的体会，算是起个头。谢谢大家。

读
时
代

# 知识，如何才是力量

2021.1

此文最初发表于2021年《文化纵横》杂志

在社会人文领域，经济学看上去已最像"科学"，至少最接近"科学"。这一学科在逻辑化、数理化、实证化等方面都努力向理科看齐，且走得最远，表现最为突出，动不动就有统计、民调、量化、实验的硬数据支撑，各种数学建模相当酷炫，不懂高等数学的人根本没法在圈子里混，一般文科生也读不懂他们的文献。但可惜的是，对2008年始于美国华尔街的全球金融海啸和经济地震，这个学科一直麻木不仁，发出预警的吹哨人极为罕见。差一点就囊括了本世纪所有诺贝经济学奖的美国大神们，尽管团购批发一般摘金累累，各有骄人建树，但从总体上看，却也从未拿出有效对策，来标本兼治产业空心化、不平等加剧、气候变化等危急趋势。两位诺奖得主受聘到华尔街操盘，甚至在汇市、股市里炒得自己大栽跟头[1]。

相比面目老派一些的哲学、史学、人类学……这个已用数学武装到牙齿的学科，是不是更像一门低能学科？

政治学也越来越像理科了，一直摆出高冷姿态，客观、严谨、中立、拒绝感情和价值观，但从业者们消耗了天文数字般的学术经费后，在 2016 年几乎异口同声断言：特朗普根本不可能当选！他们后来眼睁睁看到事情偏偏就那样，看到 2021 年年初"勤王大军"暴力冲击国会，其憋足了劲的精英反应，也只是发表一份两千多位学者联名的公开信，声称他们"只求理解政治而不参与政治"，呼吁捍卫民主和赶走时任总统，然后了事——是的，了事。如此不痛不痒的半纸鸡汤文，到底"理解"了什么？理解来理解去的结果，不过是一枚油腻和万能的"民主"标签？他们就不能比街头小贩或乞丐说出更多一点智慧？

心理学也好不到哪里去，已越来越依靠药片、仪器、实验室、数据库、模糊数学，其理论前沿已推进到神经元、基因、人机系统、大脑图谱的纵深。与此同时，当世界卫生组织宣布全球严重抑郁症数目一路狂增，将在十至十五年内成为第二大致亡疾病（2019年）；当法国国家卫生院的德斯穆格（Michel Desmurget）报告，以十多个国家的数据，证明人类的平均智商竟第一次出现隔代下滑（2020 年）；心理的"学"在哪里？能否告诉我们对策和出路何在？随着心理学的产业化，那日益火爆的心理诊疗有偿业务，到底是证明

[1] 1997 年诺贝尔经济学奖得主默顿和斯科尔斯，后来操盘巨亏 42 亿美元。

这一学科的成功还是失败？

社会人文"科学"的很多现状就是这样。

这不仅仅是哪一国的现状，全世界似乎都程度不同、特点不同地面临同样的窘境，面临同样的精英危机。

也许，衮衮诸公的研究并非一无是处。蚊子也是肉，钢镚儿也是钱，众多局部的发现和创见，积累于人类文明的长河，均可望助益新文明的成长。只是从总体上说，从实效上看，这些学科的"科学化"，即向理科的靠拢和模仿，离预期目标还十分遥远，至少尚未出现经济学、政治学、心理学等领域里划时代的牛顿和爱因斯坦，并未在人类重大的困难和挑战面前，有效履行科学家"整理事实、找出规律，并做出结论"（达尔文语）的职责。

他们是在哪里偏离、远离甚至背离了"科学"？

或者，我们是否一开始就误解了"科学"本身？

## 一、一个科学的低谷期

Science（科学），中国俗称"赛先生"，在严格意义下限指 16 世纪以来的近代自然科学，即"牛顿时代带着唯理论浪潮，也带着经验论浪潮呈现在我们面前"（赖欣巴哈语）[1]的一系列认识成果。在这里，如赖欣巴哈指出的：一是唯理论，一是经

[1] 见 H. 赖欣巴哈：《科学哲学的兴起》，伯尼译，商务印书馆，2017 年版。

113

验论，两大浪潮的汇合，即数理工具和实验工具的并举，演绎法和归纳法的兼备，才构成了"科学"的成熟形态和清晰边界。

爱因斯坦有类似看法。1953 年，他给一位叫斯威策（J. E. Switzer）的人写信，谈到"西方科学的发展以两项伟大的成就为基础"：其一是"源于古希腊欧氏几何学的形式逻辑体系"；其二是"文艺复兴以来依靠系统的实验以发现因果关系的可能"。他说"人类居然做出了如此发现，（这）才是令人惊奇的"[1]。

在这个意义上，如不少前人所指出的，科学是近代以来的特定产物，并不等同于"知识"（否则传统艺人、哲人的所有知识都可算作"科学"，中医理论更是如此）；也不等同于"正确"（托勒密的地心说，哥白尼的日心说，在后人看来都不算"正确"；热力学、活力学等在将来肯定也这样）。科学只意味着一种并非万能、不会完结的新型知识生产机制及生产过程。不过，这已够激动人心的了。作为欧洲启蒙运动的核心，这种科学，即数理与经验（演绎与归纳）的双引擎发力，缘聚则生，修成正果，贡献了一轮空前的全球性知识爆炸，带来了生产方式与生活形态的翻天覆地——特别是物质层面的巨变，把人类送入现代文明。以至当今太多人，会情不自禁地把"科学"等同于"知识"，再等同于"正确"，一个词集万千宠爱于一身，无限越位，无限升格，被视为可解决一切问题的神器。

这不是不可理解。

——即便这已类似神学家的态度，即很多

[1] 见爱因斯坦：《走近爱因斯坦》，许良英、王瑞智编译，辽宁教育出版社，2005 年版。

科学家强烈反对过的态度：以为上（kē）帝（xué）可搞定一切的妄自尊大。

文科一窝蜂向理科看齐，觉得自己不懂"数理"的纷纷内疚，怎么也得"实验"起来的万般焦灼，如此"科学化"潮流，就是在这种情况下发生的。这也许没什么不好。文理之间的互鉴纯属正常。事实上，这也有望克服不少文科著作中常见的空疏、虚玄、零散、模糊、偏好、独断、大而无当，还有过于依赖比喻的抖机灵或耍滑头——出于职业习惯，科学家最反对这样做。

不过，真正懂一点科学，真正学来科学的精神和方法，并且在运用中增强而不是削弱文科自身的所长，克服而不是包装文科自身的所短，并不那么容易。比如，不太好的消息是，文科生所热烈追求的科学——特别是基础科学，在20世纪却不幸陷入停滞。有心人已发现，1970年，第一架波音747飞机从纽约飞往伦敦用了八小时，而五十年后，类似飞行的时间未见任何缩短。1969年的载人航天器着陆月球，但接下来的半个多世纪里，人类足迹未能延展得更远，太空探测器也无质的更新，如火箭仍依赖化石燃料。1927年的列克星敦号航母，最高航速已达33节，而七十多年后投入现役的核动力戴高乐号，舰重减轻，航速却只有27节。上世纪60年代，很多人认为有生之年可实现星际旅行，但眼下连他们的孙辈，也只能用游戏机去火星。上世纪50年代，教授告诉学生们，五十年内人类将实现可控核聚变，清洁能源、人造太阳、海底城市、汽车飞天也不是梦想，但眼下学生的学生告诉学生，再等五十年吧，也许,可能,大概,是外星人远程锁控了我们的大脑(网友语)……

爽约不胜枚举,也令人困惑。回望 1915 年(广义相对论提出)、1927 年(量子力学形成)、1928 年(《基因论》发表),现代科学最重要的几大基石,竟在短短的近二十年间相约而至,高峰迭起,砍瓜切菜一般——那是多么辉煌的狂飙时代啊,后来的人类怎么啦? 学制越来越长,经费越来越多,队伍越来越大,论文越来越厚,但悠悠百年过去,科学界仍活在前辈巨人的阴影之下,即便在一些枝枝叶叶的项目那里,很多人也不过是为赛道上毫米级的胜出而毕生呕心沥血。

1900 年 4 月 27 日,一位物理学泰斗在英国皇家研究所的报告会上,对欧洲科学家们宣布,物理学已走到尽头,人们只能远望"天边令人不安的两朵小小乌云"——这还是指相对论与量子力学,指二者所构成的分裂僵局。2011 年,美国经济学家泰勒·科文在《大停滞》一书中断言,人们已经摘完了科学"所有低垂的果实"。2013 年,《自然》发表一篇更悲观的文章:《爱因斯坦之后,科学天才灭绝》。美国量子物理学家瑟奇(Christopher Search)认为:"理论粒子物理绝对是一门死学科。""几十年来我们对物理学的理解没有任何根本性的新发展。"其证据之一是:"现在的研究生使用的教材同我读研究生时用的完全一样……如果某个领域取得了根本性突破,难道你不认为教科书会过时,必须被全新的取代吗?"[1]

好不容易,一线机会终于出现。2011 年,

[ 1 ]见2020年2月16日《科学美国人》杂志。

欧洲"超光速中微子"实验团队（奥普拉）大喜，宣布他们已两次捕捉到这种粒子，打破了爱因斯坦关于光速是极限速度的论断。全球科学界为之一震：显然，这对科学的颠覆将超乎想象，几乎意味着因果律的轰然坍塌，时光机、时间隧道等触手可及。但接下来，各路科学家汇集于白雪皑皑的意大利格兰萨索山，十多万人通过视频日夜观看实验现场，最终只等到一个令人哭笑不得的乌龙：法国籍和瑞士籍的两位团队领导引咎辞职，因为"超光速"并未实现，团队此前的两次假成功，不过是掉链子——"GPS 接收器与电脑之间的光缆松动了"。以至一位意大利同行自嘲：这就对了，我们不可能打破自然界的一条基本法则——在意大利，没有任何事情是准时的。[1]

研究生们的教材看来还是无法更新。

这是新科学临盆前一时的屏息宁静，还是科学在微观和宏观两大铁板之间已脱困无望？没有人知道。当然，基础科学的大体封盘，并不妨碍近几十年来应用科学、应用技术的长足发展，甚至日新月异，遍地开花。人们毕竟迎来了抗生素、电视机、计算机、互联网、核动力、太空望远镜、人工智能……这一切在媒体上眼花缭乱热浪滚滚，正在全面定义新的业态与生活——不过，称之为"科学革命"让人犹豫，换上"技术革命""技术繁荣"之类用词显然更合适。不是吗？技术受惠于科学——特别是其基础与核心的原理，总是比后者慢一拍，不过是科学的传导、应用、衍生、物态化以及潜能释放，是

[ 1 ] 见 2012 年 4 月 17 日《南方周末》。

科学这棵大树上晚来的开花结果。

人们享受果实时，希望确保果树根系的强旺活力，确保下一轮种苗的萌发，大概不会是一份多余的关切。


## 二、理性工具大不如前

人的知识从哪里来？

一个中国人可能这样回答：实事求是，因实求名，格物致知，知行结合，能抓老鼠就是好猫，实践是检验真理的唯一标准……但中国传统中的这一套实践大法，接近西方的"经验论"，在古希腊主流学界那里却基本上行不通。

相反，古希腊学者虽不排斥实践，但不觉得实践是多大的事——也许那些宗教精英、贵族精英成天翻着羊皮书，对出门干活流汗一类本就不大擅长。在他们眼里，"真理"（truth）高于"真实"（fact），是世界固有的内在性逻辑，是以数学为范本的抽象体系。人类不是靠观察，而是靠洞见才能一步步进入那个普遍、绝对、神圣的公理化秘境——为此，你哪怕成天闭门造车，也没什么关系。

有一个根号 2 的故事。毕达哥拉斯是古希腊伟大的几何学家，最先证明了直角三角形中，"两直角边的平方和等于斜边的平方"。这叫"毕达哥拉斯定理"，又称"勾股定理"或"百牛定理"——

因为他的团队曾宰杀一百头牛，欢庆这一伟大定理的诞生。不料，他的学生希伯斯却发现一个疑点：如果一个正方形边长为1，那么根据该定理，其对角线的长只能是根号2；然而这既不是整数，也不是整数的比，在无理数概念尚未产生的当年，完全是一个怪物。毕达哥拉斯对此也百思不解，守着一条真真切切的线，面对一个逻辑漏洞，惊骇不已痛不欲生。为防止整个公理体系的崩溃，他恼羞成怒，下达封口令，严惩学派"叛逆"，不惜派一群打手出海追击，把那个仓皇出逃的家伙五花大绑，丢入大海喂鱼。这就是说，解决不了问题，就把提出问题的人解决；若事实抵触公理，那就把事实干掉！

事实算什么呢？事实能放之四海而皆准吗？在他们看来，观察和经验一再欺骗我们。想想看，水中折棍、海市蜃楼等，都是这样差点骗过人们眼睛的事实幻影。那么根号2肯定也是！

毕达哥拉斯学派就是带着这一股唯理论的狠劲，一种痴迷和一根筋，不管不顾，长驱直入，倒是在演绎法上别有所长——这是事情的另一面。从"万物皆数"（毕达哥拉斯语），到"数学是一切知识中的最高形式"（柏拉图语），到"自然之书是用数学语言写就的"（伽利略语），到"一切科学均可最终转化为数学"（莱布尼兹语），到"数学是科学的皇后"（高斯语）……欧洲的数学狂们层出不穷，创造了埃及、印度、中国等古文明中都不曾有过的一种知识理想和知识类型。习风所染，亚里士多德在《形而上学》中穷究五花八门的本质属性：人有人性，猫有猫性，树有树性，火有火性，三角有三角性，连普遍与具体本身也各有其"性"，自然与理念本身也各有其"性"。这些"性"，或者说这些"是"（Being），在中国人读来很陌生，特别扭，太烧脑，简直没法准确汉译。[1] 其实，作者不过是想编绘出一册数学式的公理大全，把全天下的抽象本质一网打尽，让它们从不甚完美的"事实"表象中显现出来。

不得不承认，这种准神学家式的执拗，使一种强大的数理工具源远流长。当东方的实践家们有了算术——有了算术就大体够用，能应付春种秋收、治国安民一类俗务，欧洲的唯理派却收获了数学——包括欧氏几何、无理数、对数法、虚数、微积分等，为"科学"勃兴提供了重要基础。

一旦与发端于英国的经验主义思潮两相汇合，互为依托，便如虎添翼，牛顿时代的喷薄而出就只是迟早问题。人们或是靠实验采集知识，然后用数理加以组织；或是靠数理预测知识，然后用实验加以印证，似乎怎么走都顺，哪一条腿迈在前面都行。以至从某一个节点孤立地看，有时知识还可以跳过实践，在学者密室里以先知预言的方式"先验"地发生——上帝就是这样干的吧？

海王星的故事就是这样：先是有人推算出它的空间位置，当天文学家后来架起望远镜，对准夜空中的那个位置时，果然发现了一个小小白点，与预估点位竟相差无几。化学元素周期表的故事也是这样：门捷列夫依据原子质量大

[1] 可比对中文版亚里士多德著《形而上学》，吴寿彭译，商务印书馆1981年版与1965年的Penguin Books英译版

小，对元素予以排列和推导，发现了一些先有数据而无实证的空白格子，而这些当时尚未发现的元素（镓、钪、锗等），事后果然被发现，由实践家们一一捉拿归案。

正因此，爱因斯坦在晚年《自述》一书中谈及真理的标准，除了"外部的证实"，即经验派所拥戴的实践检验，还加上另一条"内在的完备"，包括逻辑的简洁和美（比如他爱不释手的$E=mc^2$）——这其实是延续唯理派一脉遗风，深切怀念演绎法永远要求的严密与纯净。

"上帝不会掷骰子。"他的另一句名言，显示出他对因果律笃信不疑，相信世界就是笛卡儿心目中那种精密运行的钟表。

提到这一点，是因为唯理派在牛顿时代的好运气，并未延续太久。一旦遭遇现代科学的冲击，"钟表"之喻渐渐不合时宜。

不妨耐心回顾一下。源自古希腊的理性主义，一种普遍、绝对、神圣的世界因果秩序，首先在黑格尔等人那里撞上辩证法，陷入正题、反题、合题的迷阵，形式逻辑让位于辩证逻辑，"自相矛盾"从此有了合法性。接着，它在贝叶斯等人那里撞上概率论，必然逻辑让位于或然逻辑，等号几乎都成了略等号，"差不多"和"大概是"从此有了正当权。再后来，它在哥德尔等人那里撞上"不完全性定理"，发现公理的一致性与完全性不可兼得，数学的自洽和相应证明不可兼得，看似完美的逻辑体系原来一直处于带病的状态，不能不让人惊醒和沮丧。与此同时，它被欧氏几何与非欧几何的分裂炸了个半晕，发现在高斯、黎曼等人那里，公说公有理，婆说婆有理，此真理和彼真理居然互不通约，统一逻辑变体为多重逻辑。它还在普朗克、海森堡、玻尔、薛定谔等人那里，被量子力学拖入一片泥沼，发现在亚原子层面的微观世界，与常规世界不同，几乎一切都"测不准"。A 也是 B，有也是无，到底是什么，其随机结论只是取决于人们采用何种观察方法和观察工具，因此因果认知的客观性被釜底抽薪。

连因果律的坚信者爱因斯坦——如果不是在实证层面，至少在假说层面，也对自己伏下了潜在威胁。所谓因果，只能是前因后果吧，只有在时间轴上才有意义吧。然而，恰恰是根据他的相对论，时空不可分割，均在运动中变化。运动的尺在相对变短；运动的钟在相对变慢，达到光速时则时间消失。这就相当于说，一切因果链在那时都会溃散，在超过光速时则会倒置。一个乡下老汉可能因此万分惊骇：照这样说，人岂不会先死而后得病？孙子还会出生在儿子以前？

显然，要安抚老汉，确信这种惊骇大可不必，只能靠一条：宣布时光机是无聊的科幻，宣布爱因斯坦就是物理学的终点，关于光速是极限速度的判断永不可动摇。所有后来者都得趁早死心，不要像"奥普拉"团队那样，再去打光速的主意。

人们都会同意这一点？

很多人也无法证伪这一点。一切还是疑雾重重，构成了眼下知识生产的重大困难。换句话说，作为科学远航的双引擎之一，唯理论看上去已透支和冷却，数理工具的有限边界日显，对实验工具引领和支撑的作用远不如昨，即便——如前所述——数理革命的余热还热在应用技术的另一头，包括成为某些文科研究领域的新时尚，包括"数字经济"起爆革新大潮，"大数据""云计算"风起云涌，算法工程师和独角兽企业拿走了业界最丰厚的年薪或利润。

### 三、实践也多方面变味

爱因斯坦以后的科学发展，看来主要倚重经验路线和经验方法。可望成为科学最新主角的生物学据说就是这样。黑洞、暗物质、希格斯粒子等前沿研究，也多是依据海量的观察和实验，靠的是科学家们务实苦干、摩顶放踵、大海捞针、积沙成塔——发现海王星的那种先知式奇迹，已十分少见。

这其实很对中国知识传统的胃口。中国古人讲究急用先学，仅靠区区算术就鼓捣出了"四大发明"，还鼓捣出算术因素更弱更少的中医成果。中国人摘取诺贝尔科学奖尚少，但世界上最多的理工科大学毕业生、最多的技术专利申报、最多的科技论文发表、最高增速的新技术产业规模……都汹涌而来蔚为大观。中国人重应用、重实据的务实风格，在一些人看来，不过是儒家传统中"实用理性"（李泽厚语）或"实用主义"（安乐哲语）的一脉相承。

在某种意义上，中国的知识风气远欧陆，而近英美。英国人培根就狂赞过"三(四)大发明";同是英国人的李约瑟认为中国知识水平远超西方直至 13 世纪。孔夫子则最像美国实用主义的理论旗手"杜威先生"(蔡元培语)。当唯理派走下神坛,英美经验派更愿意强调,毕达哥拉斯的几何学其实源于古埃及修水利、建金字塔的工地,同样是干出来的学问,其人间烟火气不应被掩盖。中国人对这样的说法最可能鼓掌。

这没什么不好。实践确实是真理之母,哪怕在爱因斯坦那里,也是检验真理的唯二标准之一,响当当的。只是作为科学远航中的另一台引擎,进入现代以来,实践也面临新的故障。

至少可注意下面三点:

**(一)实践盲区**

这么说吧,前人的观察和实验都较为简易,便于操作,花费不大,也比较个人化。阿基米德靠一盆洗澡水,就可以发现浮力原理。牛顿靠一个枝头掉下的苹果,就可以构想重力学说。伽桑狄在一条航行的船上,从桅顶落下一块石头,就能检验地心说的真伪……那时的科学家都像草根"民科",多是单枪匹马,小打小闹就做出大学问,在知识的荒原上到处开疆拓土。

相比之下,随着日常环境和常规层面的科学发现接近饱和,特别是在物理学领域,易啃的骨头已啃完,科研就不再以米为单位、以克为单位、以秒为单位,而是一头指向亚原子层面的微观,另一头指向深空星际的宏观。这时候,观察和实验的成本急剧升高，"民科"风格就行不通了，绝大多数聪明的人和机构被排拒在机会之外。大型球面射电"天眼"，只有一两个国家可做。一台高能粒子对撞机，动不动就数百亿甚至千亿的投入，连美国、日本都供不起，谁还能玩？故杨振宁建议中国根本不要去搞。在高预算、高设备、高薪酬、高技术产业、高质量教育等配套条件缺位时，发展中国家的很多创新也无从谈起，几乎"被贫穷限制了想象"。很多国家的理科大学近乎奢侈品，既缺财务保障，又缺就业空间，于是重文轻理，甚至弃文从戎，实属学子们的无奈之选，诺贝尔奖这事不必想得太早。

进入一个市场经济时代，若无公权力的大手笔合理调控，很多实践总是缺乏后援。投资商以赢利为目的，只会青睐那些周期短、见效快、有购买力的应用科学和应用技术，宁可对奇技淫巧砸下重金，也不会对荒漠化、农田土质修复、非洲地方病等投入情怀；宁可"山寨""捡漏""做下游"，到处捡一些边边角角的业务，也不会对基础科学长期的冷板凳和可能的投资黑洞，多看上一眼。"军工联合体"通常成为拼抢战略红利的优先投入部门。依据同样的利益逻辑，早在 1976 年，美国的一半医疗支出都用于照顾病人生命的最后 60 天，加上另一大块用于性无能和脱发谢顶，相关研发显然不是为大面积穷国和穷人所准备的。[1] 全世界用于宠物、化妆品、奢侈品的研发投入，只要拿出百分之一，牙缝里省下一点点，培训四十多个极贫国家的脱贫

[1] 李尚仁：《现代医学的兴起、挫折与出路》，载金观涛等《赛先生的梦魇》，东方出版社，2019年版。

技能也绰绰有余。

长此以往，知识与利益捆绑，知识生产中的一部分，即零收益或收益不确定，却可能是人类迫切需要，乃至整个知识生态中至关重要的那部分，倒可能受到市场挤压，退出人们的视野。

一种知识的失衡不易补救。

（二）实践窄道

一个前辈观察当下的生活，也许会觉得现代人太无能，在越分越细的现代分工体制下，只能打拼在生产链的一个小小节点，只能是偏才，只能是人形零件，放在相邻工序就是废材，比如医院里的胃博士不可代班肠大夫，管结肠的与管直肠的也各管一段相互袖手。这远不如从前：医生多是全科医生，教师多是"全科"教师（至少可打通文史哲，或打通数理化），连一个农民也可能是"全科"农民（农林牧副渔样样上得了手），如此等等。

现代人回到家里也许就更笨了，即便是高学历的白领，也可能煮不好一碗面，洗不好一件衣，更不懂如何修桌子或出门挖草药。他们被"傻瓜化"的各种家用自动设备、被发达的电商配送服务，宠成了一个个"巨婴"，屁股常在沙发里生根，不时靠旅游、八卦、表情包来打发闲暇，还以为自己操弄傻瓜相机就懂得了摄影。

专业细分是知识增长的势所必然，有利于提高劳动效率，不就得这样吗？何况日子过好了，有钱人无须什么事都自己干，很多过时的知识和能力，要丢那就丢了吧。不过，如果他们的实践面过分收窄，"零件化"的职业状态叠加"原子化"的心理状态——某种个人主义的自恋和自闭，就很可能失去走出自我的能力，失去对父母、亲戚、邻居、朋友、服务者、合作者、庶民大众的兴趣和了解，失去在困苦、焦虑、情义、背叛、绝望、斗争、虚伪、牺牲中的历练，欠缺作为一个群居生命不可或缺的社会阅历。如果事情是这样，"巨婴"们就真的长不大了。

经验蕴积不够，必有感受机能的退化失敏，一如赤道居民对"冰雪"一词无感，即便翻字典读懂了，但肌肤、神经、情绪上还是无感。到这一步，任何优秀的文化和思想都不易与他们的心智接轨，更谈不上共振，"奶头乐"（Tittytainment）的亚文化潮流便会应运而生，取而代之，找到最合适的生长土壤，找到兴风作浪的资本吸金神器。娱乐为王，刺激为王，搞笑搞怪就是一切。因一味迁就受众轻浅的理解力，各种"神剧"都能成为热剧，"狗血"与"鸡汤"最容易成为头条。即便偶尔涉及历史和政治话题，有几枚流行标签就够了。他们一通嘴炮打下来，信者恒信，不信者恒不信。记得的恒记；不愿记的恒不记。碰到不顺耳的看法，有条件时要踩，没条件时创造条件也要踩——事情就这么简单！

这就说到文艺和时论，说回到文科知识了。据说"奶头乐"是出于冷战对手的阴谋，是刻意制造娱乐快餐，意在填满弱者心智，消解反抗既得利益者的意愿和能力。其实，即便没有外部输入，即便也不如另一些人所忧，他们也可诿责于父母、学校、社会的"娇惯"和"过度保护"，就更深原因而言，只要前述条件和趋势不变，只要人们对社会实践的疏远面、绝缘面、无知面不断增大，这些人想离开文化奶嘴，恐怕也难——这里既有知识的失衡（多表现于理科），也有知识的失真（多表现于文科）。

最日常的现象是，一些大学生居然被小无赖忽悠，一些硕士或博士被校园贷、高消费、假网恋、出国梦、成功学、邪教组织无谓吞噬生命，悲剧时见报端。他们的学业高分，他们的超长网龄，都不足以摆脱"利令智昏"的古老魔咒，不足以换来连古人也不缺乏的基本判断力，无法健全自己成熟和正常的人格。


（三）实践浮影

延续前面的话题，这是指现代人特别容易重知轻行，以知代行，使自己的实践日益虚浮，知识生产"脱实向虚"。

这也是说，牛顿和爱因斯坦那个时代尚属正常，资本主义拉动生产力，知识多服务于实业；然而自后工业化时代以来，正如金融玩起了体内循环，知识也开始服务自己。金融（投机）与知识（自肥）两大产业，已构成新资本主义的双"虚"。事情起码是这样。

读书当然是一件好事。特别是在古代，交通和通信工具不发达，人们的活动半径小，知识多是亲历性的直接知识，所谓要知道梨子的滋味，就亲自吃上一口。由此产生的知识量显然不够，非常不够，人们急需用书本补充间接知识，不能不羡慕"秀才不出门，全知天下事"。尽管庄子对书本并不特别信任，在《秋水》

中警告："可以言论者，物之粗也；可以意致者，物之精也"；陆游也对书本一直警惕，在《冬夜读书示子聿》中感慨："纸上得来终觉浅，绝知此事要躬行"；但毕竟那时间接知识极度稀缺，读书人都是宝贝疙瘩，直到 20 世纪前期，中国军队里的连长或营长，身边能有个识文断字的文书官，能看懂公文和地图的那种，还相当稀罕和要紧。

变化的拐点很快到来。中国的文盲率已从七十年前的 80% 降至 4%，高校毛入学率接近五成，这意味着印刷机、网络服务器开始热得发烫，谓之"信息"的间接知识出现疯长和爆炸，反过来大规模挤压和取代直接知识。在很多人那里，"知识"已等同于书本知识，"良好教育"已等同于完整学历，"知识就是力量"无异于文凭就是身价和话语权。一百本书产生一百零一本书，一千本书产生一千零一本书，知识的自我繁殖和次生、再生链条无可遏止。知识的分支也无比庞杂，以至同科两博士也可能互为聋子，因分支不同就听不懂对方的概念。从学前班到博士后，从鼻涕娃到白发生，很多人半辈子或大半辈子都在读读读，如果入职院校或媒体，更可能成为终身"书虫"——这种情况在文科领域特别多见，也特别令人担心。

书本有什么不好吗？能因此见多识广、旁征博引、集思广益，充分吸收前人和他人的成果，不正是人类智商提升和文明兴旺的最大优势？

这话没错。不过，美国电影《心灵捕手》（1997 年）里，一个禀赋过人的学霸，一位叛逆的天之骄子，曾被老师的一段话震击：

你从未离开过波士顿，是吧？所以你说到艺术，只有一些艺术书籍里的粗浅论调，关于米开朗琪罗，关于他的政治抱负，关于他与教皇的故事，关于他的性取向和他所有的作品，你知道得很多，对吗？但你不知道西斯廷教堂的气味，你也从未站在那里久久凝视美丽的天花板。

如果我说到战争，你会说出莎士比亚的话：共赴战场，亲爱的朋友，如此等等。但你从未接近过战争，从未把好友的头抱在膝盖上，看他呼出最后一口气，向你绝望地呼救。

如果说到女人，你八成也会说出个人偏好的谬论，你上过几次床，如此等等，但你说不出你在女人身旁醒来时那种幸福的滋味。你也许会引述十四行诗，但你从未看到过女人的脆弱，也从未看到她能击倒你的双眼，让你感觉到上帝的天使为你而来，把你从地狱里救出。你也并不了解真正的失去，因为唯有爱别人胜过自己的人才能体会，你大概不敢那样爱吧？
…………

不明书本之短，便有上述电影中的书本学霸，便有"知识最大的敌人——不是无知而是对知识的幻觉。"（霍金语）

这些大量冒出的"知道分子"（网友语），与真正的知识分子的最大差别，在于前者缺少现场性的感受和经验，缺少实践的重

130

力与活性。采访、座谈、参观、视察、实习……当然也是实践，聊胜于无，但如果不足够和深度地去做，便不足以激活、消化、修正、补充间接知识——更不要说发展了。永动机的空头理论，看似环环缜密，甚至合得上能量守恒定理，做起来根本没戏，就是这样来的。文科里的"口舌之学"而非"心身之学"（王阳明语），也是这样来的。笔者曾在一篇文章里说过：从未做过任何生意的在教经济学，从未参加过任何实战的在教战役学，从未当过记者或编辑的居然开讲新闻学，既未当过官也未造过反的居然把持政治学，而一个个人品行很糟糕的家伙则可能一再发表伦理学论文……你就那么相信？把他们的学问不断学舌和复制下去，人们就那么放心？

读书充其量只是半教育。积弊日深的全球现有教育体制延绵数百年，经新资本主义的塑造升级更为根深蒂固，需要一种大体检，需要一场大手术。这包括设计和推出一种新制度，视工龄与学历同等重，更鼓励师生双方对险难岗位工龄、研发工龄、多岗工龄的积攒，以重建人才评价标准体系，大大提升实践的地位，从根本上打掉应试教育、论文生涯所组成的荒唐闭环，如此等等，也许是所有社会改革议程中更具有基础意义的改革——至少是之一。问题是，各种既得利益集团不可能接受这一点。文凭工厂、论文生意等已把他们养得够肥，好日子还得过，知识利益的等级化和垄断化还得加固。哪怕"花钱买版面"在眼下很多地方已见多不怪并寡廉鲜耻，哪怕"SCI 数据库""JCR 报告""影响因子"

充满猫腻——不过是出自一家私人公司的生意经，业内不少人心知肚明，但还是会被奉为国际科研评价体系的超级指挥棒。[1]寄生于现有体制的大批教育商、学术商、传媒商、知识官僚已不习惯让实践家——特别是底层的实践家，带着汗水和手茧闯入他们的专属殿堂。

"行万里路"也好，"生活即教育"（陶行知语）也好，这类话也会被他们说一说，出现在什么演讲词里。不过其意思很可能被理解为旅游的消费账单，或看一眼平板电脑里的专题纪录片。如果能成为社会公益的形象工程，三两点缀于履历表，那更属难能可贵。

这样，很多企业和事业机构常感到无人可用，而越来越多的大学生却对社会感到畏惧，不愿毕业离开安全的校园，也不愿结束"宅男""宅女"的日子。教育与社会的裂痕日渐扩大，知识的信用度一路下滑。"我喜欢没受过什么教育的人！"特朗普这一口白，迎合了相当一部分底层人对精英阶层的戒心和愤怒，竟助其收割了史上选票第二高的政治人物光环。美国学者尼古拉斯·卡恩斯对全球228个国家和地区进行统计和比对，发现政治家中，平均学历高的反而比学历低的治理成绩更糟。[2]连麦肯锡这个全球最大的人力资源咨询管理公司，其老板的用人标准，也是一要hungry（饥饿），即绝不要富二代、官二代；二是要street smart（街

[1]江晓原：《"SCI"神话早该破了》，瞭望智库公众号，2020年2月25日。

[2] 见 Nicholas Carnes, White-Collar Government: The Hidden Role of Class in Economic Policy Making, University of Chicago Press, 2013。

头聪明），即灰头土脸摸爬滚打一路拼上来的，切不可是高学历的书呆子。[1]

这类迹象通常会被主流媒体略过去。不用说，实践主体意味着人民主体，意味着为人民服务的价值观，将严重冒犯某种隐形的政治机心与伦理禁脔。不少媒体人对此心照不宣，不会去斗胆冒险。


## 四、下要接地，上要接天

2020年的美国让人看得步步惊心，一些中国"文革"的过来人大概还有几分眼熟。很多城市在砸雕像、打招牌（大破"四旧"），游行示威不断冲击政府和议会（炮打司令部），烧汽车、抢商店、枪击案的暴力呼啸说来就来（文攻武卫），种族压迫的老账与暗中通俄的现行一起查（深挖阶级敌人），家人之间因政治反目并公开举报（亲不亲，路线分），连基本防疫措施也被视为政治陷阱（宁要资本主义的病，不要社会主义的医）……愤怒者几乎把一部历史剧异地重演了一遍。

两相比较，一个中国女孩穿条花裙子被指责为资产阶级的遗毒，与一位西方老妇戴口罩被指责为对自由主义信仰的背叛，实为异曲同工。中国当年并无贫富分化，也没外来移民群体，不存

[1] 陈平：《罗杰斯破解市场迷雾的经验之谈》，观察者网，2017年12月28日。

在具体利益冲突，也闹得那么凶，似乎不好理解。当这种失控出现在经济、教育高度发达的地方，出现于"山巅之国"和"上帝选民"中，也是一种不好理解。可见，不论东方还是西方，不论在穷国还是富国，人类的理性启蒙成果都不宜过于高估。意识形态教条化、极端化的失控，可随时击溃人的智商和温良，集体犯晕是一个持久的隐患。

其实，意识形态是利益博弈的思想工具，在其早期大多争之以理，多少要照顾到证据与常识；一旦进入教条化、极端化的状态，才会滑向非理性，通常表现为信仰狂热，思维僵化，脱离实际，无视事实，求助假新闻，成为一种不由分说和不可冒犯的神主。

邓小平在改革开放初期提出"不争论"，不是没有对主义的思考，只是因为书生们吵架误事，耗不起，说不清，不会有任何效果，"越辩越明"之类说法根本不灵。神主一上阵，只可能死磕到底，掀桌子，砸场子，白刀子进红刀子出。那么来一道封口令，便不失为一个不是办法的办法，一种务实者的权宜。

马克思在原则上同样寸步不让，却也至少五次宣称自己"不是马克思主义者"，见诸《马克思恩格斯全集》中文版第35卷385页、第21卷541页附录、第37卷432页、第37卷446页、第22卷81页。这无非是他担心自家学说也进入教条化、极端化的理解，失去生动活泼和包容开放的应有之义。他的自信表现为一再鼓励他人向自己发动质疑。

事情看来是这样，人们只要深入实际，来到现场，面对具体问题，由于各方都熟悉问题的来龙去脉和上下左右，有信息的充分沟通与分享，达成共识是大概率事件。要排涝就排涝，要修车就修车，要包产就包产，要反腐就反腐……谁会同自己的眼睛和钱过不去？除非白痴，很少人不通情理。因此，常见的情况是，越是到工人、农民、商人、基层官员、科技人员那里去，就越少听到意识形态化的口水仗。相反，一旦远离具体现场，一脑子事实换成一脑子理论，人们活得高雅和高深起来，闪耀着这种或那种"政治正确"的神圣光环，事情才会陷入危险，连"花裙子"和"口罩"也能通过"上纲上线"顷刻间变得易燃易爆。到那时，书本左派对抗书本右派，书本激进对抗书本保守，书本效率对抗书本公平……在书本知识的混战危机中，再好的道理都没法说了。

这并不是说"读书越多越反动"，不是说大老粗具有天然优势。事实上，无论学历高低，人们谈"主义"时都容易崩，谈"问题"时都不难磨合，与穿不穿草鞋没关系。这也不是说书本一定会惹祸，而是说这世界上，所有知识最终都需要落地实用。唯实践能清醒所有"永动机"式的理论空想和逻辑迷信，唯实践能给神主知识退烧、脱敏、活血、解毒，是知识重获解释力和引领性的前提，是一切伟大理论活的灵魂。

毛泽东1937年撰写《实践论》。一个极穷、极弱、极乱的大国在当时几无发展前例可援，各种洋教条让国人左右皆误、一再迷路，若无《实践论》的唤醒，没有一场大规模的知识生产自主解放，全社会行动力的不断凝聚和增强简直无从想象——那是一个并不遥远的生动故事，可为今人借鉴。

这就是"下要接地"的意思。

如果说神主知识不可取，那么碎片知识同样让人头痛，是时下求知者们的另一大灾情。这样说的背景，是当代的知识产能实在太强了，未来的知识更可能多得令人望而生畏。严格地说，对每一块石头都可考古，给每一个人都可写传记，而天上每一颗星星都值得成立 N 个研究院去探索……但我们需要那么多知识吗？太多信息让电脑死机。太多知识让人不堪其累，会不会反有多方丧生之虞，让人们不是更善于行动，而是更难于行动？

也许，需要一种筛选优化机制，助人们适时轻装上阵，排除大量不急需、不必要、不靠谱的知识。还需要一种活化组织机制，让万千知识各就其位，各得其所，组成手脚四肢和五脏六腑，共享统一的灵魂。不能不提到，随着解构主义等后现代哲学风行，旧的独断论遍遭清算，只是一篙子打翻所有的"大叙事"，视一切概念为"能指"和"神话"，在文本符号里层层揭伪，层层打假，把造反进行到底，痛快倒是痛快，但也有虚无之危——把"遮蔽性"统统罪名化，其本身是否也构成了一种新型的独断论？人们至少可以先问上这么一句。

这事暂且从略，不妨以后再说。物理学家霍金称："21 世纪是复杂性科学的世纪。"他是指理科。如果以物为认知对象的理科尚且如此，那么文科（还有医科等）以千差万别和千变万化的人为认知对象，当然更是复杂加倍——也许比微观和宏观的物理世界更复杂，即现有数理工具一时难以驾驭的复杂。这样，在一段时间内，一方面是识字率越来越高，知识产能马力全开，各领域、各层级、各门派、各分支、各种方法和风格、各种利益背景和实践细节，无一不在盛产知识；另一方面却是再建"大叙事"确实困难重重，眼看着散化的知识一散到底，很多人已习惯于各说各话，自说自话，头痛医头（甚至只医头毛），脚痛医脚（甚至只医脚皮），知识封闭、内卷化的程度日深。

国学派同工业党谈不拢，多元派同法律党谈不拢，这还算好理解。反核圈同劳工圈谈不通，女权派与自由派谈不通，就有点费解了。更让人奇怪的是，同是动保人士，宠物派和野生濒危派可能势不两立。同是原住民维权的同道，修路派和拒路派可能不共戴天。同是在抗议超级跨国公司的资本全球化，新左派、同性恋、民族主义者、黑客、素食人士、裸体主义者倒可能自己也闹成一团，甚至打上一场。有关瑞典"环保少女"的争议不过是最新一段插曲。在笔者记忆中，有两位文学朋友曾靠三五句话一见如故，立刻撇下我等庸常之辈，另择一室亲密深谈。可没过几分钟，大概也就是七八句话的工夫，两人又破门而出各奔东西，一个大骂"骗子"，另一个断言"那家伙屁都不懂"。可见隔行如隔山，不隔行同样可能隔了万重山！

不是要百家争鸣吗？争一争也许不错。既然都有理有据，那么任何人都有权发声。但如果人们都是用高音喇叭拼命发声，都希望别人张大耳朵听好，却缺少耐心、兴趣、时间听别人发声，失去了理解和包容他者的能力，大概不是一种正常。即便把杠精们挡在门外，都端起学术架子，拿出绅士风度，开出一个个优雅的高端研讨会，然而只要小题目路线和"牛角尖"癖好继续当道，互相屏蔽者的合影与碰杯也不正常。

有必要指出，作为前述实践盲区、实践窄道、实践浮影的产物，这种碎片知识多出于白领人士，往往经验含量甚少，戴上旧式的"经验主义"帽子并不合适。也许它更像一种小教条主义，或者说，是小教条和小经验煮成的一些夹生饭。

长此以往，众声喧哗，谁也听不清谁。没有统领小真理的大真理，真理便让位于形形色色"我"的真理。换句话说，"大叙事"溃散，其意外代价是大"三观（*世界观、价值观、认知观*）"随之缺位或暧昧，碎化了浮躁而低效的心智，使碎片知识无法得到一种知识方法、知识伦理的黏结与组织，离可操作性已越来越远。这一情形离争夺资源的难看吃相，与恶俗的知识利益，倒可能越来越近。

作为知识失能的正常反应，民粹主义和反智主义在此时的入场便不可避免。很多人无奈之余，最容易把解决乱局难题的希望寄托于一些强人，那些根本不要知识、不讲道理、作风粗鲁而强悍的可疑救星——比如指望一两个政治枭雄来拯救问题重重的"全球化"。"刘项原来不读书"（*毛泽东引用的章碣诗句*），那意味着历史再一次把知识搁置和冷藏，大棒再一次成为最有效语言，知识分子目瞪口呆暂时退局旁观。

以上就是"上要接天"的缘起。

科学史家库恩说过,"在公认的危机时期,科学家常常转向哲学分析……为新传统提供基础的一条有效途径",包括借助"直觉""意会""无意识",以革命的方式共约新的"知识范式",[1]共建一个新的思维共惠平台。这差不多是说,在不同专业之间,靠嗅也能嗅出一种有关知识的知识,向上升维,分中求合,以结束各自的画地为牢,结束各自专业可能的死局和不安全感。

这种哲学高瞻,需要对人类实践实现大规模的修复,需要来自实践前沿的睿智,既贯穿于各自的专业自信,也体现于及时的专业自疑,永葆自疑这一求实求新者的必备能力之一,以促成新思维的蓄势待发。这种哲学高瞻也需要人格与胸怀。康德是一个兼职数学家,终身蛰居偏僻小城,过着清贫的日子,其墓碑上却刻有这样一句:"有两种东西,我对它们的思考越是深沉和持久,它们在我心灵中唤起的惊奇和敬畏就会越来越历久弥新,一个是我们头顶浩瀚灿烂的星空,另一个就是我们心中崇高的道德法则。"这一墓志铭体现了一个伟大时代众多求知者的风貌,也蕴积了当年知识之所以成为力量的磅礴心志。那时候的人们并非说话句句在理,但天地和心灵是多么广阔!人们握有经验方法与数理方法两大工具,差不多就是握有理科版的"接地""接天"之道,就能把整个天下真正揣在胸中。

前人已远,后人接薪。时值全球现代化面临新的十字路口,各种知识小格局碎了又碎,我

[1] 见托马斯·库恩:《科学革命的结构》,金吾伦、胡新和译,北京大学出版社,2003年版。

们能否重建"三观"，重建形而上，打通知识的任督二脉，找到各种知识既能相互博弈和碰撞，又能相互通约、消化、滋养、激发的成长机制？我们能否跨过前人的许多见解，但找回前人的志向，谋术有别，为学相济，做事有别，为道相通，让全人类文明成果再次汇聚成共同前行的力量？这是逼近每个求知者的又一悬问。

2017.1

此文最初发表于2017年《读书》杂志

当机器人成立作家协会

一

人工智能，包括机器人，接下来还要疯狂碾压哪些行业？

自"深蓝"干掉国际象棋霸主卡斯帕罗夫，到不久前"阿尔法狗"的升级版Master砍瓜切菜般地血洗围棋界，江山易主看来已成定局。行业规则需要彻底改写：棋类这东西当然还可以有，但职业棋赛不再代表最高水准，专业段位将降格为另一类业余段位，只能用来激励广场大妈舞似的群众游戏。最精彩的博弈无疑将移交给机器人，交给它们各自身后的科研团队——可以肯定，其中大部分人从不下棋。

翻译看来是另一片将要沦陷之地。最初的翻译机不足为奇，干出来的活常有一些强拼硬凑和有三没四，像学渣们的作业瞎对付。但我一直不忍去外语院系大声警告的是：好日子终究不会长了。2016年底，谷歌公司运用神经网络的算法（algorithm）催生新一代机器翻译，使此前的错误大减60%。微软等公司的相关研发也奋起直追，以至不少科学家预测2017年最值得期待的五大科技成果之一，就是"今后不再需要学外语"[1]。事情似乎是，除了文学翻译有点棘手，今后涉外的商务、政务、新闻、旅游等机构，处理一般的口语和文件，配置一个手机App（应用软件）足矣，哪还需要职业雇员？

教育界和医疗界会怎么样？还有会计、律师、广告、金融、纪检、工程设计、股票投资……那些行业呢？

美国学者凯文·凯利（Kevin Kelly）是个乐观派，曾炫示维基百科这一类义务共建、无偿共享的伟大成果，憧憬"数字化的社会主义"[2]。阿里巴巴集团的马云也相信"大数据可以复活计划经济"。但他们未说到的是，机器人正在把大批蓝领、白领扫地出门。因为大数据和"云"计算到场，机器人在识别、记忆、检索、计算、规划、学习等方面的能力突飞猛进，正成为一批批人类望尘莫及的最强大脑，并以精准性、耐用性等优势，更显模范员工的风采。新来的同志们都有一颗高尚的硅质心（芯）：柜员机永不贪污，读脸机永不开小差，自动驾驶系统永不闹加薪，保险公司的理赔机和新闻媒体的写稿机永不疲倦——除非被切

[1] 见俄罗斯2016年12月28日《共青团真理报》。

[2] 见凯文·凯利著《失控》，新星出版社，2010年版。

断电源。

有人大胆预测，人类99%的智力劳动都将被人工智能取代[1]——最保守的估计也在45%以上。这话听上去不大像报喜。以色列学者赫拉利（Yuval Noah Harari）不久前还预言：绝大部分人即将沦为"无价值的群体"，这就是说，"无产阶级"的这件难事还没折腾完，庞大的"无用阶级"又叠加上来。再加上基因技术所造成的生物等级化，"我们可能正在准备打造出一个最不平等的社会"[2]！是的，事情已初露端倪。"黑灯工厂"的下一步就是"黑灯办公室"，如果连小商小贩也被售货机排挤出局，连保洁、保安等兜底性的再就业岗位也被机器人"黑"掉，那么黑压压的失业大军该怎么办？都去晒太阳、打麻将、跑马拉松、玩一次说走就走的旅行？一旦就业危机覆盖到适龄人口的99%，哪怕只覆盖其中一半，肯定就是经济生活的全面坍塌。在这种情况下，天天享受假日亦即末日，别说社会主义，什么主义恐怕也玩不了。还有哪种政治、社会的结构能够免于分崩离析？

数字社会主义也可能是数字寡头主义……好吧，这事权且放到以后再说。

作为一个文学爱好者，不能不想一想文学这事。这事虽小，却也关系到一大批文科从业者及文学受众。

[1] 赫拉利语，转引自2017年1月6日《环球日报》。

[2] 分别见赫拉利著《未来简史》，上海社会科学院出版社，2010年版；《人类简史》，中信出版社，2014年版。

143

# 二

不妨先看看下面两首诗：

其一：

西窗楼角听潮声，水上征帆一点轻。

清秋暮时烟雨远，只身醉梦白云生。

其二：

西津江口月初弦，水气昏昏上接天。

清渚白沙茫不辨，只应灯火是渔船。

两首诗分别来自宋代的秦观，和另一位IBM公司的"偶得"，一个玩诗的小软件。问题是，有多少人在两首诗前能一眼分辨出"他"和"它"？至少，当我将其拿去某大学做测试，三十多位文学研究生，富有阅读经验和鉴赏能力的专才们，也多见犹疑不决抓耳挠腮。如果我刷刷屏，让"偶得"君再提供几首，混杂其中，布下迷阵，人们猜出婉约派秦大师的概率就更小。

"偶得"君只是个小玩意，其算法和数据库一般般。即便如此，它已造成某种程度上的真伪难辨，更在创作速度和题材广度上远胜于人，沉重打击了很多诗人的自尊心。出口成章，五步成诗，无不可咏……对于它来说都是小目标。哪怕胡说八道——由

144

游戏者键入"胡说八道"甚至颠倒过来的"道八说胡"，它也可随机生成一大批相应的藏头诗，源源不断，花样百出，把四个狗屁字吟咏得百般风雅："胡儿不肯落花边，说与兰芽好种莲。八月夜光来照酒，道人无意似春烟。"或是："道人开眼出群山，八十年来白发间。说与渔樵相对叟，胡为别我更凭栏。"……这种批量高产的风雅诚然可恶，但衣冠楚楚的大活人们就一定能风雅得更像回事？对比一下吧，时下诸多仿古典、唐宋风、卖国粹的流行歌词，被歌手唱得全场沸腾的文言拼凑，似乎也并未见得优越多少。口号体、政策体、鸡汤体、名媛体、老干体的旧体学舌，时不时载于报刊的四言八句，靠一册《笠翁对韵》混出来的笔会唱和，比"道八说胡"也未见得高明几何。

诗歌以外，小说、散文、评论、影视剧等也正在面临机器人的野蛮敲门。上世纪60年代，美国贝尔实验室早已尝试机器写作。几十年下来，得益于互联网和大数据，这一雄心勃勃的探索过关斩将，终得茧破化蝶之势。日本朝日电视台2016年5月报道，一篇人工智能所创作的小说，由公立函馆未来大学团队提交，竟在1450篇参赛作品中瞒天过海，闯过"星新一奖"的比赛初审，让读者们大跌眼镜。说这篇小说是纯机器作品当然并不全对。有关程序是人设计的；数据库里的细节、情节、台词、角色、环境描写等各种"零部件"，也是由人预先输入储备的。机器要做的，不过是根据指令自动完成筛选、组合、推演、语法检测、随机润色这一类事务。不过，这次以机胜人，已俨如文学革命的又一个元年。有了这一步，待算法进一步发展，数据库和样本量进一步扩大，机器人文艺事业大发展和大繁荣想必指日可待。机器人群贤毕至，高手云集，一时心血来潮，什么时候成立个作家协会，颁布章程选举主席的热闹恐怕也在所难免。

到那时，读者面对电脑，也许只需往对话框里输入订单：

> 男1：花样大叔。女1：野蛮妹。配角：任意。类型：爱情／悬疑。场景：海岛／都市。主情调：忧伤。宗教禁忌：无。主情节：爱犬／白血病／陨石撞地球。语调：任意……

诸如此类。

随后立等可取，得到一篇甚至多篇有板有眼甚至有声有色的故事。

其作者可能是人，也可能是机器，也可能是配比不同的人（HI）机（AI）组合——其中低俗版的组合，如淘宝网上15元一个的"写作软件"，差不多就是最廉价的抄袭助手，已成为时下某些网络作家的另一半甚至一大半。某个公众熟悉的大文豪，多次获奖的马先生或海伦女士，多次发表过感言和捐过善款的家伙，在多年后被一举揭露为非人类，不过是一堆芯片、硬盘以及网线，一种病毒式的电子幽灵，也不是没有可能。

法国人罗兰·巴特1968年发表过著名的《作者之死》，似已暗示过今日的变局。但作者最后将死到哪一步，将死成什么样子？

是今后的屈原、杜甫、莎士比亚、托尔斯泰、曹雪芹、卡夫卡都将在硅谷或中关村那些地方高产爆棚，让人们应接不暇消受不了以至望而生厌？还是文科从业群体在理科霸权下日益溃散，连萌芽级的屈原、杜甫、莎士比亚、托尔斯泰、曹雪芹、卡夫卡也统统夭折，早被机器人逼疯和困死？

技术主义者揣测的也许就是那样。


## 三


有意思的是，技术万能的乌托邦却从未实现过。这事需要说说。一位美籍华裔的人工智能专家告诉我，至少在眼下看来，人机关系仍是一种主从关系，其基本格局并未改变。特别是一旦涉及价值观，机器人其实一直力不从心。据说自动驾驶系统就是一个例子。这种系统眼下看似接近成熟，但应付中、低速还行，一旦放到高速的情况下，便仍有不少研发的难点甚至死穴——比如事故减损机制。这话的意思是：一旦事故难以避免，两害相权取其轻，系统是优先保护车外的人，还是车内的人（特别是车主自己）？进一步设想，是优先一个猛汉还是一个盲童？是优先一个美女还是一个丑鬼？是优先一个警察还是三个罪犯？是优先自行车上笑的还是宝马车里哭的？……这些 Yes 或 No 肯定要让机器人蒙圈。所谓业内遵奉的"阿西莫夫（Asimov）法则"，只是管住机器人永不伤害人这一条，实属过于笼统和低级，已大大的不够用了。

美国电影《我是机器人》（2004 年）也触及过这一困境（如影片中的空难救援），堪称业内同仁的一大思想亮点。只是很可惜，后来的影评人几乎都加以集体性无视——他们更愿意把科幻片理解为《三侠五义》的高科技版，更愿意把想象力投向打打杀杀的激光狼牙棒和星际楚汉争霸。

其实，在这一类困境里，即便把识别、权衡的难度降低几个等级，变成爱犬与爱车之间的小取舍，也会撞上人机之间的深刻矛盾。原因是，价值观总是因人而异的。价值最大化的衡量尺度，总是因人的情感、性格、文化、阅历、知识、时代风尚而异，于是成了各不相同又过于深广的神经信号分布网络，是机器人最容易蒙圈的巨大变量。哪怕旧变量可控之时，新变量又必定纷纭迭出。舍己为人的义士，舍命要钱的财奴……人类这个大林子里什么鸟都有，什么鸟都形迹多端，很难有一定之规，很难纳入机器人的程序逻辑。计算机鼻祖高德纳（Donald Knuth）因此不得不感叹："人工智能已经在几乎所有需要思考的领域超过了人类，但是在那些人类和其他动物不假思索就能完成的事情上，还差得很远。"[1]同样是领袖级的专家凯文·凯利还认为，人类需要不断给机器人这些"人类的孩子""灌输价值观"[2]，这就相当于给高德纳补上了一条：人类最后的特点和优势，其实就是价值观。

[ 1 ]转引自贺树龙《人工智能革命：人类将永生或者灭绝》，载 waitbuywhy.com。

[ 2 ]见凯文·凯利有关前注。

148

价值观？听上去是否有点……那个？

没错，就是价值观。就是这个价、值、观划分了简单事务与复杂事务、机器行为与社会行为、低阶智能与高阶智能，让最新版本的人类定义得以彰显。请人类学家们记住这一点。很可能的事实是：人类智能不过是文明的成果，源于社会与历史的心智积淀，而文学正是这种智能优势所在的一部分。文学之所以区别于一般娱乐（比如下棋和玩魔方），就在于文学长于传导价值观。好作家之所以区别于一般"文匠"，就在于前者总是能突破常规俗见，创造性地发现真善美，处理情和义的价值变局。

技术主义者看来恰恰是在这里严重缺弦。他们一直梦想着要把感情、性格、伦理、文化以及其他人类表现都实现数据化，收编为形式逻辑，从而让机器的生物性与人格性更强，以便创造力大增，最终全面超越人类。但他们忘了人类智能在千万年来早已演变得非同寻常——其中一部分颇有几分古怪，倒像是"缺点"。比如人必有健忘，但电脑没法健忘；人经常糊涂，但电脑没法糊涂；人可以不讲理，但电脑没法不讲理——即不能非逻辑、非程式、非确定性地工作。这样一来，即便机器人有了遗传算法（GA）、人工神经网络（ANN）等仿生大招，即便进一步的仿生探索也不会一无所获，人的契悟、直觉、意会、灵感、下意识、跳跃性思维……包括同步利用"错误"和兼容"悖谬"的能力，把各种矛盾信息不由分说一锅煮的能力，有时候竟让 2+2=8 或者 2+2=0，甚至重量＋温度＝色彩的特殊能力（几乎接近无厘头），如此等等，都有

"大智若愚"之效，还是只能让机器人蒙圈。

在生活中，一段话到底是不是"高级黑"；一番慷慨到底是不是"装圣母"；一种高声大气是否透出了怯弱；一种节衣缩食是否透出了高贵；同是一种忍让自宽，到底是阿Q的"精神胜利"还是庄子的等物齐观；同是一种笔下的糊涂乱抹，到底是艺术先锋的创造还是画鬼容易画人难的胡来……这些问题也许连某个少年都难不住，明眼人更是一望便知。这一类人类常有的心领神会，显示出人类处理价值观的能力超强而且特异，其实不过是依托全身心互联与同步的神经响应，依托人类经验的隐秘蕴积，选择了一个几无来由和依据的正确，有时甚至是看似并不靠谱的正确——这样做很平常，就像对付一个趔趄或一个喷嚏，再自然不过，属于瞬间事件。但机器人呢，光是辨识一个"高级黑"的正话反听，就可能要瘫痪全部数据库——铁板钉钉的好话怎么就不是好话了？凭什么A就不是A了？凭什么各种定名、定义、定规所依存的巨大数据资源和超高计算速度，到这时候就不如人的一闪念，甚至不如一个猩猩的脑子好使？

从另一角度说，人类曾经在很多方面比不过其他动物（比如嗅觉和听觉），将来在很多方面也肯定比不过机器（比如记忆和计算），这实在没什么大不了的。但人类智能之所长常在定规和常理之外，在陈词滥调和众口一词之外。面对生活的千差万别和千变万化，文学最擅长表现名无常名、道无常道、因是因非、相克相生的百态万象，最擅长心有灵犀一点通。人类经验与想象的不断

150

新变，价值观的心理潮涌，倒不一定表现为文学中的直白说教——那样做也太笨了——而是更多分泌和闪烁于新的口吻、新的修辞、新的氛围、新的意境、新的故事和结构。其字里行间的微妙处和惊险处，"非关书也，非关理也"（严羽语），常凝聚着人类处理一个问题时瞬间处理全部问题的暗中灵动，即高德纳所称"不假思索就能完成"之奇能，多是"万象俱开，口忽然吟，手忽然书"（谭元春语），"恍惚而来，不思而至"（汤显祖语），"羚羊挂角，无迹可求"（严羽语），"此时无声胜有声"（白居易语），其复杂性非任何一套代码和逻辑可以穷尽。


## 四


如果事情就是这样，我们就只能想象，机器人写作既可能又不可能。

说不可能，是因为它作为一种高效的仿造手段，一种基于数据库和样本量的寄生性繁殖，机器人相对于文学的前沿探索而言，总是有慢一步的性质，低一档的性质，"二梯队"里跟踪者和复制者的性质。

说可能，是机器人至少可望胜任大部分"类型化"写作。不是吗？"抗日"神剧总是敌怂我威。"宫斗"神剧总是王痴、妃狠、暗下药。"武侠"神剧总是秘籍、红颜、先败后胜。"青春"神剧总是小鲜肉们会穿、会玩、会疯、会贫嘴，然后一言不合就出走……这些都是有套路的，有模式的，类型化的，无非是"007"系列那种美女+美景+科技神器+惊险特技的电影祖传配方，诱发了其他题材和体裁的全面开花。以至眼下某些同类电视剧在不同频道播放，观众有时选错了台，也能马马虎虎接着看，浑然不觉主角们相互客串。街坊老太看新片，根本无须旁人剧透，有时也能掐出后续情节的七八分。在这里，一点政治正确的标配，一些加误会法或煽情点的相机注水，这些人能做的，机器也都能做，能做个大概其。一堆堆山寨品出炉之余，有关的报道、评论、授奖词、会议策划文案等甚至还可由电脑成龙配套，提前准备到位，构成高规格的延伸服务。

机器人看来还能有效支持"装×族"的写作——其实是"类型化"的某种换装，不过是写不出新词就写废话，不愿玩套路就玩一个迷宫。反正有些受众就这样，越是看不懂就越不敢吱声，越容易心生崇拜，因此不管是写小说还是写诗，空城计有时也能胜过千军万马。评论么，更好办。东南西北先抄上几条再说，花拳绣腿先蒙上去再说。从本雅明抄到海德格尔，从先秦摘到晚清，从热销大片绕到古典音乐……一路书袋掉下来，言不及义不要紧，要的就是学海无涯的气势，就是拉个架子，保持虚无、忧伤、唯美一类流行姿态。"庆祝无意义！"（米兰·昆德拉语）遥想不少失意小资既发不了财，也受不了苦，只能忧郁地喝点小咖啡，能说出多少意义？脑子里一片空荡荡，不说说这些精致而深刻的鸡毛蒜皮又能干什么？显然，过剩的都市精英们一时话痨发作，以迷幻和意淫躲避现实，这些人能做的，机器也都能做，能做个大概其。无非是去网上搜一把高雅句子，再搓揉成满屏乱码式的天书，有什么难的？

还有其他不少宜机（器人）业务。

"类型化"与"装×族"，看似一实一虚，一俗一雅，却都是一种低负载、低含量、低难度的写作，即缺少创造力的写作，在AI专家眼里属于"低价值"的那种。其实，在这个世界的各个领域里，"高价值"（high value）工作从来都不会太多。文学生态结构的庞大底部，毕竟永远充斥着我等庸常多数。主流受众有时也不大挑剔，有一口文化快餐就行。那么好，既然制造、物流、金融、养殖、教育、新闻、零售、餐饮等行业，已开始把大量重复性、常规性、技术性的劳动转移给机器，形成一种不可阻挡的时代大势，文学当然概莫能外。在这一过程中，曾被称为"文匠""写手"的肉质写作机器，转换为机器写作，不过是像蒸汽机、电动机一样实现人力替代，由一种低效率和手工化的方式，转变为一种高产能和机器化的方式，对口交接，转手经营，倒也不值得奇怪。只要质量把控到位，让"偶得"们逐步升级，推出一大批更加过得去的作品也不必怀疑——何况"偶得"还有"偶得"的好处。它们不会要吃要喝，不会江郎才尽，不会抑郁、自杀、送礼跑奖，也免了不少文人相轻和门户相争。

显然，如果到了这一步，机器人的作家协会好处不算少，可望相对地做大做强，但终究只能是一个二梯队团体，恐不易出现新一代屈原、杜甫、莎士比亚、托尔斯泰、曹雪芹、卡夫卡等巨人的身影。这就像制造、物流、金融、养殖、教育、新闻、零售、餐饮等行业不论如何自动化，其创造性的工作，"高价值"的那部分，作为行业的引领和示范，至少在相当时间内仍只可能出自于人——特别是机器后面优秀和伟大的男女们。

## 五

问题重新归结到前面的一点：人机之间的主从格局，最终能否被一举颠覆？一种逻辑化、程式化、模块化、工具理性化的 AI 最终能否实现自我满足、自我更新、自我嬗变，从而有朝一日终将人类一脚踢开？……不用怀疑，有关争议还会继续下去，有关实践更会如火如荼八面来潮地紧迫进行。至少在目前看来，种种结论都还为时过早。

在真正的事实发生之前，所有预言都缺乏实证的根据，离逻辑甚远，不过是一些思想幻影。那么相信或不相信或半相信这种幻影，恰好是人类智能的自由特权之一。换句话说，也是一件机器人尚不能为之事。

人机差异倒是在这里再次得到确认。

1931 年，捷裔美籍数学家和哲学家哥德尔（Kurt Godel）发布了著名的"哥德尔不完全性定理"，证明任何无矛盾的公理体系，只要包含初等算术的陈述，就必定存在一个不可判定命题，即一个系统漏洞，一颗永远有效的定时炸弹。在他看来，"无矛盾"和"完备"不可能同时满足。这无异于一举粉碎了数学家们两千多年来的信念，判决了数理逻辑的有限性，相当于釜底抽薪，给科学主义、技术主义泼了一大盆凉水。

看来，人类不能没有逻辑，然而逻辑是灰色的，生命之树常青；语言、理论、各种知识的人之所言（名），无论怎样高级也是灰色的，言之所指（实）却常青。换句话说，由符号与逻辑所承载的人类认知无论如何延伸，也无法抵达绝对彼岸，最终消弭"名"与"实"的两隔，"人"与"物"的两隔——数学也做不到这一点。这个世界就是这样要命的略欠一筹。牛津大学的哲学家卢卡斯（Colin Lucas）正是从这一角度确信：根据哥德尔不完全性定理，机器人不可能具有人类心智。

这就是说，改变人机之间的主从关系永远是扯淡，因为世界＞智能、智能＞逻辑这个不等式不可改变——这也许既是人类之憾，也是人类之幸。

哥德尔出生于捷克的布尔诺，一个似乎过于清静的中小型城市。这里曾诞生过现代遗传学之父孟德尔、小说家米兰·昆德拉等，更有很多市民引以为傲的哥德尔。走在这条几乎空阔无人的小街上，我知道美国《时代》杂志评选的20世纪百名最伟大人物中，哥德尔位列数学家第一，还知道当代物理学巨星霍金一直将他奉为排名最高的导师。我在街头看到一张哥德尔纪念活动的旧海报下，有商业小广告，有寻狗启事，还有谁胡乱喷涂了一句：

上帝就在这里

魔鬼就在这里

这也许是纪念活动的一部分？这意思大概是，哥德尔证明了上帝的存在，因为数学是如此自洽相容；也证明了魔鬼的存在，因为人们竟然无法证明这种相容性。

是这样吧？

当然，并不是所有人都在乎哥德尔。美国著名发明家、企业家库兹韦尔（Ray Kurzweil）就是一个技术主义的激进党，其新锐发声屡屡被大众传媒放大，看来最容易在科盲和半科盲的大多数那里引起轰动，被有些"文青"热议和追捧，以平衡自己无知的愧疚感。据他多次宣称，人类不到2045年就能实现人机合一，用计算机解析世界上所有的思想和情感，"碳基生物和硅基生物将融合"为"新的物种"。时间是如此紧迫——这种新物种将很快跨越历史"奇点"（Singularity）[1]，告别人类的生物性漫漫长夜。

在他看来，在那个不可思议的新时空里，在科学家们的新版创世论之下，新物种不是扮演上帝而是已经成为上帝，包括不再用过于原始和低劣的生物材料来组成自己的臭皮囊，不再死于癌

[1] 库兹韦尔著《灵魂机器的时代》，上海译文出版社，2006年版。

细胞、冠心病、大肠杆菌（听上去不错），不再有性爱、婚姻、家庭、儿女和兄妹什么的（听上去似不妙），是不是需要文学，实在说不定……总之，你我他都将陷入一个完全陌生的魔法大故事里去。

请等一等。我的疑问在于，文学这东西要废就废了吧，但关于上帝那事恐怕麻烦甚大，需要再问上几句。

一个小问题是这样：如果那些上帝真是无所不知，想必就会知道一个再简单不过的道理——全员晋升上帝就是消灭上帝，超人类智能的无限"爆炸"（库兹韦尔语）就是智能的泛滥成灾一钱不值。有什么好？相比之下，欲知未知的世界奥秘是何等迷人，求知终知的成功历程是何等荣耀，既有上帝又有魔鬼的生活变幻是何等丰富多彩，人类这些臭皮囊的学习、冥想、争议、沮丧、尝试、求证、迷茫、实践、创造及其悲欣交集又是多么弥足珍贵，多么让人魂牵梦绕。在那种情况下，没有缺憾就不会有欲求，没有欲求就是世间将一片死寂。上帝们如果真是无所不能，如果不那么傻，想让自己爽一点，最可能做的一件事恐怕就是拉响警报，尽快启用一种自蒙、自停、自疑、自忘、自责、自纠，甚至自残的机制，把自己大大改造一番，结束乏味死寂的日子，重新回归人类。

难题最终踢到了上帝们的脚下。他们如果不能那样做，就算不上全能上帝；如果那样做了，就自我废黜了万能的特权。

我并不是说，那些上帝是仁慈的——就像不少技术主义者祈愿的那样。

库兹韦尔先生，我其实很愿意假定有那些上帝，也假定那些上帝并无什么道德感，甚至心思坏坏的太难搞定。不过它们即便一心一意地追求自我利益最大化,恐怕也只有那种"自私"的选择。

那一种纠结就绝无可能?

2019.12

此文最初发表于2020年《文化纵横》杂志

# 个人主义正在危害个人

越来越多的人找不到活下去的理由。美国《国家利益》网站2019 年 6 月 3 日报道：2009 年至 2017 年八年间该国的年轻人自杀率增长了 56%，严重抑郁者在不同年龄段的青少年中分别增长 69%至 100%。相关消息是，美联社同年 9 月 14 日报道：二十年来合成阿片类药物造成的死亡人数增长 800% 以上。而联合国儿童基金会和世界卫生组织同年 11 月 5 日报告，已覆盖人口 1/5 的抑郁症，估计在未来十年或十五年内将超过癌症，成为全球第二大致亡疾病，在不少地方成为第一大杀手。

这一趋势无关贫困。自杀率较高的不乏富国，不乏富国的都市和大学，倒是与全球四十多个最不发达国家的重合率极低。

这一趋势似乎也无关道德禁锢。历史上造成各种以身殉教、殉道、殉主、殉亲的意识形态，恰好在这个时代坍塌，让位于纵欲的消费主义最高峰值。

那么每年约80万人的自杀，数百万人的自伤，已如一次次血腥战争——敌人在哪里？敌人又是谁？

法国社会学家涂尔干（Émile Durkheim）写过著名的《自杀论》。在他看来，西方近代以来所推崇的个人主义，破碎了"作为整体的社会"，使个人与家庭、宗教、社会相脱离，让一些人感到生活空虚并失去目标，因此是一种极端个人主义催生了"利己型自杀"[1]。眼下，如果我们注意一下身边相关案例，稍稍了解一点案情，看看很多当事人那苍白的面孔、冷漠的眼神、孤独的背影，特别是那里诸多似曾相识的低级心理事故，还有无端的紧张关系，那么重新想起涂尔干，不是什么难事。


## 僧侣或家族的社会主义

不少人认为，最早的个人主义来自游牧者一个个孤零零的毡包。那些先民没有邻居，或者说邻居总在远处的地平线那边。限于一种刚性的生产方式，他们需要游居，以不断发现新的水草；也必然散居，以便均匀分配各家的水草——扎堆肯定会徒增牛羊觅食之难。与之相异的是，农耕社会里长期定居和聚居的大家族，在这里不

[1] 见《自杀论》，涂尔干著，台海出版社，2016年版。

可想象。大禹治水一类水利建设所需要的大规模集群协作，在这里也几无根由。除了战争，七零八落、各行其是的生活图景，更是这里的日常。

不过，以游牧为主要生计的西方先民，并不是只认个人，只重个人，只有个人化（或小家化）的习俗。他们有过行会和村社里多见的互助，起码还有宗教。宗教的教产公有、律己守诫、博爱济贫，就是对个人主义的制衡，差不多是一种僧侣社会主义，特别适合相互陌生的下层民众，比如亚欧大陆上那些足迹漫长而复杂的牧人和难民。日后的《乌托邦》（托马斯·莫尔）与《太阳城》（康帕内拉），作为人们对美好社会的理想，多是在教堂的钟声里萌发。

另一种形态是，儒家成长于东亚，有"雨热同季"等宜农条件，依托稳固的家族体制和亲缘关系。人们在什么地方一住就是几代，甚至几十代，因此更看重"孝悌"：以前者凝聚纵向的长幼，以后者和睦横向的同辈，编织亲属亲情网络。哪怕向外延伸，也是以"父子"推及"君臣"，以"同胞"推及"百姓"，以家喻国，视国为家，往根子上说，或可称之为家族社会主义，稍加放大便是天下"大同"的想象。

值得注意的是，16世纪以后，宗教也好，儒家也好，都成了现代启蒙主义碾压的弃物。《圣经》说："上帝爱世人。"但上帝是什么，谁能说得清？是那个让童女未孕而生并以圣血清洗世人原罪的耶和华大叔？《尚书》称："天视自我民视。"那么"天"又是什么？白云苍狗不就是一些水蒸气？雷公电母一遇到避雷针，不也得黯然下岗？

显然，因无物理学、生物学、天文学、人类学、经济学等以为支撑，缺乏足够的证据链和逻辑链，先人们只能把一种群体关怀和道德理性大而化之，含糊其词，凑合一点故事想象和武断格言，最终归因于僧侣的"神意"或儒生的"天道"。这在人类文明早期也许够了——放到16世纪以后，就不大容易听入耳，缺少实验室和方程式的配置。

一个科学的时代正在到场。

随着"神意"和"天道"退去，包括教会、儒林的腐败自损其公信力，群己关系的最大一次失衡由此开始，个人主义也开始由一种文化基因彰显为一种文化巨流。只有到这时候，一些中国学者才开始面生忧色，心生不安，渐启微词。费孝通担心西方文化长于"扬己"而短于"克己"。[1] 钱穆怀疑西方文化不过是偏离人性的"小我教"而非"大群教"。[2] 连严复也受欧洲一战的刺激，一反坚定西化派的立场，顾不上自己所译介的《天演论》（赫胥黎著），在晚年写给学生的一封信中，痛斥西方所为不过是"利己杀人，寡廉鲜耻"，反而是自己曾恶批过的孔孟之道"量同天地，恩泽寰区"。不过，这些声音来自一个经济落后的农耕社会，很快就被学西方、赶西方、同西方一个样的激进声浪所淹没，并不能阻止个人主义

[1] 参见《文化论中人与自然关系的再认识》，载《费孝通九十新语》，重庆出版社，2005年版。

[2] 参见《中国文化史导论》，钱穆著，商务印书馆，1948年版。

挟工业化大势，在全球范围内一路高歌猛进。

## 重己、崇私、尚恶的现代伦理启蒙

看来，"个人"只是一项现代的发明。

英国生物学家达尔文游历世界，写出了《物种起源》，动摇了基督教的创世论。他提出自然选择、适者生存、优胜劣汰，获得了大批死忠粉，也派生出不少夸张的解释或发挥。斯宾塞、赫胥黎、霍布斯、马尔萨斯……这些大牌学者争相把"个人自由竞争"视为现代伦理的核心，把"自然选择"简化为人间互争大法。

即便达尔文不曾这样极端。

在这些人"科学"的目光里，人也是一种动物，人类社会也是凶险丛林，是弱肉强食的喋血屠场，是一切人反对一切人的"永无休止的自由混战"（斯宾塞语）——这既包括个体之间的混战（霍布斯等强调的），也包括群体之间的混战（卡尔·施密特等强调的）。哪怕他人或他们和颜悦色，但无论富豪还是乞丐、白皮肤还是黑头发、陌生路人还是至爱亲朋……严格地说，对任何一个生命主体而言，都是潜在的对手，有天然的敌意，有凶险的虎爪和鹰嘴，其存在本身就是威胁。这种社会达尔文主义，差不多曾被黑格尔一语道破："恶是推动历史进步的动力。"

大争之世必有大争之道。时值资本主义野蛮生长，掠夺与萧条乱象纷呈，战争与革命四处冒烟，全球动荡不安。几乎每个人都恐慌，担心自己落入饥饿、破产、流亡、灭绝的境地。在这种情况下，兔子急了也要咬人，人们都无法坐以待毙，必须摩拳擦掌干点什么，于是"神意"或"天道"的心灵鸡汤自然成了废话，更像是自我精神去势，连社会主义者也听不下去，对不上心，用不上手——倒是恩格斯多次引述黑格尔的"恶动力"说，更愿意用利益的硬道理来解释历史和动员民众。

民主制就是一种政治个人主义。阿伦特（Hannah Arendt）说现代政治的特征就是"私人利益变成公共事务"[1]。欧克肖特（Michael Oakeshott）也将英国式的代议制，定义为"伦理学中确立的个体主义在政治哲学上的对应物"[2]。一人一票，当然得个体本位了。至于民主，那不过是通过博弈和契约的方式，追求"生命、自由、财产"（洛克语）三大个人权利，相当于搭建一种AA制的临时集体，在无限期的零和游戏中，形成一种争成了啥样就啥样、有机会就再争下去的机制。应该说，这对于及时解放社会中下层（特别是最需财产权的男性工商业者），唤醒较大面积的人权意识，意义非比寻常。只是由此伏下一种重己、崇私、尚恶的伦理性半盲，一种基础性的知识片面，到后来才逐渐看得清楚——比如民主既可以结束神权、君权那种虚伪的整体性，一旦需要向外争夺，也可以走火入魔，通向种族主义、殖民主义、法西斯主义的杀戮。

[1] 参见《人的境况》，阿伦特著，上海人民出版社，2009年版。

[2] 参见《政治中的理性主义》，欧克肖特著，上海译文出版社，2003年版。

164

市场化是一种经济个人主义。作为一位重量级辩手，哈耶克（Hayek）既黑马克思，也灭凯恩斯，批评一切红色、粉色、白色的国家干预和社会福利，据说一度有助于扭转某些西方国家的经济失速。只是他的伦理学基点，仍沿袭斯宾诺莎、洛克、康德、尼采、黑格尔、霍布斯一脉，是个人主义的忠实传人。在《通向奴役之路》一书中，他宣称国有化一类出于"人为的设计和强制"，因此是必败的乌托邦；而私有制和市场资本主义的内在优势，不可战胜的最大理由，乃因"自生自发而生"，是一种"自然秩序"。这话听上去耳熟，与社会达尔文主义的"自然选择"明显撞脸。事实上，从亚当·斯密到米尔顿·弗里德曼（Friedmann），主流经济学家都这么说，大学里差不多都是这么教的。在他们看来，人类这些衣冠猴子面对食物和领地时，互争是"自然"，互助当然就是强制；恶是"真实"，善当然就是虚伪……这一叙事数百年来已成普遍共识，板上钉钉，不言而喻，以至日常生活中各种耍奸使坏的私语，大多能引起在场者会心一笑或挤挤眼皮，足以证明它的常识化、默契化，甚至 DNA 化。哈耶克不过是从 DNA 再次提取学问——即便他在日后的经济危机中遭遇冷却。

文化领域里的个人主义更是异象纷呈，其中弗洛伊德当然是不可漏提的一位。他推出了个人主义的非理性版，影响至深至远，以至作家罗曼·罗兰提名他获诺贝尔文学奖，理由是"他的精神分析学……在过去三十年间深深影响了文学界"——后来还差一点就真获了。彼得·沃森（Peter Watson）考虑到"现代主义可以看作是弗洛伊德无意识的美学对应物"[1]，干脆把自己的大部头取名《思想史：从火到弗洛伊德》。不过，据这本书说，在弗洛伊德以前，"无意识"也好，"力比多"也好，早已是流行话题，并非弗氏发明。他的发明不过是把性欲视为所有癔症的根源，又是所有创造力的奥秘。这使他暴得一时大名，却一再依靠临床数据造假，差不多是"江湖骗子"所为。有意思的是，文化圈根本不理睬精神医学界的质疑和举报。外来的和尚就是好，就是灵，就是"科学"。诗人、小说家、画家、影评人等还是纷纷投奔弗门，热捧"本我/自我/超我"这一高端模式，把他人、思想、道德、法律、公权力、意识形态等统统视为压迫性力量，视为无意识的天然之敌，与神圣"本我"势不两立。

也许，身为单干户，这些人并不觉得群体有多重要，不在乎群体在哪里和怎么样，一直职业性地擅长个人视角。他们最喜欢理法之外的异想天开，差不多都是靠鼻子来嗅思想的，那么拥护弗门的个人化＋非理性，就再容易不过。于是，"自我"从此成了文化圈频度最高的用词，"怎样都行"（达达派语），"他人即地狱"（萨特语），"一切障碍都粉碎了我"（卡夫卡语）等流行金句，满满的精神分析味，满满的疑似荷尔蒙，塑造出各种幽闭的、放浪的、孤绝的、晦涩的文艺风，释放出真痛苦或装痛苦、真疯狂或假疯狂、真多元或冒牌多元的文本，改写了20世纪全球大半个文化版图。

甚至改写了后来世界上大半个文科的面貌

[1]见《思想史：从火到弗洛伊德》，彼得·沃森著，译林出版社，2018年版。

和性能。

相对于理科生，相对于理科的一是一二是二，后来的"文青"们更可能自恋、自闭、自狂，以特立独行自许，甚至没几分无厘头或神经质，不把自己的生活搞得乱糟糟，就不好在圈子里混一般。后来的青少年亚文化，其中最浮嚣的那些广义"文青"，不在公众面前把自己情绪往颓废里整，往虚无里整，往要死要活的地步整，就疑似平庸的废物，有负"先锋"和"前卫"的自我人设。

鲁迅曾对弗洛伊德不以为然，在《听说梦》一文中讥讽过："婴孩出生不多久，无论男女，就尖起嘴唇，将头转来转去。莫非它想和异性接吻么？不，谁都知道：是要吃东西！"

只是这种声音在当时为数甚少。

而且有些批评家还一窝蜂上前，在鲁迅的小说里大挖荷尔蒙，一心揪出他这个暗藏的弗门分子，以维护整个文科的团结感和整体感。


## 整体大于部分之和


一些旅行者在南美洲森林边缘目睹过一幕：一次不慎失火，使荒火像一挂红色的项链围向一个小山丘。一群蚂蚁被火包围了，眼看黑压压的一片将葬身火海，甚至已在热浪中散发出灼伤的焦臭。突然，意料之外，这些无声的弱小生命并未坐以待毙，竟开始迅速行动，扭结成一团，形成一个黑色的蚁球，向河岸突然哗哗哗地滚去。穿越火浪的时候，蚁球不断迸放出外层蚂蚁被烧焦的爆裂声，但蚁球不见缩小。全靠烧焦的蚁尸至死也不离开自己的岗位，至死也相互紧紧勾连，直到整个蚁球最终冲下河流，在一片薄薄的烟雾中，赢得部分幸存者的成功突围……

这一故事随着《蚂蚁的故事》及其学术版《蚂蚁》传闻于世。[1]

在这个蚁球前，人们也许会感慨万千，联想到人间的志士英烈，那些在灾难或战争面前曾经真实的赴汤蹈火，义无反顾，奋不顾身，惊天地泣鬼神。稍稍不同的是，作为一种高智能动物，能够打领带、读诗歌、订外卖的直立智人，可能还比不上蚂蚁那里的奇妙、敏捷、默契、团结一致，蚂蚁们居然从来不懂何谓懦夫和逃兵。

敲黑板：这也是"自然秩序"！

动物并不是道德家，并不都是温情脉脉和高风亮节。但一只蚂蚁总是将入腹的半消化物反哺同类，让它们分享营养；几只蟹可以帮一只仰面朝天的蟹翻身，以助其恢复行动能力；一群海鸥常相互紧密配合，协同反击来犯的猛禽；一群大象还会对一具象尸依依不舍，久久地绕行和凄厉长号……这都是"自然秩序"的一部分，而且是大部分。它们在生物学家们的笔记、档案、著作、标本库里车载斗量——至于完全独居的动物，其实为数不多，且易于衰退和折损。因此，在更多的生物学家看来，首先是合群，首先是互

[1]霍尔多布勒和威尔逊所著《蚂蚁》，获1990年美国普利策奖。

助,才是自然界的首要通则,是动物强大(比如延长寿命)和进化(比如发展智力)的最大优势。这坐实了整体大于部分之和的道理。"整体决定着各个部分发生作用的情况"(美国物理学家卡普拉语),于是惠及整体的"部分+"开始出现,不再是散沙化的各个部分。这与热力学第二定律也形成暗合与呼应——作为一种对有机现象的物理学解释,该定律把组织有序、共生互利看作负熵的生命化特征。

在这个意义上,反对社会达尔文主义的,最应该是物理学家和生物学家,包括达尔文的另一面——比如他关注过蚂蚁和蜜蜂的利他行为,还记录过企鹅叼着一条鱼远赴三十英里以拯救目盲伙伴的动人故事。[1]

在个体与个体之间、群体与群体之间,动物诚然不乏互争,不乏有尾和嗜血的"霍布斯"。所谓"天下熙熙皆为利来,天下攘攘皆为利往",只是"弱肉强食"远非事实全部。恰恰相反,"食肉动物的数目是多么微不足道"(俄国地理学家克鲁泡特金语),实在是被人们夸张得太多了。动物一般来说也并不缺少食物和空间,蚁战之类多属偶然。若放到种群、生态、气候的大范围或多维度来看,如同时下网民说的来一点观察"升维",就可以发现:动物"最害怕的并不是其他动物,而是几乎每一年都要发生的气候突然变化"(德国森林学家阿尔登语),还有传染病。请注意,这些宏观事实大异于微观事实。昆虫、鱼类、鸟类、哺乳类的大规模集群迁徙,就是这种情况下的团

[1] 参见《人类的由来》,达尔文著,商务印书馆,2009年版。

169

结求生，构成了一幕幕神奇的壮阔图景。在这一过程中，脱群者往往命运悲惨——相反，组织就是希望，纪律就是出路，合作就是看家本领，担当与牺牲才是普适真理，是"丛林"里必备的正义，差不多就是动物界不言自明的"神意"与"天道"。当它们终于抵达遥远的安全地，也许会忍不住用鸣叫、触须、羽振、液臭一类来交流心得：动物只为己，那才会天诛地灭呢。

个人主义无视或掩盖这一大块"自然秩序"和"自然选择"，算哪门子"科学"？看不到微观利益之外的宏观利益，看不到短期利益之外的长远利益，连某种可持续的个人主义都算不上，即便对个人来说也很不够用，很不负责吧。

他们又科学又哲学又艺术地反复折腾，折腾出很多高学历和大名头，到头来反而不如懵懂的虫鱼鸟兽——仅靠遗传的生理本能，就能直觉到最大利益所在，包括轻易超越博弈论里的"囚徒困境"。这是一个欧美大学里常用的经典案例，说的是两个（**设定更多也差不多**）嫌犯被拘，明知共同抵赖的结果最优，但因缺乏对同伙的信任和忠诚，只求自己减损，于是双双选择背叛。这样，同伙抵赖的话，自己就能被优待释放；同伙坦白的话，自己也可望坦白在先而被轻判一点点。事实上，他们不约而同争相背叛，把案情越吐越多，不可能达到结果最优，其自身利益最大化的算计，无异于适得其反，对自己下刀。

在这里，同那些愣头愣脑的昆虫、鱼类、鸟类、哺乳类相比，个人主义者的"最大化"在哪里？人们眼睁睁地发现，微观有效再一次≠中观、宏观的有效。他们利益理性的相加，居然加出了一个糟糕的集体非理性，有何优越可言？

何况，从小部落到全球化，从小作坊到跨国集群，人类社会已进入一个组织性、互联性、整体性程度越来越高的新形态，一个社会利益、生态利益、精神利益更为凸显的新时代，生产方式和生活方式更依赖共生互利，更需要群体关切。人们能记得蒸汽机是瓦特改进的，电灯是爱迪生发明的，飞机是莱特兄弟发明的……但互联网呢，手机呢，5G呢，超导呢，纳米技术呢，人造卫星呢，量子计算机呢，如此等等，它们分别是谁发明的？谁能答得上来？可见，哪怕在科技研发领域，单枪匹马的时代也已远去，个人奋斗的造型日渐模糊，黑压压的无名英雄群像却越来越多。研发几乎都成了大协作、长周期的持久共业，成了一些大规模的团体赛和接力赛。如华为公司创始人任正非所说：5G靠的就是"合作与友好的力量"，靠的是数千个数学家、物理学家、化学家及其他专业人才一起扑上去，持续多年集中"朝一个城墙的缺口猛攻"。也是在这个背景下，眼下很多企业的各种人才选用，既要看智商，更要看情商，甚至强调后者的权重须达80%。

什么是情商？说直白一点，就是一种道德觉悟，一种适群者和利群者的心胸、眼界、性情、能力，一种能推进"合作与友好"的阳光品质。

## "唯一者"们的世纪困局

战国时代的杨子哲学主张"拔一毛而利天下，不为也"，很快被中国知识界主流拉黑。一千多年后，似乎是杨子附体的德国人施蒂纳（Max Stirner）宣示："人都是利己主义者。""利己主义是自我意识的本质，是历史发展的趋势和真理。""什么对我来说是正当的，那么它就是正当的。"他反对一切纪律、组织、道德、国家以及宗教，终生迷醉于"我"这个世界上的"唯一者"和"纯个人"，堪称"拜我教"的洋鼻祖。当马克思和恩格斯在《共产党宣言》中号召"全世界的无产者联合起来"，他针锋相对地叫板："真正的利己主义者们、唯一者们联合起来！"[1]

据恩格斯说，他这位朋友其实为人温和，只是有些学究气。他年仅四十九岁就在贫困中死去，大概是那年头即便社会达尔文主义正香，他的"情商"也一定吓坏了太多人，吓走了自己的职位、面包、健康、合作人、亲友的笑脸。

差不多是一个欧版杨子的故事重演。

也许，"纯个人""唯一者"的一根筋在实际生活中根本行不通，最终只能害己。这样，哪怕是为了公共关系和营销策略，信奉者看来也需要几分含蓄，几分婉转，再加几分变通，离施蒂纳远一点，比如用"个人主义"来撇清"利己主义"，又用"自我实现"来包装个人主义和极端个人主义，用"物质化时代"指代"利益化时代"和"个

[1] 参见《唯一者及其所有物》，施蒂纳著，商务印书馆，1989年版。

人利益化时代"，让用语不那么敏感和刺耳，能与道德、公众、精神、诗与远方之类话题马马虎虎兼容，甚至能戴上平民（民粹）主义、民族主义的面具，抢占道德 C 位。这就是说，通行的话语风格务必改变。在很多地方，个人主义由此从一种文化大潮转型为一种文化暗流，有时看上去不过是文化亚健康，不那么要紧。

社会主义革命是穷人抱团闹翻身的故事，从无物质和财务的优势，只能以精神力量和道德理想为立身之本，事实上也一度进涌出"部分 +"的"大我"气象，至今温暖着很多人的记忆，深藏于老照片或老歌曲。不过，一旦进入和平时期，共同的危机压力缓解，财富和资源逐渐丰裕，大家的个人利益重合度降低，大面积的私欲就必然归来，甚至可能补偿性地加倍袭来——公有制只能压抑出它的虚伪。德育的政治化（如"文革"时期学校里的"思想品德课"只讲阶级斗争），或德育的经济化（比如 20 世纪80 年代各地官方电视台的新年贺语，几乎全是"恭喜发财"，对公务员、教师、医生、记者、宗教人士也是如此热情励志），会使情况更糟。事实上，自引入市场和私有权，一些地方的笑贫不笑娼、笑贫不笑贪、笑贫不笑刁，没什么了不起，不值得大惊小怪，不过是此前某些人政治投机、政治歧视、政治构陷和迫害的改头换面，其价值观的滑坡却是一脉相承。

往远里看，恩格斯多次引述黑格尔的"恶动力"说（虽未公开肯定），意在为大众争利，有正义的内核，涉及千万万生灵解救，包括倒逼资本主义改革，其意义怎么估价也不为过。但这可能被误解为争利即一切，一如后来的"分田地""富起来""GDP翻两番"等，一旦被看作最高目标，哪怕是最高的群体目标，也就疑似"文化搭台经济唱戏"（相当于"灵魂搭台肉体唱戏"），把精神事务降格为争利手段。这可能轻忽富足之后几乎同样多的问题，也给自己的合法性增加风险——毕竟经济发展难免受挫、失速、停滞、遇到极限之时，毕竟人间最大的正义，是帮助人们在任何时候，包括贫困日子里也能活出尊严和幸福。

GDP远不是幸福的全部。

资本主义社会也面临价值观困境。尽管各地情况不尽相同，但社会达尔文主义是那里共同的前世今生，私有制传统深厚，"拜我教"深藏于各种彬彬有礼之后，虽经多番危机和改革，社会的风险和动荡仍频。如秦晖在《群己权界》[1]一文中分析的，一般情况下，欧美左、右两派各执一端——前者（美国民主党等）在经济上颇有"群体派"模样，赞成国家干预和全民福利，同情女性、少数族裔、中下层群体；在文化上则偏向"个人派"，差不多是性解放、堕胎权、同性恋、反宗教、纵欲主义文化的啦啦队。相比之下，后者（美国共和党等）在文化上很像"群体派"，最厌恶青年人的自由放任和举止乖张，一直重视家庭、国家、宗教的传统凝聚功能；在经济上倒是"个人派"，醉心于私有制，崇尚个人奋斗，最反感工会、高福利、国有企业这些妨碍市场自由的恶政。一旦气不顺，忍不了奥巴马的医保改革，就乱扣政治帽子，把总统画成头戴红星、身

[1] 见《凤凰周刊》2006年第8期。

着绿军装的红色领袖。

至于穷人，没人说不该去帮。只是在左派看来，这属于公共领域，应通过公权力予以制度性安排；而在右派看来，这属于私人领域，只能依靠爱心个体的志愿慈善——不少华尔街富豪确实也愿意慷慨解囊。

秦晖似乎认为，这种左右两派的相互错位、相互卡位，差不多已是一种较好的自然平衡了。只是读者的疑点可能在于，各持一端其实是各有选票利益的牵制吧，否则，双方沟通起来何至于如此装聋作哑心不在焉？医保问题、移民问题、种族问题、控枪问题、流浪者问题、基础设施老旧问题、产业空心化问题……还要不要解决？为什么总是无法解决？为什么一些连日本、新加坡、韩国等次等经济体（更不要说中国）都能解决的问题，美国就是死活也解决不了，老是止步在两派相互扒粪、相互死磕、相互刨祖坟的虚耗中？与秦晖对美国的制度信心不同，不少美国人倒是觉得这种制度已经有病，也需要痛加改革（如弗朗西斯·福山等）；或者说，制度再好，也非灵丹妙药，不一定治得了文化和人性的疑难顽症。2010 年 1 月 27 日的《基督教科学箴言报》载文指出：美国选民们"既要狂喝海吃又不要卡路里，既要挥金如土又想要储蓄，既要性解放又想要完整家庭，既要享受周到的公共设施和社会福利（左翼主张）又不愿缴税（右翼主张）……"有一种"减肥可乐"式的纠结和自我分裂。这意思差不多是，怪不了左派，也怪不了右派，是这一届人民真的不行。选民们本身亦左亦右，非左非右，时左时右，想把天下好事占全，又想把责任统统推卸，因此只能让民主死机，陷于一片道德伦理的深深泥沼。

面对这样一届人民，政治家（哪怕是优秀政治家）能怎么样？真正可行的破局之策在哪里？


## 人口崩溃是最后的自然？

诊断个人主义，家庭大概算得上一项重要的体检指标。

家庭是最小的"群"，最小的"公"，最基本的社会细胞和团结单元，即费孝通所说"差序结构"这一同心圆的最小内径，因此是遏阻个人主义的最后一道防线。赫胥黎（Henry Huxley）说过："人生是一场连续不断的自由混战。除了有限的和暂时的家庭关系，霍布斯所说的每个人对抗所有人的战争，是生存的正常状态。"[1]这里的家庭，虽被他贬为"有限"和"暂时"，但还算是他勉强豁免的唯一群体形式。

不幸的是，眼下对于很多人来说，"家"这件事也已难以启齿，"家"的概念日渐空洞。不久前，美国的畅销书《乡下人的悲歌》[2]透露：作者从穷人区一路打拼到大学名校，发现很多同龄人"常为'兄弟姐妹'这个词的意思伤透脑筋：你母亲前任丈夫们的孩子算不算

[1] 参见 *The Struggle for Existence in Human Society*（《人类社会中的生存竞争》），赫胥黎，1888年版。

[2]《乡下人的悲歌》，J.D. 万斯著，江苏凤凰文艺出版社，2017年版。

176

你的兄弟姐妹？如果是的话，你母亲前任丈夫们后来又有了孩子呢？……"其实，美国有犹太－基督教的传统垫底，一般来说维系家庭还算够努力的，只是对于很多人来说，"全家福"的照片过于奢侈，想想都太难。笔者遇到非洲某国一青年作家 P 君，他说该国的新政府投巨资办教育，考试上线者只需填写一张包含家庭情况的表格，便可免费上大学。但居然是这一小小的表格，竟将大半青年挡在门外，因为他们眼下根本没法知道父母分别在哪里，甚至不知道父亲是谁，不知"监护人"是啥东西以及该如何联系……

对那里的"家庭"，我们该如何想象？

好吧，再来看一看东亚。这里的先民曾以家族为价值核心，创造过"国家"这一合成词，血亲意识根深蒂固，决非"有限和暂时"（赫胥黎语）的小事。上世纪 20 年代末，陶希圣等推动制定《亲属法》，既想扫除腐朽的族权、父权、夫权，又想防堵西方法理中的个人本位，制衡个人主义，至少在"国家"和"个人"之间揳入"亲属"一环，从婚姻、财务、人伦秩序、互助责任等方面来巩固"家"的地位，巩固"中国本位的文化建设"[1]。这与俄国、印度等地一些学人曾企图以立法手段维护他们的村社传统，可谓异曲同工。但这一类努力均告失败。眼下国人们重新热炒孝文化，用法律催儿女们"常回家看看"，不过是大家吃后悔药，亡羊补牢。

韩国统计局2019年8月28日发布数据，显示该国总生育率已降至0.98，低于紧随其后的日本

[1] 参见《中国本位的文化建设宣言》，陶希圣等著，载1935年1月《文化建设》第1卷第4期。

（1.42），在全世界垫底，意味着人口崩溃危机已经到来（稳定人口的总生育率需要达到2.1）。中国也不妙，民政部《2017年社会服务发展统计公报》显示，各地离婚数已升至或超过结婚数的一半，且从历年情况看，前升后降的总趋势恐难逆转，正在助推生育率一路破底（已至1.7），一个"未富先老"的萧瑟前景和社保困局正在赫然逼近。这一切令人震惊。似乎一夜之间，畏婚、畏育、不婚、不育在东亚已蔚为新潮，儿女被很多人视为经济负担或对自己幸福的侵犯，"累觉不爱"正大幅度削弱、减少、取消家庭。这一切居然发生在往日那个阡陌相连、鸡犬相闻、儿孙满堂的东亚，如果不说是程度最深，至少也是速度最快！

　　家庭不是人类最基本的"自然选择"和"自然秩序"吗？精子和卵子还要"自然"到哪里去？眉来眼去、谈情说爱、男婚女嫁、生儿育女，这些古老得不能再古老的寻常，怎么"自然"来"自然"去的，竟在当今变成了全社会紧急而艰巨的救援工程——难道断子绝孙才是"自然"所向？连自由主义者赫拉利（Yuval Noah Harari），也不相信这一点。他说过，"欲望并不是出于自由选择"，"自由意志"不过是"自由主义的神话"，人类已暴露出"可驯化的动物"真面目，那些"最容易被操纵的人将是那些相信自由意志的人"[1]。

　　其实，笃信"自然"的知识界主流，一开始就参与了对人类的"驯化"，参与了哈耶克所言"人为的设计与强制"，包括伪女权主义

[1]参见*The Myth of Freedom*（《自由的神话》），赫拉利，载2018年9月14日《卫报》。

178

就是瓦解千万家庭的"人为"——至少是"人为"之一。其俗名叫"作"。本来，随着工业化实现，战争与生产都越来越不再依靠肌肉，女性解放拦也拦不住。女人靠撒娇、崇拜、侍候、服从来依附男人的日子一去不返——这一过程还在继续。不过，这并不意味女人看了几部韩剧、几首粉色小诗、几篇"咪蒙"公号的毒鸡汤文，就有理由张牙舞爪打天下，就可以要求"你负责挣钱养家，我负责貌美如花"，把自己当作生活不能自理者，靠专业杠精＋公主病，将男性霸权那一肚子坏水全套照搬。不，这种"不作不死"，与女性解放毫无关系，总是指向幻觉中一切可能的"舔狗"，包括男人也包括女人，比如男方的母亲、姐妹、女亲戚、女同事、女邻居，更不要说那些看上去地位低下的女摊贩和女保姆。换句话说，这种尊卑等级的新款，不可能带来性别的平等与和谐，只可能加大两性沟通成本，造成更多一拍两散的孤男寡女。

"范跑跑"也是一份"拜我教"样本，一个男版的公主病患者。这位 2008 年汶川大地震中的新闻人物，北大才子，据说当教师还不错，竟在轻度地震时弃学生而先跑，还认为哪怕丢下自己母亲，也理所当然，因为他"是一个追求自由和公正的人"，不需要先人后己一类虚招子。这位"纯个人"和"唯一者"的高调自炫，引起了一场公共舆论风波。值得注意的是，至少在风波早期，质疑声音并不占优势，报纸、电视、网络上为他站台的精英大咖众多，甚至有人称颂他为"中国第一文科教师"，连《人民网论坛》也曾载文赞其"诚实是最可贵的美德"。直到后来，有人搬出泰坦尼克号沉船（搬出黄继光、关云长、佛陀一类估计不管用），拿他与西方绅士和义士的美德相比，才使公议风头开始转向。不过，对他的支持声量恐怕已给人留下深深寒意，特别是在千万女人的心里。想想看，如果男人都这样，都横下一条心这样了，婚姻的温暖和浪漫还剩下几何？"舔狗"终于暴露狼性，那么一个个小公主还当不当得下去？

在更多底层民众那里，家庭当然还意味着一大堆具体难题。有些困难是心理的。消费主义时尚吊高大家的胃口，穷人也要享富人的福，要比照着广告过日子，那么无房、无车、无包包、不能吃喝玩乐天天爽，简直就没法活，就是十足的苦逼，婚姻自然无从谈起。另一方面，有些困难当真是物理的。房价飙升，医药费看涨，化妆和应酬成了职场刚需，子女的课外班是无底洞，各种生活成本洗劫钱包，自己的那份破职业哪一天还可能不保。在这种情况下，婚姻那事即便成了，岂不也是自添其苦？一旦养育出儿女将来眼中的轻蔑和怨恨，为父母者哪有地缝可钻，又何以面对残生？

于是，心理和物理的两头夹击之下，双重煎熬中，有些人或有出头的机会，但学习、劳动、节俭在他们眼里更是多么扎眼的超级苦逼啊，如果他们不愿这样，不愿这样缺心眼和丢份儿，那么沦为"屌丝"的概率必定不小。

到最后，作为一片"原子化"的散沙，这些人既无群体抗争的意愿，也无个体抗争的能力，依据个人主义利益理性的精算，弱者的最后出路和自救方略，当然只能是对更弱者下手，比如"啃老"——去父母那里咬牙切齿，连哭带闹，拍桌打椅。

直到父母消失，直到其他更弱者也消失（或搞不定），这些在底层和边缘飘来飘去的独行人，相信满世界十面埋伏，无处不是套路，无一不是操蛋，终于活成了一大批又"渣"又"丧"的游魂。

"我想有个家……"这样的歌常让他们泪流满面心头滴血。但除了毒品或抑郁，他们的家园似乎已无迹可寻。

再敲黑板：这是一个"自然"的过程，还是"驯化"的过程？是一切本该如此还是一切不该如此？

美国电影《超脱》（2011年）里，一个女校医面对一位混不吝的问题女生，面对一张永远的冷脸及其挑衅的厉目，终于忍无可忍发出咆哮：

啊，上帝！你真肤浅，真令我作呕！

你想知道事实吗？第一，你进不了任何乐队，也当不了模特，因为你一无所长，没有抱负和努力。你只能去同80%的美国劳动力竞争一份薪水低微的工作，直到你最后被电脑取代！第二，你唯一的才能，是让男人们上你，让你的人生变成痛苦不堪的嘉年华，直到你无法忍受，直到每一天每一个小时都难以忍受，情况还会变得更糟！

现在，我每天来到这个办公室，看着你们作践自己。说实话，熟视无睹太容易了，在乎你们才需要巨大的勇气！

但你们不配！

不配！

滚！滚出去！滚出去！滚你妹！


女校医骂哭了自己。在那一刻，两个女人都是伤害者，也都是受害者，却不知道一切的一切为何会变成这样。

对于她们来说，伏尔泰的一句话也许不合时宜，却也并非多余："雪崩时没有哪片雪花会认为自己负有责任。"


## "上帝"的原型与化身


母亲为什么总是受到歌颂？

一个名校才子"自由和公正"地弃母而逃，跑得比谁都快，为什么总让人觉得不对劲？因为母亲并不是 AA 制下的另一方，不是博弈者和交易者，通常意味着奉献和牺牲，意味着权利的自我放弃，意味着自我责任的最大化，而不是自我利益的最大化——至少在儿女面前是这样，从而已是儿女生命的一部分。人们日后日夜思念的，是母亲把家里仅有的一张饼给了你，从未扣下自己应有的那一半。人们日后泪如雨下的，是母亲承担了沉重的家务，从未想到无可厚非的所谓母权（如果女权、童权、民权、族权、国权等都是合理的话），不会自己每洗一个碗，要求你也必洗一个，甚至按年龄、体力、食量的公平计算要求你多洗一个。当车祸或地震袭来，母亲最可能下意识地把你搂在怀里护在身下，不惜以命换命，并不在乎自己的安全、健康、美丽乃至性自由。

母亲是人类道德伦理的起点，几乎是上帝的原型和化身。以母爱为代表、为高标的所有美好情感和高尚精神（部分+），才是"自然选择"和"自然秩序"的最大秘密，一种浩瀚无边和无处不在的伟大力量，使人间得以延续至今，也值得经历一次。

不错，个人当然也是硬道理。只要机器人还未替代人类，私利就真真切切，个人主义也就无法消灭，就是人性和天道的一部分，相关的制度与文化源远流长，需要一种包容、尊重、引导、协调、合理利用——这正是群体关怀的应有之义。

不仅如此，在一个组织性、互联性、整体性更强的人类新时代，阻止个人主义对个人的危害迫在眉睫，实为重建群体关怀的重要议程。否则，如果让个人主义的隐形瘟疫继续反噬世界的方方面面，反噬所有的制度和文化，人类就只能滑入一种可悲的自由落体。在那种情况下，多少年、多少代的启蒙积累也没用，理性这种"激情的奴隶"（休谟语），一不留神就是蒸腾私欲的小奴隶。知识、思想、运动等都会程度不同地成为一地鸡毛，既无心肝，也缺脑子，常常不过是一些小人的借壳上市和谋财分赃。他们的旗号五花八门，但这派或那派都暗伏一颗有毒灵魂，说到底都是小算盘派、有口无心派、入戏太深派、双重标准派，你一嗅就气味可知，你一认真就先输了。

进一步说，那种散沙化也是权力、资本、宗教任性和霸凌的条件就位，是利益寡头们最感安全、最可放心、最少民众压力和群体反抗的好日子，甚至是他们最可能被无奈者们奉为救世强人从而加以盼望和欢呼的时刻。

德国的施蒂纳之后有希特勒，这一前鉴并不遥远。

对这事，你不认真可能就更输了。

2020.5

此文最初发表于2020年《天涯》杂志

聚集：有关的生活及价值观

庚子年，天下乱。人们谈了全球气候，又得谈一谈全球病毒——另一个来自大自然的剧烈变数。

新冠病毒大开地狱之门，其肆虐范围远超任何一次世界大战、金融危机、自然灾害。活着还是死去，一道终极性考题，正检验世界每个角落的制度、文化、经济、技术、生态、治理、道德底线……一切都被翻个底透，以"现场直播"的方式接受云围观和云打分。卫生专家们警告，对手至今不明，因此疫情还可能持续数月甚至数年，甚至因病毒变异或疫苗难产（如艾滋病、埃博拉、寨卡、尼帕、拉沙、MERS、登革热等），从此与人类一再纠缠不休。

这就是说，眼下到底是处于一个历史拐点，还是一次历史稍息，旧的路线图稍后照用，其答案尚不可知。

有关思考已随即展开。待喧嚣一时的假消息、嘴炮战、阴谋论、"甩锅"大赛等沉淀下去，真实问题的清单才会渐次明晰。其中一项也许值得注意，这是指在全球范围内，疫情中付出生命代价最多的是穷人和老人，与此同时，从总体上看，生活方式受到最大冲击的却是富人和青年——这构成了一个事实对比组。前者关乎性命，是社会学和政治的老课题，也许不值得太惊讶；后者关乎钱，关乎过日子，却稍显陌生，涉及衣食住行而已，看上去没那么急迫和严重，但增加了观察的新维度。

得从"不聚集"说起。这么说吧，"不聚集""禁足令""保持社交距离"，是这次疫情中常见的经验，是阻断病毒传播最简单有效的办法。但光是这一条，就哗啦啦重创时尚圈和高端消费行业，使邮轮、航空、宾馆、度假景区、T台秀、夜总会、美容业、影剧院、职业联赛、奢侈品、会展庆典经济等顷刻间一片哀鸿，使关联度高的欧美富国和繁华都市，据说是医疗卫生资源最足的地方，地球人最向往的地方，却几无例外中招，最先成为疫情沦陷区——这恐怕不是一种巧合。相形之下，一般来说，倒是低消费地区的疫情稍缓，流动人口少恐是原因之一。还是从经济角度看，基本民生（如食品和药品）作为一种刚需，其生产、消费也要坚韧和皮实得多，行业损失相对要少。

这里的原因，无非是高处不胜寒。人心向富，但富有富的难处，富有富的风险。"时尚"往往"高端"——属于巨富未必稀罕、穷人却够不上的那一块，多是一般富人的标配。相关的吸金术，一直系于"人气"，借助人们从众、入时、跟风、赶潮、趋炎、附势的心理潜能，对人员聚集有较强依赖性。想一想，一块名表，如果不是给别人看，只是为自己计时，搁在挎包或抽屉里，有啥意思？一款豪车，如果不是去拉风，只是给自己代步，去一下菜市场或奶奶家，是不是明珠暗投的犯傻？一个大人物，如果没有聚集性的前呼后拥、迎来送往、掌声如雷、全场注目、杯觥交错、低眉顺眼，是否已少了太多滋味，只是一种没有观众的古怪演出？一位小提琴高手，如果没有卖出天价门票，没有聚集性的观赏、拍照、献花、握手、尖叫、求签名、荧光棒，只是去街头拉一拉，又有多少人能识货、能动心、能驻足忘返，成为音乐经典的真粉丝和真玩家？同样要紧的是，如果乐手们都这样玩，都这样清流，哪个投资人还愿对他们砸钱下注？

由此可知，在很多人那里，内外须有别，以至"发朋友圈的再贵也得买，私下用的怎么便宜都是亏"（网上流行语之一）。所谓显贵，非"显"不"贵"，无"人气"不贵，人们聚集的频度和密度是某种价值彰显、放大、暴增的必要条件，是资本逻辑的玄机之一。于是，以前不少描写失败者和倒霉蛋的词，如落寞、清冷、孤独、萧瑟、闲散、门可罗雀、庭前冷落、离群索居、形单影只、粗茶淡饭、灯火阑珊——难怪都有一种冷调子，指向聚集的反面，相当于走出一道人生价值的低位行情。不过，问题来了，依照公共防疫的通行标准，为何偏偏是这种"不聚集"，偏偏是这种朴素乃至卑微的日常，倒成了眼下最安全的生活、最健康的生活、最应看齐的公民模范行为？那么，病毒跟着聚集跑，是一心要同"好"日子过不去？往大里说，是"天之道损有余而补不足"（老子语），老天爷正在对某种可疑的繁华来一次急刹车和亮红灯？

曾经，聚集并非人类历史中的常态，过度的都市化更不是。"采菊东篱下""戴月荷锄归""竹喧归浣女""独钓寒江雪"……中国人几千年来其实就是这样活下来的，其田园范儿至今还是很多人的旧梦，甚至让都市小清新们时不时神往一番，没有什么受不了，算不上遭罪。何况，自有了互联网，有了网购和云数据，人类在工业化、后工业化时代也可"群"而不"聚"，"群"而少"聚"，同样能活出业绩（如远程的学习或工作）、活出快乐（如网上追剧或游戏）、活出温暖（如利用视频陪伴或联络亲友），活出大世界（在屏幕前上天入海游历万邦等）——却少一些奔忙之累，少一些交际和拥挤时的紧张。这有什么不好？

好吧，退一步说，即便这远远不够，即便互联网不必也无法取消一切聚集，须兼容合理的公共活动，但它至少提供了一种新的可能，通过虚拟的足迹和现场，稀释不必要的人口密度，重新规划一种人际空间关系，重新定义有关幸福的词典。

事实上，都市病大多来自心理病。庚子年一座座"空城"的经验，至少让很多人发现，生活嘛，说简单也简单，并不需要太高的成本——很多成本都是人们自己折腾出来的。对于很多人来说，大笔消费开支，三分之二甚至十分之九的开支，可能都与自己的生物学意义无关，与自己真实的喜好和美感也无关，不过是一时恍惚，受"人气"的裹胁和诱导，去花钱给别人看，花给别人看自己如何看，花给别人看自己如何看别人如何看，诸如此类。这些人常

188

有多动症，常有关注渴求，已无法忍受哪怕半天的独处，一脑子忧兮乐兮慕兮恨兮的官司，无非是憋着劲要去炫，或追逐、依傍、模仿、预演一下自己想象中的假奢华和准奢华，为心跳和传说烧钱，为狂野的气势和氛围烧钱——说白了，那不过是一种虚荣成本。由此构成的资金流注入，远远超过在这一过程中实惠获取的必要开支，支撑着"时尚"＋"高端"的消费游戏，支撑着人类社会中的面子经济、身份感经济、等级文化符号经济，一种消费主义时代虚高虚热的群起而"装"那啥。

事情在很大程度上不过如此。不幸的是，继全球气候变化后，病毒再一次把很多东西打回原形，包括暴露出这种虚高虚热行业的脆弱，暴露出"时尚"＋"高端"是免疫力最差的领域之一。往后看，哪怕疫情结束，只要人们还心有余悸，还惦记着卫生，讲究一点温和的"社交距离"，或多或少拉低一点人们聚集的频度和密度，那么这一行业恐怕也会长久失血，再也回不到从前。最近很多数据已证明了这一点。据说王健林已栽在美国电影院线行业，巴菲特抛空了四大航空公司的股票，连笔者老婆的理发师也在感叹烫发染发的 VIP 近来几近绝迹……他们看来都嗅出了某种观念动摇的危险。

他们当然不必相信"时尚"＋"高端"从此消亡。往根子上说，每个人都难免有点虚荣，都会在吃喝玩乐中付出虚荣成本的。特别是荷尔蒙旺盛的青年，既然身处群居环境，就总会下意识同别人比一比，包括比出自己的本领与成功，比出自己的荣耀与激情，连鲁迅先生笔下的流浪汉也没闲着，曾比试看谁能把虱子掐得更响呢——那也是生活的一部分。好吧，那也是投资者们的一片潜在富矿。不过，人生之路千回百转，投资者们也知道，虚荣终究虚，华而不炫和惠而不奢的传统生活观，总会在历史的坎坷途中不时苏醒。当生命、安全、智慧、自由、公平正义等更多价值选项摆在面前，一旦与虚荣发生冲突，很多人未必不会去寻找一种新的价值平衡，一种新的生活方式。

疫情终会过去，但疫情来过了，留下了伤痕和记忆，事情同以前就不再一样。地球人永远面临新的故事。

2017.11

此文最初发表于2018年《文化纵横》杂志，已被德国卢森堡基金会译成德文在境外发表

# 『阶级』长成了啥模样

有一段时间，"阶级"一词让中国人心惊肉跳。那时贫富两端其实相距不远，常常只隔一辆自行车或一块手表，但睡个懒觉，发句牢骚，揩公家油水，穿奇装异服……倒可能惹下大事，被指为凶险的阶级敌情，得动员革命人民愤怒批斗。"文革"嘛，那种盯住思想的做法，在脑电波和眼神里查阶级、划敌我，随意性太大，属于"阶级斗争扩大化"的政治过敏和道德洁癖，显然只会搅乱社会。

那以后，就大多数国人的理解而言，"阶级"一词大体上重返经济学义涵，再次聚焦于物质。唯物主义者本来就是这风格。此前的1950年是这样，《政务院关于划分农村阶级成分的决定》规定："占有土地，自己不劳动，或只有附带的劳动（指一年内劳动不满四个月——引者注），而靠剥削为生的，叫做地主。"如此等等。此后的1988年也差不多，《中华人民共和国私营企业

191

暂行条例》规定："私营企业是指企业资产属于私人所有、雇工八人以上的营利性的经济组织。"如此等等。

这里的"土地""资产""雇工"等，是划分阶级的主要依据，都是物态的，有形有貌的，可以算出来的。"四个月""八人"等等，是有关法规中定义剥削的临界值。

亚当·斯密、李嘉图、梯叶里、基佐等西方前辈学者都说过这事，觉得这种量化与直观的方法容易听懂，容易上手。马克思更进一步，面对低版本工业化的欧洲，面对几如"乡镇企业"景观的作坊、包工头、大烟囱、蒸汽机、褴褛劳工、黑屋私刑，更是把阶级问题上升到唯此唯大的高度，一再强调财富的产生方式和占有关系构成了阶级最本质的特征，即社会科学第一大要务。在《共产党宣言》中，他把现实社会分为两大阶级，即资产阶级（Bourgeois）和无产阶级（Proletarians），并说"到目前为止的一切社会的历史都是阶级斗争的历史"。

马克思主义者此后都没法绕过这一经典性、核心性论断——无论他们在各自处境中有多少理由需要绕过，需要遗忘和含糊：拿花式学术去取悦潮流，用四面讨好去竞选吸票，话都不宜说得太刺耳。仇富仇官的喧嚣民粹也让人心疑。但他们不得不承认，至少是私下承认，不管在什么时候，老马的影子就是挥之不去。哪怕只是碰上经济小地震，这一幽灵便及时复活，呼啸天下，王者归来，蔓延为燃爆民众情绪的冲天大火。即便马克思早已被舆论机器踩过千百遍，踩出了大饥荒和劳改营的血腥味，事情怪就怪在，那个名字仍如民间的神秘咒语，一再在民众那里脱口而出，甚至在全球思想家评选活动中令人意外地名列榜首（如1999年9月英国广播公司发起的全球网上票选）。

这原因其实无他：贫富分化的压力有增无减。

太多数据显示，自18世纪英国工业革命至今，三百年来全球范围内的贫富差距非但没有缩小，反而在扩大，至2015年全球1%人口所拥有的财富量已赫然超过其余所有人的财富总和[1]，构成了"占领华尔街"、"欧洲黑夜站立"、全球恐怖主义袭击等一系列事态的深刻背景。习近平在2017年二十国集团杭州峰会上也指出："现在世界基尼系数已经达到0.7左右，超过了公认的0.6危险线，必须引起我们的高度关注。"

大概没有人公开质疑这些说法。问题是，随着工业化升级版的金融化、信息化、全球化到来，阶级图谱确实出现了很多异动，新的观察切面密集绽开，形如线路板和二维码，要看清、要说清并非易事——这恐怕是有些人不得不暧昧的另一原因。某些人最初的困惑是，在德国特里尔这个马克思生活了17年的故乡，"工人都开着小汽车，用着微波炉，过着舒适的小资生活。看不出是如何贫穷的"（保罗·萨缪尔森语）。接下来，即便在新兴国家，一个工人也可能同时是房主、持股者、小业主（即雇工八人以下的个体户），那么他们还算"无产阶级"？一个富豪倒可能并无股权，不过是受雇于人的教授、企业高管，或自己单干的艺人、发

[1]见国际慈善组织乐施会(Oxfam)2017年1月16日《99%民众的经济》报告。

明家，那么他们还算"资产阶级"？……如果贫富关系与劳资关系不再整齐对应，不再精准重合，一把牌洗下来，某些"劳"肥"资"瘦的怪事该如何识别？

"管理"算不算劳动，或是一种更高级的劳动？"资本"算不算劳动，至少一部分资本在特定条件下或是一种沉淀和凝固了的劳动？[1]"中产阶级"又是怎么回事？——这个人口占比越来越大的群体，这个收入、财富、依存结构正在多元化的群体，是打了折扣的资产阶级，还是变了模样的无产阶级？抑或他们本是社会新物种，正悄然膨胀于传统的阶级分析框架之外，造成一种"橄榄形社会结构"，使很多旧时的概念、逻辑、描述不够用？

一方面是贫富分化加剧，一方面却是阶级边界日渐模糊。一方面是不说不行，一方面却是开口也难。这对左翼构成了奇诡的挑战。

阶级政治曾是左翼的主业。左翼不讲"穷人""剥削""弱势群体"，简直是无照驾驶和喊错爹娘，自己乱了方寸。退一步说，即便搁置激进的阶级斗争论，换上温和的阶级博弈论，把零和关系甜化为双赢关系，但为了坚守经典的中下层立场，也得以阶级分析为前提，得从贫富这事说起吧。现在好，"阶级"本身暧昧了，成了一些失准、低效、过于含糊的说辞，事情就不大好办。东拉西扯、大而化之就可能成为左翼病。有时他们把栏杆拍

[1]比如股市众多小散户以辛苦积累的薪资剩余入市，其资本从最初形态看，显然是一种劳动的沉淀和凝固；至于在动态过程中，后来是否演变为剥削性的资本，则是另外一个问题。

194

遍，一心兼济大众解放天下，但他们出门转上一圈，却可能不知道自己的群众基础和动员对象在哪里，不知道潜在的同志们在哪里。他们用收入线这把尺子一个个比，专找最穷的、最累的、最黑的、最愁的面孔，结果可能把同志圈划得很小，多是些鲁蛇（Loser）而已，祥林嫂或阿Q那种，怎么看也难成气候。他们或是用所有制、雇佣关系的另一把尺子量下去，结果可能把同志圈划得太大，似乎谁都可以来插一脚，都可以来搅和一把。女权与豪宅混搭，宗教与时尚同框、腰缠万贯、志得意满、气焰逼人者不乏其人——同这些牛人推杯换盏、同这些既得利益者讲团结、讲立场、讲情怀、讲社会主义，自己一开始也狐疑。

在这种情况下，从情怀到实践困难重重，路线、方案、可行性都有点头重脚轻虚多实少。热血左翼、书生左翼、豪华左翼、苦逼左翼、投机左翼、官僚左翼、一根筋左翼……五光十色或可成为知识圈文化界一道风景线。格瓦拉男神出场的怀旧秀，吸粉无数，道德光芒四射，彰显价值观优势，有时让权贵也客气三分。但就办实事而言，无论在富国还是穷国，"左派总是长不大"常成为人们私下一叹。几十年就这样过去了，这样或那样的运动都闹过了，他们常常还是选票上不去，点击率上不去，最要紧的几句一再被人们闪过去或没看懂——这些事当然无伤大雅，就当作体制的小余数好了。说不过去的是，民意的最大热点依旧无解，左翼最不能忍的社会不公依旧刺眼，基尼系数所警示的贫富分化总体上一路拉升。对这一势头的失控，对这一势头的阻遏乏力或纠正迟缓，证明了左翼的失能。换句话说，冷战后新自由主义在全球范围内横冲直撞、为害多方，不仅是华尔街的得手，左翼其实也以其自身的僵化、困惑、软弱、激情自嗨提供了助攻，铺垫了重要条件。


## 一、新的财富形态

左翼最需要从实事求是的态度重新出发，从"不唯上，不唯书，只唯实"（陈云语）出发，放开眼界，放下身段，因病立方，刮骨疗毒，一是一，二是二，来看一看自己的方法论是否出了问题，比如看一看现实中的"阶级"已长成了啥模样，与此相关的"财富"又长成了啥模样。

也许至少有以下现象值得注意：


### （一）金融财富

美联储前主席保罗·阿道夫·沃尔克（Paul Adolph Volcker）说过，20 世纪 80 年代后美国金融发生的最大，也是最不幸的变化，就是金融由当年的"产业服务模式"异化为"金融交易模式"。皮凯蒂（Thomas Piketty）在《21 世纪资本论》中强调 21 世纪有个非常重要的现象，即"财产性收入增长大大超过工资性收入增长"。他们说话角度不同，说的却差不多是同一回事：经济的"脱实向虚"。

即使在中国这个一直谨慎把控金融市场的国家，一个拐点也悄然到来：2014 年金融所得税（其相当部分来自金融交易）赶上了制造业所得税，并在 2015 年激增 13%，达 8572 亿元，而后者下降 5.3%，至 7425 亿元。[1]

促成这一拐点的，是火爆的银行、券商、信托、第三方理财，是热遍各地的炒楼、炒地、炒股、炒汇、炒债、炒藏品、炒期货、炒黄金、炒比特币、炒企业（资本运作）……有时连大学生和小镇大妈也卷入其中，生怕落后于邻居那谁谁谁。炒家们热衷于"钱生钱"，天天盯着屏幕上的符号攻防，憋住尿也不能漏过任何道听途说，一批批告别了实业生产。他们用追涨杀跌的"抢蛋糕"取代了夜以继日、久久为功的"做蛋糕"。

面对行情山呼海啸，这些人的自我不再是统一的，而是分裂的；不再是大体稳定的，而是多变无常的。他们的财富不再是土地、工厂这些物态，与锦衣玉食也关系不大，而是一些缥缈的可能性，一些来去如风的数字，一种最终套现前谁也说不准的价值预估——估值谁说就不是硬货？因此，在一部延绵不绝的心理化盈亏史中，他们亦贫亦富几成常态：在工资单上是长工级的，在炒盘上是财主级的；在这一周是长工级的，在下一周是财主级的；在最后割肉放血时是长工级的，在自我想象和自我期许中却永远是财主级的。他们到底算长工还是算财主？

金融是现代经济的血脉，是现代生活中企业、社团、居民、政府都不可缺少的能量调节系统和

[1] 引自《经济导刊》2016 年第 6 期张云东文。

效率增放工具。但事情往前多走一步，天使就成了魔鬼。金融泡沫覆盖下来，不仅造成产业空心化，伏下全社会巨大的经济风险，而且逼得很多炒家扛不住，只能由投资转向投机，在金融赌局中陷入人格的"资本化"，或"半资本化"，或"1/4资本化"——哪怕他们的盘外身份不过是普通的工人、商人、教师、农民，而且其绝大多数，最终不过是金融战一地炮灰，是处境更糟的工人、商人、教师、农民。

一种"双阶级"人格开始形成。其中或显或隐的资本角色，与资本大寡头或多或少的共谋关系，最终很可能被我们自己和他人忘记。从这一点看，整个过程不过是用共谋关系最终实现敌我关系的奇诡过程。

## （二）智能财富

马克思在《资本论》中区分了"简单劳动"和"复杂劳动"。前者在低版本工业化那里显然是普遍现实，理应得到学者的更多关切。随着科技进步，经济活动中的知识含量，或说智能含量，显然在大幅提升。"学区房"一再暴涨的价格，已拉出了一条俗称"知识经济"的行情大阳线。教育资源分配不公，被视为阶级固化的最重要根源，已成多数媒体的共识，让众家长耿耿于怀、愤愤不平。要致富，先扶智；要发财，先有才。大家都这样说。至于"简单劳动"，不就是挖地、打铁、织布、扛包那些老黄历吗？在有些人笔下，知识白领取代蓝领和黑领，更像是创造世界的当代英雄。

文学形象"周扒皮"，新闻报道里的"血汗工厂"，当然不构成经济奥秘的全部。在企业待过的大多知道，新时代真正优秀的企业，不是靠拼人头和拼汗水，即便是劳动密集型企业，也不是靠人多打群架，其利润多来自研发，来自管理，都是智能性活动，包括企业领导团队的核心竞争力，包括他们的信息、知识、才能、经验、创意以及人格精神。这样说，并不是说要向老板们三叩九拜，更不是美化剥削——但另一方面的事实是，正如俗话说"千军易得，一将难求"，左翼若一见"老板"就扭鼻子噘嘴巴，无视管理和研发的重要性，就是同常识过不去，就先输了右翼一大截。

管理者可以是周扒皮，也可以是任正非、董明珠；可以剥削，也可以被剥削，包括被员工们剥削（**高尚的企业家通常如此**）。人工智能专家凯文·凯利（Kevin Kelly）在《失控》一书里，也强调当下经济生活的"去物质化"趋向。与其说这是呼应降能降耗的环保，不如说更是给智能的权重张目。社会学家佛罗里达（Richard Florida）的另一本书[1]，将管理者、律师、医生、设计师、程序员、艺术家等，打包成一个在美国人口占比40%左右的"创意阶级"，进而比对"工人阶级（Working Class）"的消失。这一结论下得太早，但作者观察所得不像是瞎编，对知识的意义确认也并不过分。

问题是，智能产品撞上了市场化，有一个估值的大难题。智能不像粮食、钢材、牛马、玉镯子……这东西无形无影，看不见，摸不着，有

[ 1 ]*The Rise of the Creative Class*，另译名《创意阶层的崛起》，中信出版社，2010年版。

用时就价值连城，无用时就如一团空气。因此眼下一切专利、品牌、信息、创意、学历、数据库、软实力、管理活动、文化产业、IP人气（点击率）等被评估机构标出了各种价码，其实多是错估，至少是疑估，差不多是拍脑子的精确化和数学化，人们听听就好。一位企业高管该拿年薪三十万，还是三千万，就很难有客观的衡量尺度。对一项"粉丝经济"的投资到底会如何，不论借助哪种测算工具，说成说败，都可能各有其理。那么问题来了：估来估去之余，智能市场就成了一个最混乱的市场。一个烂教授居然可以靠兜售市场秘籍和心灵狗血身价飙升，一个低俗网红可以靠色相和胡闹吸金千万，一堆呕吐物被炒成了天价艺术品，一家媒体吃定假新闻却屡挫不败照赚不误，而另一些智能劳模却可能长久遇冷。

　　充分竞争之后，水落石出之时，劣质智能不是可以被淘汰吗？话是这样说，但大多数顾客识别智能产品，远比识别白菜和手机这些物质产品要难；再加上人们对物质的刚性需求有限，对知识和文化的弹性需求却几乎无限，从而让伪劣货有了超大回旋空间，东方不亮西方亮，换个马甲又上台。在这一场不断加时和延时的淘汰赛中，较之于小煤窑和黄标车，落后知识产能的退出过程必定要漫长得多。

　　当鱼龙混杂的知识产品都换来了真金白银，智能财富就成了财富的一部分，进入复杂的社会分配网络——包括有些人不过是依附、寄生、吸血于文化泡沫和知识垃圾，把智能经济做成忽悠大餐，正在实现一种新型的剥削。

没说错，就是剥削。

### （三）身份财富

阶级并不是一个高度同质化群体，内部的差异性不少。中国土地革命时期的一个故事是这样的：一个村子的农民打完了本村土豪，或对本村土豪打不下手，便去打别村的土豪，涉嫌抢人家饭碗，于是同那个村的农民结下梁子，甚至剑拔弩张暴力对峙。两村农民仅因属地身份不一，在这一刻就不是见面亲、同志情、一家人了——这类故事常被书生们当作小八卦，不大进入他们的思考和学术。

其实，当下欧美国家严重的移民、难民问题危机，没有什么好奇怪的，也就是上述乡村故事的放大吧？往深里说，也是屁股指挥脑袋的经济利益纠纷吧？在那些国家，劳工群体常比其他人（比如硅谷和好莱坞）更排斥外来面孔，相当于高等工人阶级反对低等工人阶级，以至主张本村的"土豪"只能由他们来打，要分浮财也只能由他们来分，凭什么让高家店或王家湾的插手？同理，全世界范围内的无产者不团结久矣，有隔阂久矣，不一定是思想特务离间的结果，至少不完全是。美国的工会巨头劳联／产联一直比联邦政府有更强反华倾向，更喜欢对外吐口水，晃拳头，上政治广告，无非是眼看着资本家们跨境投资，相当于本村"土豪"深夜外逃，与外人里应外合，沆瀣一气，把金银细软、香车宝马、小老婆都带去了中国，把楼房和道路都挪到中国去了——肥水流进外人田，太平洋那边的黄种人岂不成了外逃阴谋的同案犯？

身份政治也容易成为一个火药桶，与阶级政治两线交叉。这些看上去不太像巴黎公社和十月革命，但若忽略其中经济利益逻辑，其结果，要不就是剪除阶级内外的复杂性和丰富性，要不就是抽空重要真相，任其成为一堆认知碎片（*种族、宗教、文化等*）。碰上什么乱子，就只能当作坏种族、坏宗教、坏文化肇事，当作坏人肇事——这种万能的道德口水正在解释一切却也正在掩盖一切。

移民是一种身份变更。现代国家体制逐渐成熟，社会福利成为国家制度一部分。福利分配体现法权性的层级架构，形成各种排他性壁垒，给诸多身份注入了特定含金量。最基本的是国民身份。富国的国籍或"绿卡（*永久居民身份证*）"意味着相应权益，意味着一份身份财富的自动获取，常让穷国的名校生和拉面哥趋之若鹜。不管是通过非法还是合法途径，他们都力图来一次易地脱贫，一次捷径赶超，一次短平快的生活处境改善，甚至可能成功"插队"，比移入地的普通居民赢得更多机会。作为对这种外来冲击的反弹，在民族/国家体制下，民族/种族身份则可能成为反"插队"的武器之一。亨廷顿（Samuel Huntington）在最后一本书《我们是谁》中，一再缅怀 White Anglo-Saxon Protestant（*白肤色、盎格鲁－撒克逊、新教徒*）的美国。这里的"白"一般不适合嚷嚷，不大上得了台面。不过一旦移民压力增强，其他有色人种也会深受连累，包括早已繁衍了数代人的本土化群体。如果他们视尊严感、安全感、平等地位等为利益一部分，就不难在三天两头的肤色歧视那里，在可疑的贫困率、失学率、入监率、毙亡率那里，确证自己"民族／种族身份"的负资产性质，比对出高等肤色的优越。

中国的户口也绑定身份财富。国人们记忆犹新的"农转非"，时下某些地方稀奇的"非转农"，都是一种敏感的财富追求。以前的"非"农户口，代表了城镇居民的国家粮、招工优先权、廉租房、肉票、油票、较好的教育和医疗福利等；时下有些地方的"农"村户口，则代表法定的无偿承包田、承包地、承包山林、承包草原、廉价宅基地等，都有相应的影子价格。在城乡一体化最终消除这些影子价格之前，一个户口簿形如境内小"绿卡"，制约了太多人的命运。中国不少相关小说、电影里的悲情控诉，至今还是一些人的心理疤痕。"进城奋斗一辈子，不如城里一套老房子。"这种稍有夸张的说法，是指资产价格高涨之下，老一代市民可能坐收崛起红利，让来自乡村的新一代市民望尘莫及。新市民可能比老市民更独立、更勤奋、普遍学历更高，但错过了一班车，就得为上户口的时间差买单，在"房东／房奴""两大阶级"（*某青年作家语*）的斗争中处于弱势一方。

在一张身份福利清单上算高低，更高福利当然在垄断性的行业、企业、社会组织那里。无论是以官营还是民营为背景，垄断系统如果不是社会所需且受到严格控制，一旦形成就多是福窝子、贵宾室、金饭碗。混迹其中者，连一个抄电表的也可年薪十万，连一个司机也可攒五六处房产，这一类新闻不能不让底层民众垂涎三尺或怒火万丈，总是成为社会治理难题。更难的是，一个正常社会没法承受无政府、多政府的乱象，因此政府就成了垄断中的垄断，必须具有唯一性。特别是在强势政府传统深厚的中国，这唯一性还是加大号。于是官职这种在古代的家谱和牌位上、在现代的欢迎词和追悼词里最不容易漏掉的东西，被注入更多权力，最牵动老百姓苦乐安危，也最可能被逐利者围猎。著名的黄炎培延安窑洞之问，就是针对这一千古难题的念兹在兹。连官员的外围亲友，也多有潜在的身份估价，进入围猎者的瞄准镜，以至一个蔫头蔫脑的家伙突然在饭桌上说出某官员三亲六故各自的姓名、生日、喜好、住址、住院床号，历历如数家珍，如此民间组织部的功夫，不算什么奇事。一旦社会管制松弛，这些官职及衍生的人脉关系，当然最容易恶变出官商联体的超级身份，从而集聚超级财富。既摆脱民意和官规的政治监督，又规避市场竞争的淘汰，"红顶商人"们大可左右逢源两头通吃。

一个虚拟经济的成功故事，很容易让他们失笑。虚什么拟？"虚拟"的老祖宗其实就在这里，根本用不着那些花里胡哨的商业包装。盖一个章就是淘金矿，下一个文就是收楼盘，走走门子就是炒热干股，拿腔拿调的官样文章就是概念经济项目私募或分红……他们从来看不上脏兮兮的工厂和农场，早就是"空手道"玩家，与当下各种新式"空手道"大可无缝对接，无痛转型，全面会师，使超级身份成为有些人最为向往的成功魔棍。

（四）贷租财富

"消费社会"一词，是继"市场社会""信息社会""知识社会""后工业社会""福利社会"之后，另一种对当下现实的描述。全社会上了市场经济的战车，结果之一就是生产力日增，消费却常常拖后腿，成为发展短板，屡屡逼得人们喘不过气来。少消费就是慢发展。不消费就是不发展。因此有条件的要上，没条件的创造条件也要上，创造消费就是促进和刺激消费的最新举措。在有些经济学者眼里，一位国民若不丧心病狂去卖场血拼，不憋出几个花钱新点子，简直就是可悲可耻、误国误民。

各种强势促销和花式促销应运而生。于是有了"租"赁消费，在传统的租房和租车之外，在时兴的"共享单车"和"共享雨伞"之外，还能租珠宝、租名表、租手包、租礼服、租古玩、租豪车、租颜值和友情（*美女帅哥陪游或陪访*）……奢侈品几乎应有尽有，构成了一套轻奢主义攻略，满足很多人的幸福追求和几分虚荣心——这里不妨名之为奢租。于是也有了"贷"款消费，相当于给消费加杠杆，与金融杠杆相配合，鼓励超前花钱，鼓励财务透支，鼓励一辈子享三辈子的福，享出封面女郎和广告男模的样子来。2008年美国恶名昭昭的"两房"次贷风暴，重挫西方各国经济，就是这种错把借钱当赚钱的后果之一。中国此前各种违规越界的房贷、车货、消费贷、"校园贷"……远超此前信用卡的超支限额，大多以高消费为目标，甚至变相流入股市和楼市，不仅搅乱社会资金的合理流向，而且把很多当事人推入险境。借借借一朝不慎就成了血血血，相关的命案报道时见报端——这里不妨名之为奢贷。

奢贷与奢租，大举越过了贷、租的合理度，是把好事办坏。之所以把这两件事放在这里一起说，是因为它们有共同特点，合力助推了一种虚高消费，营构了另一种虚高财富，也是现代财富的另一部分。这也许有利于某些穷小子未劳先富，少劳多富，再不济也算"拟富"和"仿富"了一把；也许还有利于降低全社会的资源闲置率，让古驰和保时捷物尽其用——奢侈品行业扶贫有何不好？不过事情的另一面是，虚高消费超过必要的防火线，就成为经济运行中巨大的定时炸弹。自古以来，由俭入奢易，由奢入俭难。奢贷奢租所撬动的一片繁荣不过是"打白条"经济、"兴奋剂"经济，最终只可能吞噬劳动的意愿和能力，首先从心理和文化上压垮实体经济。

贷和租的另一个共同特点，是有异于低版本工业时代，呈现出一种"拟有"混同于"所有"的情形。这里的使用者不必是拥有者，支配权稀释了所有权。不求为我所有，但求为我所用，这一流行说法使传统左翼最关切的"所有制"，出现了权益的相对让渡、相对分解、相对多重性，出现了产权、物权的漂流和"液体化"（凯文·凯利语），一如中国乡村土地的所有权、承包权、经营权出现相对分离。这样下来，奢贷奢租者成了"有产"／"无产"二元标准下的边缘人，怎么站位也不对，常有一种不无忐忑的自我幻觉，好像自己什么都有，又什么都没有；或者说，在履约无虞时什么都有，在资金链断裂时什么都没有；在贷租财富膨胀时是小姐心，在贷租财富突然清零时是丫鬟命——活脱脱又是一种"双阶级"人格，是两种获利方式、两种财富形态及其占有关系所交织出来的双面人形象。

不知什么时候，这两种感受都可能极端化，放大社会心理动荡的振幅。

那么，他们该被放在阶级图谱里的哪一头？莫非他们真是在见证"液体化"式的"共产主义"美梦成真？

…………

新型的财富形态也许还有其他。

不用说，这些财富形态各有特点，又在实际生活中相互渗透、相互重叠、相互激发、相互借力，共同编织了一幕扑朔迷离的现代化。一个成功的快钱手，从穷光蛋迅速变身大富豪的人生传奇——街头小报上多次绘声绘色描述的那种，通常会提供如下细节：大学文凭或创意文宣（智能财富），外国绿卡或高官好友（身份财富），租来的写字楼和拉来的可疑贷款（贷租财富），楼市或股市上的盆满钵满（金融财富）……当事人在这些财富之间巧妙勾兑，然后一个咸鱼翻身进入什么排行榜，通常被视为天纵奇才的创业宝典。只是小报未提到的是，震惊全球的"庞氏骗局"其实也具有这一故事里的全部基因。

这样说，并不是说这些财富都是不道德的。事实上，如同劳动者的收成、薪资等传统财富，新型财富中的一部分，不过是劳动价值的延伸、衍生、转换、远期兑换，或本身就是新型劳动的成果，有利于经济发展，有利于人民。

区分的难点恐怕只是在于，哪里才是事情的合理度？"脱实向虚"的临界线在哪里？每一种财富的异化机制是什么？新形态财富是怎样在一种投机自肥的异化过程中，成为虚拟/虚高的泡沫（或俗称泡沫财富），成为有毒资产，从来自劳动和服务于劳动，变成了来自剥削和服务于剥削？


## 二、理解"阶级"的方法

任何推论都只是一种概率性描述，"阶级"说也如此。说乌龟跑不过兔子（懒兔未必如此），说水被烧至100摄氏度蒸发（高原区未必如此），说资产阶级反对无产阶级革命（开明老板未必如此）……都是在一定条件下，针对巨大样品量的概率性总结，属于"有规律的随机事件"（数学家伯努利语）。

因此，这些说法在宏观上高效，在微观上低效；针对大数肯定管用，针对个别则相当不灵。这就是概率的"大数定律"。不理解这一点，就会一根筋、一刀切，比如咬定"什么藤上结什么瓜"，于是在宏观和微观两端都看走眼，相信豪门里肯定出不了恩格斯，或相信豪门里出来的肯定都是恩格斯。事实上，不少中国革命领袖（周恩来、彭湃等）也曾是豪门异数，起码有过上学读书的财务条件，因此他们既代表社会中下层利益，又能成为人类浩瀚知识积累、文明积累的传承者。

同某些一根筋的人说话最费力，也很危险。

每一个大活人都丰富而复杂。对乌泱乌泱的大活人予以概括归类，有点像数学里的集合论课题。这话的意思是，设定一个满足条件，相当于确立一种识别口径，就可筛选出一大批元素，组成一个集合。另设一个满足条件，也可以另组一个集合，与前一集合所形成的关系，或部分交叠，或受其包容，或彼此无关。马克思无非就是以收入线、所有制、雇佣关系为满足条件，约定了一个"无产阶级"的集合。这当然并不妨碍人们以新教徒、山区人、大个子、同性恋等其他口径，约定另一些集合。社会学家韦伯（Max Weber）就别有一根筋。他最重视文化与精神，不赞同经济决定论，有时候更愿意用"地位"一词置换马克思的"阶级"，另组一个集合。在他看来，所有制没那么重要，社会分化也许更取决于经济以外的荣誉、气质、风习、宗教等。[1]这种重脑袋轻肚皮的文化范儿，肯定不能让饿汉们心服，在大面积贫富对撞时必被弃为书生之见。但谁知道呢，也许在一些社会局部，在某些特定时段，吃饱和没吃饱的确实可能抱团取暖，气味相投、惺惺相惜，一如攻城略地的文化工业一并驯服了大都会中央金融区的大款与穷人，形成了某种共同文化圈，经交互感染表现出相近的生活风格和舆论偏好。面对这个以证券、网剧、美容、时尚等为特征的高档办公区集合，韦伯重返人们

[1] 比如他认为欧洲现代史中更有决定性作用的，是超越阶级的新教 / 天主教差异。见《新教伦理与资本主义精神》，生活·读书·新知三联书店，1987 年版。

记忆，恐怕不是一件难事。

看来"阶级"一词并非处处合用，有时候换成"阶层""集团""群体""关联圈"等，可能更照顾人们的差异化现实感受。

"无产阶级"的集合条件也需要因势而新。收入线还是重要的，所有制、雇佣关系也还是有效尺度。全球范围内周扒皮、血汗工厂虽占比有所减少，但仍大量存在，逼得人们有时想换个说法也改不了口，只能那样了。不过，把一些胼手胝足带领乡亲们致富的企业家看成"资"方，倒把一些炒房获利千万的单干户看成"劳"方，这样说有哪里感觉不对吧？在高版本现代化图景中，硬要说"劳动四个月"以下一定这样，"劳动四个月"以上就一定那样；硬要说"雇工八人"以下一定这样，"雇工八人"以上就一定那样……那也太烧脑，太像梦游，只可能把大家搞崩溃。

当然，取消"阶级"说的修正主义同样可能把大家搞崩溃。因为事实同样摆在面前：马克思说的贫富不是一个假问题——尽管贫富关系已不一定完全对应劳资关系；马克思说的剥削也不是一个假问题——尽管剥削正发生在实体经济和虚拟经济等不同层面；马克思说的"阶级斗争"更不是一个假问题——尽管斗争双方可能戴上了种族、宗教、文化等面具，或与种族、宗教、文化等矛盾相交集。怎么说呢，这些真问题不妨反过来问：如果抽去贫富／剥削／阶级这一基本面，抽去价值的创造与分配这一基本线索，整个哗啦啦坍塌的社会认知大厦还剩多少？到那一刻，人们肯定不会惊喜自己脑洞大开，不会觉得普天下从此永享大同，更不会在社会不公面前甘之如饴心花怒放。

现实已发生了巨大变化，还将发生巨大变化。应该说，眼下"阶级"不是消失了，只是变化了，成了一种流动的定位，多面的形体，犬牙交错的局面。若从剥削这一点看，其实不难看出一种新的剥削方式正异军突起，正蔚为大势，通常在经济"脱实向虚"的临界线周围滑动，以双虚（**虚拟/虚高**）财富为大杀器，力推金融财富、智能财富、身份财富、贷租财富的恶变，正在实现对民众最疯狂、最凶险、最快捷、最全面、最大规模的洗劫。亚洲1997年金融危机，整个西方2008年以来的经济连环地震，不过是最早的几个血腥屠场。俄罗斯的"休克"崩溃也与之部分有关。那些厌劳动、不劳动、反劳动、灭劳动的洗劫者，玩的就是以虚博实，以懒博勤，以伪博真，力图用大大小小的"庞氏骗局"轻取天下。他们庶几已形成一个投机自肥阶级，或叫"快钱"阶级，或叫"快钱"资产阶级——其危害远超其他剥削者。

就用这个词吧："快钱"资产阶级。

说到这里的"快"，任何实业其实都是"快"不了的，哪怕科学和文艺也从来是欲速则不达。从业者即便偶有灵感奇迹，有顿悟天机和一通百通，但灵感无不以长期的学习、实干、试验、挫折、经验积累、外部条件准备为前提，以艰难的摸爬滚打和呕心沥血为前提，总体上说快不到哪里去。相比之下，"快钱"阶级的剥削性就表现为，取消前提摘果子，删除过程跳龙门，偏偏要图一个不劳而获——哪怕他们走门子、耍心机、到处陪客、深夜灌单也很像"劳动",不一定比别人消耗卡路里少。一个卡路里测量表眼下看来已不足以区分劳动与剥削。

参与"快钱"剥削的群体,即主要收入来源于"快钱"的那种,包括却不限于金融寡头。他们以金融寡头、腐败官僚、文化奸商三位一体为核心,若从一个静态的社会截面来看,却含有大富的、小富的、未富的各类,有受雇的、自雇的、少雇的、多雇的各类,是一种超越旧式阶级图谱的新型集合。就个人而言,他们不一定是恶棍,冒出些解囊救灾或跳河救人的事迹完全可能。邻居王老头就曾是个好所长、好校长,光鲜出众的名校出身,只是十多年来沉浮于股海,一直炒到自家停用热水器(节省电费)、停用冰箱(无鲜可保)、老婆夏天上街也舍不得喝一瓶矿泉水的绝境——是不是很像"无产阶级"?但恰恰是他,连做梦也一心盼望华尔街的黄金万两杀过来托市救民,做梦也盼望国家全面弃防,以便他箪食壶浆喜迎王师,扭秧歌踩高跷欢庆解放。他的后半辈子相当于一部盼解放、求解放、相信解放的敌后斗争史,不相信在自由和公平的股市规则下,他与华尔街大亨们就不是一家人。为此他同一个个老同学、老同事、老亲戚闹翻也在所不惜。

千万个王老头就这样构成"快钱"体系最理想的庞大底部和海量末梢,直到他们最终被鲸吞之前,也无比坚定地羡慕、认同、跟从、相信资本大鳄。为了做到这一点,为了持续不断提供这种最美好的底部和末梢,赢家们肯定知道,保持文化洗脑必不可少,行政权力或明或暗的出手必不可少。

因此，就某种经济、政治、文化的全方位蜕变而言，就一种机制和心态而言，"快钱"是人间大恶。"快钱"党与实业党的两种心理逻辑几乎一开始就形如水火，蓄聚不同的冲动导向：

其一，后者无论面对多少同行竞争，从总体上说，全社会的大多数人越富，购买力越强，自己的销售空间就越可能大，做实业就越有戏。而前者无论面对多少同行竞争，从总体上说，全社会的大多数人越亏，越是损兵折将烂手烂脚，自己的赢面就越可能大；这包括实体经济越是一片片熄火停摆，那里的血库越被抽干，待大量社会游资避冷就热，自己的行情拉升就越有充足银弹。

其二，后者觉得全社会大多数人越智，越洞明，越神清气爽求真务实，市场公平就越有保障，好产品和好服务就越有出路；而前者觉得全社会大多数人越愚，越虚妄，越六神无主人云亦云，自己忽悠做局的机遇就越可能多，"剪羊毛"的收益就越可能大。换句话说，出于一种下意识的本能反应，出于一种在商言商的硬道理，后者也必是文化建设的受益者和促进者，而前者必是文化败坏的受益者和促进者。

这难道不是一种阶级斗争？在这里，几乎用不着道德评价出场——前者的掠夺性、寄生性、反社会性，还有隐秘的腐蚀性，已不难辨别。

弱肉强食的"丛林法则"反复上演的历史中，又一场抗争大戏已经开场。这也意味着，"快钱"资产阶级从反面催生的实业界公约数、劳动者公约数，作为当下最大的两个文明公约数交叠，作为"人民"的最新定位，正呼之欲出。

知识界需要做的，只是创造"快钱指数"（或"投机指数"）一类识别工具，替代"收入线""雇佣数"等旧的量化尺度，尽快把新的人民及其对立面识别出来，区分出来，以实现有效的改良或革命。

可惜很多当事人对此无所意识。

或不知如何言说。

毛泽东在《中国社会各阶级的分析》一文中，曾依据中国的实际情况，提出了"民族资产阶级"新概念，将其纳入革命统一战线，据说成了后来国旗上四颗小星之一。不用说，给那些长袍马褂、西装革履者"星"级待遇，送温暖，讲友谊，说说唐诗宋词，似乎背离马克思主义原教旨，在有些人眼里必是右派行径（托洛茨基就是这样看的）。抗日战争时期，共产党连地主阶级也不打击了，只是提出改良的"减租减息"，以便与老财们同舟共济联手对外，在有些人看来更是严重的修正主义，跌破了镰刀斧头的原则底线。其实，在多种矛盾中抓住"主要的矛盾和矛盾的主要方面"，"牵牛牵住牛鼻子"（毛泽东语），正是革命过程中正常的生动活泼与善谋善成，是一切实践者的当家本领。

具体情况得具体分析。不同情况得有不同言说。身处一个半殖民地国度（马克思从未待过），当年面对外强资本独霸，泛泛地谈资产阶级无异于浪费时间。实践者提出"买办阶级""买办资产阶级"就对了，就能牵住牛鼻子，就摸准了脉，能与人们的实际感受豁然贯通。身处一种专制主义官本位积习甚深的国度（马克思也从未待过），当年面对官僚资本坐大，泛泛地谈资产阶级就不过是隔靴搔痒文不对题。当年实践者捣腾出一个"官僚阶级""官僚资产阶级"也就对了，就找到了最清晰对焦点，找到了最佳突破口，能把更多的积极因素团结起来，把人们更多的日常感觉、切身经历、街谈巷议、知识解读、群体情绪都调动起来，凝聚起来，实现最高效率的社会动员。在这一点上，真正的马克思主义者一直最瞧不起马克思复读机，最不愿模仿复读机的腔调。

那些往事足以成为后人的启迪。

2019.3

此文最初发表于2019年《文
艺报》

「自我学」与「人民学」

　　回望历史，在 19 世纪那些作家笔下，冒险家（杰克·伦敦）、暴发户（巴尔扎克）、灰姑娘（夏洛蒂·勃朗特）、凤凰男（司汤达）、心机姨（福楼拜）一类生动形象令人难忘。大动荡催生了大文学。作家们鲜活、敏锐、广博地表现世俗人间，富有烟火气，不避重口味，实现了认知的一时井喷。以至不少读者至今还感叹：要说小说，还是 19 世纪的好看得多——他们的文学趣味，至少是小说趣味，大体定型于那一轮"井喷"盛况。

　　从总体上说，那一过程将文学从神学状态（想一想《荷马史诗》《山海经》《圣经》等），从稍后时期"神怪 + 王侯"的半神学或后神学状态（想一想司马迁的纪传、莎士比亚的四大宫廷剧等），最终推向了 Humanism，即人文主义、人道主义、人间主义，或者说"文学即人学"的广阔大地。

人成为文学中最燃、最爆的主题。不过,当时流行的人性论和善恶模式,作为文学的聚焦区,作为现代启蒙思潮的重要部分,在进入20世纪的前后数十年里却出现了分化。

这同样是借助了历史的推动。

情况之一,"人学"成为"自我学",或者说出现了"自我"路线。这种现象多来自发达国家的都市,发生在资本主义体系的内部危机中。尼采的"酒神"说、弗洛伊德的"本我"与"无意识"说,为这种自我的沉迷和发现,提供了重要的理论引导。尽管弗洛伊德因临床数据不实,后来在心理医学界光环不再,但阴差阳错,正如彼德·沃森在《思想史》中指出:"现代主义可以看作是弗洛伊德无意识的美学对应物。"普鲁斯特、乔伊斯、福克纳、伍尔夫、卡夫卡等这些西方作家,差不多不约而同,把文学这一社会广角镜,变成了自我的内窥镜,投入了非理性、反社会的"向内转",让作品纷纷弥漫出孤绝、迷惘、冷漠、焦虑甚至晦涩的风格。"他人即地狱",萨特的这一名言,打掉了人道主义的乐观与温情,鼓舞了多少人进入一种"原子化"的高冷幽闭或玩世放浪。在整个20世纪里,他们不一定引来市场大众的欢呼,却一直是院校精英们的标配谈资,构成了不安的都市文化幽灵。

情况之二,"人学"成为"人民学",或者说出现了"人民"路线。陀思妥耶夫斯基在追念普希金的文学成就时,使用了"人民性"这一新词,阐明了有关的三大内涵,即表现"人小物",吸收民众和民族的语言，代表民众的利益。后来，托尔斯泰、果戈理、契诃夫等俄国作家，大多成为这种忧国和亲民的文学旗手，一直影响到中国以及东亚"为工农大众"的"普罗文艺"，乃至影响大半个地球的"红色三十年代"。这一幕出现在资本主义体系的底部和外部，特别是发展中国家和地区。不难理解，深重的人间苦难，非同寻常的阶级撕裂和民族危亡，作为弱国和穷人的尖锐现实，构成了文学新的背景和动力。鲁迅怀疑抽象的人性，说流汗也得分"香汗"与"臭汗"，已有阶级理论呼之欲出。托尔斯泰不赞成"西欧主义"，贬斥莎士比亚不道德的"肉欲诱惑"，也与早期欧洲的人道主义拉开了距离，其激烈态度甚至被列宁怀疑为过了头。若比较一下后来东西方的经典书目即可发现，哪怕像狄更斯的《双城记》、托尔斯泰的《复活》，更不要说高尔基和鲁迅了，都因社会性强，下层平民立场彰显，通常会在西方院校那里受到无视或差评。这与它们在东方广受推崇，形成了意味深长的错位，从而比对出东西方不同的主流精英视角。

"人民学"和"自我学"，大概构成了20世纪两大文学遗产。[1]

其实，不论是哪一种遗产，都没有高纯度，且一直充满争议，在传播中也可能遭遇曲解和误读。一般来说，在正常情况下，"自我"与"人民"，作为微观与宏观的两端，不过是从不同角度拓展对"人"的认知和审美，差不多是一方水土养一方人，一种生活催生一种文字，释放了不同的

[1] 很多教科书更愿意用现实主义、批判现实主义、现代主义一类美学印象，或革命、进步、落后一类政治用语。

感受资源和文化积淀。在良性互动的情况下，双方构成了"人学"的一体两面：真正伟大的自我，无不富含人民的经验、情感、智慧、愿望以及血肉相连感同身受的"大我"关切；同样道理，真正伟大的人民，也必由一个个独立、自由、强健、活泼、富有创造性的自我所组成。

可惜的是，庸才总是多于英才，历史实践总是泥沙俱下，任何一种遗产都可能被有些人学偏和做坏，包括出现教条化、极端化、投机化的自我挖坑。当年鲁迅批判过"留声机器"和"招牌"式的高调"革命文学"，"文革"时期也出现过"造神"化的文艺宣传，直到当下广受非议的"抗日神剧"之类，"人民"的形象在这些文字泡沫中屡遭扭曲，一再变得空洞而干瘪。另一方面，非理性、反社会的独行者们也并非灵感大神，其自恋、自闭、自大的文字，其幽闭或放浪的风格，无论是"沉默的"（布朗肖语）、"零度的"（罗兰·巴特语），还是"无意义的"（昆德拉语）写作，都让后来文学中的诸多"自我"越来越面目雷同，离真正的个性更远，离复制和流行倒是更近，很快成为另一种高发性都市心理病——以至"文青""文艺腔""文科生"这些词，不知何时已在互联网上声名狼藉，已是舆论场上嘲讽和同情的所向，成为文学及其相关教育的负资产。

更重要的是，时代在变化，文学不能止步于20世纪。"人民"与"自我"也都在苟日新，日日新，又日新。随着市场化、全球化、信息化的大潮扑来，旧时的阶级图景正日渐错杂，文化的、族裔的、宗教的、性别的等更多剖面，正在更新政治的定义，展现更为丰富的社会纵深，那么各种视角该如何彼此含容和多元统一，重新熔铸成一个个血肉丰满的人物形象？又比如，自有了生物克隆和人工智能，很多"自我"，或者说"自我"的很大一部分，其实都是可以格式化、数据化，甚至能精确预测和管理的——哪有作家们以前想象的那么天赋异禀？当人的部分智能被机器接管，众多专家发现，人类最后的差异性，恰恰表现于人的情感、精神、价值观、创造力——而这一切，恰好是共生环境和群体关系千变万化的产物，是"一切社会关系的总和"（马克思语），大大超出了"自我"的边界，不再那么"自我"，不是什么人成天照镜子可以照出来的。

换句话说，进入 21 世纪以后，"人民"与"自我"，都进入了新的陌生水域，都需要注入实践和理论新的活血。

可以说，文学可能仍是"人学"——至少到目前为止，不大可能回归神学或半神学。那么，在认知"人"的漫漫长途上，随着科学理论的刷新和社会现实的演变，文学的 21 世纪该是一个什么新模样，可能会是一个什么模样，还需写作人进一步体会和探索。

2001.9

此文最初发表于2001年《读书》
杂志

人情超级
大国

一

　　走进中国的很多传统民居，如同走进一种血缘关系的示意图。东西两厢，前后三进，父子兄弟各得其所，分列有序，脉络分明，气氛肃然，一对姑嫂或两个妯娌，其各自地位以及交往姿态，也在这格局里暗暗预设。在这里的一张八仙大桌前端坐，目光从中堂向四周徐徐延展，咳嗽一声，回声四应，余音绕梁，一种家族情感和孝悌伦理油然而生。

　　中国文化就是在这样的民居里活了数千年。这些宅院繁殖出更庞大的村落：高家庄、李家村、王家寨等，一住就是十几代或几十代人。即便偶尔有杂姓移入，外来人一旦落户也热土难离，于是香火不断子孙满堂的景观也寻常可见。生活在这里的人们，秉承明确的血缘定位，保持上下左右的亲缘网络，叔、伯、姑、婶、舅、姨、侄、甥等称谓不胜其烦，常令西方人一头雾水。英文里的亲戚称谓要少得多，于是嫂子和小姨子都是"法律上的姐妹（sister-in-law）"，姐夫和小叔都是"法律上的兄弟（brother-in-law）"，如此等等。似乎很多亲戚已人影模糊，其身份有赖法律确认，有一点法律至上和"N亲不认"的劲头。

农耕定居才有家族体制的完整和延续。"父母在，不远游"；即便游了，也有"游子悲乡"的伤感情怀，有"落叶归根"的回迁冲动，显示出祖居地的强大磁吸效用，人生之路总是指向家园——这个农耕文明的特有价值重心。海南省的儋州人曾说，他们先辈的远游极限是家乡山头在地平线消失之处，一旦看不见那个山尖尖，就得止步或返回。相比较而言，游牧民族是"马背上的民族"，逐水草而居，习惯于浪迹天涯，"家园"概念要宽泛和模糊得多。一个纯粹的游牧人，常常是母亲怀他在一个地方，生他在另一个地方，抚育他在更遥远的地方，他能把哪里视为家园？一条草原小路通向地平线的尽头，一曲牧歌在蓝天白云间飘散，他能在什么地方回到家族的怀抱？

定居者的世界，通常是相对窄小的世界。两亩土地一头牛，老婆孩子热炕头，亲戚的墙垣或者邻家的屋檐，还有一片森林或一道山梁，常常挡住了他们的目光。因此他们是多虑近而少虑远的，或者说是近事重于远事的。亲情治近，理法治远，亲情重于理法就是他们自然的文化选择。有一个人曾经对孔子说，他家乡有个正直的人，发现父亲偷了羊就去告发。孔子对此不以为然，说我们家乡的人有另一种正直，父亲替儿子隐瞒，儿子替父亲隐瞒，正直就表现在这里面。这是《论语》里的一则故事，以证"法不灭亲"之理。《孟子》里也有一个故事，更凸显古人对人际距离的敏感。孟子说，如果同屋人相互斗殴，你应该去制止，即便弄得披头散发衣冠不整也在所不惜；如果是街坊邻居在门外斗殴，你同样披头散发衣冠不整地去干预，那就是个糊涂人。关上门户，其实也就够了。在这里，近则舍身干预，远则闭门回避，对待同一事态可有两种反应。孟子的生存经验无非是：同情心标尺可随关系远近而悄悄变易，"情不及外"是之谓也。

孔子和孟子后来都成了政治家和社会理论家，其实是不能不虑远的，不能不忧国忧天下的。"老吾老以及人之老，幼吾幼以及人之幼"，循着这一思维轨道，他们以"国"为"家"的放大，以"忠"为"孝"的延伸，由近及远，由亲及疏，由里及外，编织出儒家的政治和伦理。但无论他们如何规划天下，上述两则故事仍泄露出中国式理法体系的亲情之源和亲情之核，留下了农耕定居社会的文化胎记。中国人常说"合情合理"，"情"字在先，就是这个道理。

同样是因为近事重于远事，实用济近，公理济远，实用重于公理自然也成了中国人的另一项文化选择。儒学前辈们"不语怪力乱神"，又称"未知生焉知死"，搁置鬼迹神踪和生前死后，于是中国几千年文化主流一直与宗教隔膜。与犹太教、婆罗门教、基督教、伊斯兰教等文明地区不同，中国的知识精英队伍从来不是以教士为主体，而以世俗性的儒士为主体，大多只关心吃饭穿衣和齐家治国一类俗事，即"人情"所延伸出的"事情"。汉区的多数道士和佛僧，虽有过探寻宇宙哲学的形而上趋向，仍缺乏足够的理论远行，在整个社会实用氛围的习染之下，论着论着就实惠起来。道学多沦为丹药、风水、命相、气功一类方术，佛门也多成为善男信女们求子、求财、求寿、求安的投资场所，成为一些从事利益交易的教门连锁店。

1620 年，英国哲学家弗兰西斯·培根写道："印刷术、火药和磁铁，这三大发明首先是在文学方面，其次是在战争方面，随后是在航海方面，改变了整个世界很多事物的面貌和状态，并引起无数变化，以至似乎没有任何帝国、派别、星球能比这些技术发明对人类事务产生更大的动力和影响。"培根提到的三项最伟大技术，无一不是来源于中国。但中国的技术大多不通向科学，仅止于实用，缺乏古希腊从赫拉克利特、德谟克利特一直到亚里士多德的"公理化"知识传统——这个传统既是欧洲宗教的基石，欲穷精神之理；也是欧洲科学的基石，欲穷物质之理。就大体而言，中国缺乏求"真"优于求"善"的文化特性，也就失去了工具理性发育的足够动力，只能眼睁睁看着西方在数学、物理、化学、生物学、航海学、地理学、天文学等方面后来居上，直到工业化的遥遥领先。

这是现代中国人的一桩遗憾，但不一定是古代儒生们的遗憾。

对于一个习惯于子孙绕膝丰衣足食终老桑梓的民族，一个从不用长途迁徙到处漂泊四海为家并且苦斗于草原、高原和海岸线的民族，它有什么必要一定得去管天下那么多闲事？包括去逐一发现普适宇宙的终极性真理？——那时候，鸦片战争的炮火还没灼烤得他们坐立不安。

中国古人习惯于沉醉在现实感里。所谓现实，就是近切的物象和事象，而不是抽象的公理。当中国古人重在"格物致知"的时候，欧洲古人却重在"格理致知"。当中国古人的知识重点是从修身和齐家开始的时候，欧洲古人却展开了神的眼界，一步跃入世界万物背后的终极之 being——他们一直在马背上不安地漂泊和游荡，并且在匆匆扫描大地的过程中，习惯于抽象逻辑的远程布控，一直到他们扑向更为宽广的蓝色草原——大海。那是另一个故事的开端。


二


烧烤的面包和牛排，能使我们想象游牧人篝火前的野炊。餐桌上的刀叉，能使我们想象游牧人假猎具取食的方便。人声鼎沸的马戏、斗牛、舞蹈，能使我们想象游牧人的闲暇娱乐。奶酪、黄油、皮革、毛呢、羊皮书一类珍品，更无一不是游牧人的特有物产。

还有骑士阶层，放血医术，奥林匹克运动，动不动就拔剑相向的决斗，自然都充满着草原上流动、自由、剽悍生活的痕迹。这可能是欧洲人留给一个中国观察者的最初印象。统计资料说，现代美国白人平均五年就要搬一次家，这种好动喜迁的习性，似乎也暗涌着他们血脉中游牧先民的岁月。

当然，古欧洲人不光有游牧。他们也有葡萄、橄榄、小麦以及黑麦。只是他们的农耕文明不易构成主体和主流。相比之下，中国虽然也曾遭北方游牧民族侵迫，甚至有过元朝、清朝的非汉族主政，但农耕文明的深广基础数千年来一直岿然不动，而且反过来一次次同化了异族统治者，实为世界上罕见的例外。直到20世纪前夕，中国仍是全球范围内一只罕见的农耕文明大恐龙，其历史只有"绵延"而没有"进步"（**钱穆语**）。

一个游牧人，显然比一个农耕人有更广阔的活动空间，必须习惯于在陌生的地方同陌生的人们交道，包括进行利益方面的争夺和妥协。在这个时候，人群整合通常缺乏血缘关系和家族体制，亲情不存，辈分失效，年长并不自动意味着权威。那么谁能成为老大？显而易见，一种因应公共生活和平等身份的决策方式，一种无亲可认和无情可讲的权力产生方式，在这里无可避免。

武力曾是最原始的权威筹码。古希腊在荷马时代产生的"军事民主制"就是刀光剑影下的政治成果之一。现在西方普遍实行的"三权分立"在那时已有蓝本：斯巴达城邦里国王、议会、监察官的功能渐趋成熟。现代西方普遍实行的议会"两院制"在那时亦见雏形。"长老院（senate）"至今还是拉丁语系里"参议院"一词的源头。当时的民众会议（public）握有实权，由全体成年男子平等组成，以投票选举方式产生首领，一般都是能征善战的英雄。而缺乏武力的女人，还有外来人所组成的奴隶，虽然占人口的90%却不可能有投票权。这当然没什么奇怪。希腊式民主一开始就是武力竞斗中胜出者的政治盛宴，弱败者不可入席。

随着城邦的建立和财富的积聚，长老院后来有了更大影响力。随着越洋拓殖和商业繁荣，中产阶级的市民逐渐取武士而代之，成为民主的主体。随着世界大战中劳动力的奇缺和妇女就业浪潮，还有工人反抗运动和社会福利保障政策的出现，妇女、工人、黑人及其他弱势群体也有了更多民主权利……这就是民主的逐步发育过程。但民主不管走到哪一步，都是一种与血缘亲情格格不入的社会组织方式，意味着不徇私情的人际交往习俗。在这个意义上来说，民主是一种制度，更是一种文化。一个观察台湾民主选举的教授写道，20世纪80年代台湾贿选盛行，一万新台币可买得一张选票，但人们曾乐观地预言：随着经济繁荣和生活富裕，如此贿选将逐步消失。出人意料的是，这位教授十多年后再去台湾，发现贿选不仅没有消失，反而变本加厉，"拜票"之风甚至到了见多不怪的程度。人们确实富裕了，不在乎区区几张纸币，但人们要的是情面，是计较别人"拜票"而你不"拜票"的亲疏之别和敬怠之殊。可以想见，这种人情风所到之处，选举的公正性当然大打折扣。

在很多异域人眼里，中华民族是一个人情味很浓的民族，一个"和为贵"的民族。中国人总是以家族关系为一切社会关系的母本，即便进入现代工业社会，即便在一个高度流动和完全生疏的社会里，人们也常常不耐人情淡薄的心理缺氧，总是在新环境里迅速复制仿家族和准血缘的人际关系——官员是"父母"，下属是"子弟"，朋友和熟人成了"弟兄们"，关系再近一步则成了"铁哥""铁姐"。从蒋介石先生开始，就有"章子不如条子，条子不如面子"一类苦恼：公章代表公权和法度，但没有私下写"条"或亲自见"面"的一脉人情，没有称兄道弟的客套和请客送礼的氛围，就经常不太管用。公事常常需要私办，合理先得合情。一份人情，一份延伸人情的义气，总是使民主变得面目全非。

这样看来，中国茶楼酒馆里永远旺盛的吃喝风，醉翁之意其实不在肠胃，而在文化心结的恒久发作，是家族亲情在餐桌前的虚构和重建。中国式的有情有义，意味着有饭同饱，有酒同醉，亲如一家，情同手足；同时也常常意味着有话打住，有事带过，笔下留情，刀下留情，知错不言，知罪不究，以维护既有的亲缘等级（讳长者或讳尊者）与和睦关系（讳友人或讳熟人）。一位警察曾对我说，时下很多司法机关之所以结案率低，很重要的原因就是取证难。好些中国人只要与嫌犯稍沾一点关系，甚至算不上亲属，也开口就是伪证，没几句真话。这种"见熟就护"往往导致司法机构在财力、物力、人力方面不胜其累，还有悬案和死案的大量积压。

民主与法治都需要成本，光人情成本一项，一旦大到社会不堪承受，人们就完全可能避难就易，转而怀念集权专制的简易。既然民主都是投一些"人情票"，既然法治都是办一些"人情案"，那么人们还凭什么要玩这种好看不好用的政治游戏？解决纠纷时，宁走"黑道"不走"白道"，就成了很多人的无奈选择。显而易见，这是欧式民主与欧式法治植入中土后的机能不适，是制度手术后的文化排异。

我们很难知道这种排异阵痛还要持续多久。从历史上看，中国人曾创造了十几个世纪的绩优农业，直到18世纪初还有强劲的"中国风"吹往西方，中国的瓷器、丝绸以及茶叶风靡一时，令欧洲的贵族趋之若鹜。中国人也曾创造了十几个世纪的绩优政治，包括排除世袭的开科取士，避免封建的官僚政府，直到18世纪还启发着欧洲的政治精英，并且成为赫赫《拿破仑法典》制定时的重要参考。在这十几个世纪之中，大体而言，一份人情不是也没怎么坏事吗？

但工业化和都市化的到来，瓦解了农耕定居的生活方式。以家庭关系经验来应对公共生活现实，以"人情票"和"人情案"来处理大规模和高强度的公共管理事务，一定会造成巨大的混乱灾难。当然，这并不是说人情应到此为止。作为一种传统文化资源，亲缘方式不适合大企业，但用于小企业常有佳效。至少在一定时间内，认人、认情、认面子，足以使有些小团队团结如钢所向无敌，有些"父子档""夫妻店""兄弟公司"也创下了经济奇迹。

又比如说，人情不利于明确产权和鼓励竞争，但一旦社会遇到危机，人情又可支撑重要的生存安全网，让有些弱者渡过难关。时下有些下岗失业者拿不到社会救济，但能吃父母的，吃兄弟的，吃亲戚的，甚至吃朋友熟人的，反正天无绝人之路，七拉八扯也能混个日子，说不定还能买彩电或搓麻将，靠的不正是这一份人情？这种民间的财富自动调节，拿到美国行得通吗？很多美国人连亲人聚餐也得 AA 制，还能容忍"人情大盗们"打家劫舍？

很多观察家凭着一大堆数据，一次次宣布中国即将崩溃或中国即将霸权，但后来又一次次困惑地发现，事情常在他们意料之外。这里的原因之一，就是他们忘了中国是中国。他们拿不准中国的脉，可能把中国的难事当作了想当然的易事，又可能把中国的易事当作了想当然的难事。

比方说，中国要实行欧式的民主和法治，缺乏相应的文化传统资源，实是一件难事；但承受经济危机倒不缺文化传统资源，算不上什么难事。

### 三

西方的知识专家们大多有"公理化"的大雄心，一个理论管天下，上穷普适的宗教之理，下穷普适的科学之法。不似中国传统知识"无法无天"，弱于科学（**法**）亦淡于宗教（**天**），但求合理处置人事，即合理处置"人情"与"事情"。

先秦诸子百家里，多是有益世道人心的"善言"，不大倚重客观实证的"真理"——善在真之上。除墨家、名家、道家有一点抽象玄思，其余大部分，恐怕只算得上政治和伦理的实践心得汇编。少公理，多政策；少逻辑，多经验；有大体原则，多灵活变通——孔子谓之曰"权"，为治学的最高境界。农耕定居者们面对一个亲情网织的群体环境，处置人事少不得"内方外圆"，方方面面都得兼顾，因此实用优先于理法，实用也就是最大的理法。

多权变，难免中庸和中和，一般不会接受极端和绝对。"物极必反""否极泰来""过犹不及""相反相成""因是因非""有理让三分""风水轮流转""退一步海阔天空"……这些成语和俗语，都表现出避免极端和绝对的心态。墨子倡"兼爱"之公心，杨子倡"为我"之私心，都嫌说过了，涉嫌极端和绝对，所以只能热闹一阵，很快退出知识主流，或被知识主流吸收掉。

与此相适应，中国传统的各种政治、经济、社会安排也从来都是混合形态，或者说和合形态。几千年的历史上，没有出现过标准的奴隶制社会，有记载的奴婢数量最多时也只占人口的1/30（据钱穆考证）。没有出现过标准的封建社会，中央政府至弱之时，郡县官僚制也从未解体，采邑割据形不成大势。更没出现过标准的资本主义社会，尽管明清两代的商业繁荣曾雄视全球，但"红顶商人"们亦官亦儒亦侠，怎么看也不像是欧洲的中产阶级。这样数下来，欧洲知识界有关社会进步的四阶或五阶模式，没有一顶帽子适合中国这个脑袋，于是马克思只好留下一个"亚细亚生产方式"存而不论，算是留下余地，不知为不知。

说到制度模式，中国似乎只有"自耕小农／官僚国家"的一份模糊，既无纯粹的公产制，也无纯粹的私产制，与欧洲人走的从来不是一路。从春秋时代的"井田制"开始，历经汉代的"限田法"、北魏的"均田法"，等等，私田也都是"王田"（王莽语），"王田"也多是私田，基本上是一种统分结合的公私共权。小农从政府那里授田，缴什一税，宽松时则三十税一，差不多是"承包经营责任制"，遇人口资源情况巨变或者兼并积弊严重，就得接受政府的调整，重新计口派田，再来一次发包，没有什么私权的"神圣不可侵犯"。后来，孙中山、毛泽东、邓小平的土地改革政策，也大都是国家导控之下"耕者有其田"这一均产传统的延续。

很多学者不大习惯这种非"公"非"私"的中和，甚至不大愿意了解这一盆不三不四的制度糨糊。特别是在16世纪以后，欧洲的工业革命风云激荡，资本主义结下了甜果也结下了苦果，知识精英们自然分化出两大流派，分别探寻各自的制度公理，以规制人间越来越多的财富。

流派之一，是以"公产制"救世，这符合基督教、伊斯兰教——尤其符合犹太教的教义。作为西方主要教派，它们都曾提倡"教友皆兄弟姐妹"的教内财产共有，闪烁着下层贫民的理想之光。欧洲早期社会主义者康帕内拉、圣西门、傅立叶等，不过是把这种公产制由宗教移向世俗，其中很多人本身就是教士。接下来，犹太人马克思不过是再把它从世俗伦理变成了批判的政治经济学。在这里，显而易见，共产主义不是天上掉下来的，在某种意义上只是欧洲文化几千年修炼的终成正果，对于缺乏宗教传统的中国人来说当然有些陌生。这种公产制在表面词义上能与中国的"公天下"接轨，正如"自由""民主""科学""法治"等也都能在中国找到近义词，但作为具体制度而不是情感标签的公产制一旦实施，连毛泽东也暗生疑窦。针对苏联的国有化和计划经济，他曾多次提出中国还得保留"商品"和"商品关系"，并且给农民留下一块自留地和一个自由市场，留下一线公中容私的遗脉。刘少奇等中共高层人士虽然也曾膜拜过公产制教条，但遇到实际问题，还是软磨硬抗地抵制"共产风"，一直到20世纪80年代后推广责任田，重启本土传统制度的思路，被知识界誉之为"拨乱反正"。

流派之二，是以"私产制"救世，这同样是欧洲文化几千年修炼的终成正果。游牧群落长于竞斗，重视个人，优胜劣汰乃至弱肉强食几乎顺理成章。在世俗领域里，不仅土地和财富可以私有，连人也可以私有——这就是奴隶制的逻辑（直到美国工业化初期还广获认可），也是蓄奴领地、封建采邑、资本公司等一系列欧式制度后面的文化背景。这种文化以"私"为基，既没有印度与俄国的村社制之小"公"，也没有中国郡县制国家和康有为《大同书》之大"公"。可以想象，这种文化一旦与工业化相结合，自然会催生亚当·斯密和哈耶克一类学人，形成成熟的资本主义理论。与此相异的是，中国人有"均富"的传统，"通财货"的传统，"不患寡而患不均"的传统，最善于削藩、抑富、反兼并——开明皇帝和造反农民都会干这种事。董仲舒说："大富则骄，大贫则忧。忧则为盗，骄则为暴。此众人之情也。圣者使富者足以示贵而不至于骄，贫者足以养生而不至于忧。"董仲舒在这里强调"众人之情"，差不多是个半社会主义者，但求一个社会的均衡和安定：贫富有别但不得超出限度，私财可积但不可为祸弱小。

在这样一个社会里，"中和"重于"零和"，私中寓公，以公限私，其制度也往往有一些特色，比如乡村的田土公私共权，表土为私有，底土为公有，国家永远持有"均田"的调剂权力，实际上是一种有限的土地私有制，较为接近当今的土地承包责任制。需要指出的是，从微观上看，这种制度可能不是实现生产集约化和规模经济的最佳安排。但从宏观上看，它的社会效益和经济效益能花开别处：比如使一时无法得到社保福利的农民有了基本生存保障；比如让进城的农民工有了回旋余地，一旦遭遇经济萧条，撤回乡村便是，与欧洲当年失地入城的无产阶级有了巨大区别，不至于导致太大的社会动荡。在20世纪90年代的亚洲金融风暴期间，很多中国的企业订单大减，但正是这种土地制度为中国减震减压，大大增强了农民工的抗风险能力，非某些学者所能体会。

由此看来，"共产风"曾经短命，"私有化"一再难产，这就是中国。中国的优势或劣势可能都在于此。中国知识界曾师从苏联，后来也曾师从美国，到底将走出一条什么道路，眼下还难以预料。

234

但有一点可以肯定，中国以其独特的历史传统和文化资源，以其独特的资源和人口国情，不可能完全重复苏联或美国的道路，不可能在"姓社"还是"姓资"这个二元死局里憋死。

如果说欧洲代表了人类的第一阶现代化，苏联和美国代表了人类的第二阶现代化，那么假使让中国及其他发展中国家成功进入第三阶现代化，中国一定会以思想创新和制度创新，向世人展示出较为陌生的面目。


## 四


从 14 世纪到 16 世纪，大明中国的航海活动领先全球。郑和七下西洋，航线一直深入到太平洋和印度洋，其规模浩大、技术精良都远在同时代的哥伦布探险之上。首次远航，人员竟有 28000 人之多，乘船竟有 62 艘之众，简直是一个小国家出海，一直航行到爪哇、锡南及卡利卡特，并且在苏门答腊等地悉歼海盗船队。后来的几次出航的线路更远，曾西抵非洲东海岸、波斯湾和红海海口，登陆印度洋上 30 多个港口。而这一切发生时，葡萄牙人刚刚才沿非洲海岸摸索着前进，直到 1445 年才到达佛得角。

不过，与欧洲航海探险家的姿态不同，郑和舰队不管到了什么地方，不是去寻找黄金和宝石，不是去掠取财富回运，而是一心把财富送出去，携金带玉大包小裹去拜会当地领袖，向他们宣扬中国皇帝的仁厚关怀，劝说他们承认中国的宗主地位。原来，他们只是去拉拉人情关系，来一把公关活动和微笑外交。

出于农耕定居者们的想象，这个世界的统一当然只能以人情关系为基础，只能以"王道"而不是"霸道"为手段。

这种越洋外交后来突然中止，原因不详。历史学家们猜测，朝廷财政紧张应该是主要原因。于是中国人只好撤离大海，把无边海洋空荡荡地留给了欧洲人。意大利教士利玛窦曾对此百思不解。在纽约出版的《利玛窦日记》称："在一个几乎可以说疆域广阔无边、人口不计其数、物产丰富多样的王国里，尽管他们有装备精良、强大无敌的陆军和海军，但无论是国王还是人民，从未想到要发动一场侵略战争。他们完全满足于自己所拥有的东西，并不热求征服。在这方面，他们截然不同于欧洲人；欧洲人常常对自己的政府不满，垂涎于他人所享有的东西。"

但这个世界没有多少人领中国这一份情。

这样的教训多了，中国的文化自信不免陷入危机，包括绝情无义就成了很多人的最新信念。尽管中国人说"事情""情况""情形""酌情处理"等，仍有"情"字打底，仍有"情"字贯穿，但这些都只是文字化石，已不再有太多现实意义。很多中国人开始学会无情：革命革得无情，便出现了20世纪60年代的"红色暴力"；赚钱赚得无情，便出现80年代以后太多的贪官、奸商、刁民以及悍匪。某个非法传销组织的宣传品上这样说："行骗要先易后难，首先要骗熟人、朋友、亲戚……"这与"文革"中很多人首先从熟人、朋友、亲戚中开始揭发举报一样，实有异曲同工之妙。时下传销组织的万众狂热和呼声雷动，也让人觉得时光倒退，恍若又一场"文革"正被金钞引爆。在这里，中国传统文化最核心的部位，正在政治暴力或经济暴力之下承受重击。

人们不得不问：中华民族还是一个富有人情味的民族吗？

当然，同一事物也可引出相反的问题："吃熟"和"宰熟"之风如此盛行，是不是反而证明了中国还有太多人情资源可供利用？

所谓改革，既不是顺从现实，也不是剪除现实，正如跳高不是屈就重力但也不是奢望一步跳上月球。因此，整合本土与外来的各种文化资源，找到一种既避人情之短又能用人情之长的新型社会组织方案，就成了接下来的重大课题。

往远里说，这一课题还关联到现代化的价值选择，正如爱因斯坦所说："光有知识与科技并不能使人类过上幸福而优裕的生活，人类有充分理由把高尚的道德准则和价值观念置于对客观真理的发现之上。人类从佛陀、摩西以及耶稣这些伟人身上得到的教益，就我来说要比所有的研究成果以及建设性的见解更为重要。"这段话表现出言者对现代化的及时反省和热切期盼。

事情已经很明白，一个不光拥有技术和财富的现代化，一个更"善"的现代化，即更亲切、更和合、更富有人情味的现代世界，是爱因斯坦心目中更重要的目标。如果这种现代世界是可能的话，那么它最不应该与中国擦肩而过。

2020.11.28

此文为2020年11月28日在海南大学的演讲记录稿，最初发表于2021年《天涯》杂志

# 文化：迭代与地缘两个尺度

　　这是一个不讨好的题目，很不好谈。大家都知道，文化是个筐，什么都能装，所以大至思潮和制度，小至吃喝拉撒睡，什么都是"文化"。那么，我们首先要约定一下，是在哪个层次意义上来谈文化。

　　在我看来，最粗糙的分法，文化也可分成大、中、小三个概念：

　　大文化，指的是人类包括物质生产在内的一切的活动，比方说仰韶文化、龙山文化、河姆渡文化等，就是在这个意义上来说的，因此种稻子、种麦子、打个洞、挖个坑，那都是文化。

　　往下走，有一个中文化，大概是指人们常说的"上层建筑"，或者常说的"软实力"，体现于制度、政策、宗教、教育、新闻、文艺等。所谓"儒家文化"就是这样的概念，其中"礼"为制度

方面，"乐"大约是文艺方面。

再往下走，还有小文化，只涉及眼下我们文化部、文化局的工作范围，是精神领域事务的一部分。比如宗教、教育、新闻出版等，文化部都是不管的。前几年旅游与文化联姻，合并出一个文旅部，有人戏称为"诗和远方"部。

如果对上述大、中、小不做区别，不加约定，我们的讨论就肯定是一锅粥，打乱仗，自己找死。所以，首先申明一下：我们今天谈的是大文化，涉及人类的一切活动，涉及所有人，不仅仅是文化部管的那摊子事。


## 迭代的尺度

有两个关键词，一个叫"迭代"，一个叫"地缘"。

先讲讲迭代。所谓迭代，是指文化沿着一个时间轴，随着经济和技术的发展而不断演进，可被人们视为一种进步。从石器时代到铁器时代，从农牧时代到工业时代，就是这样一种迭代的关系，常常形成代序差异。

以前很多人一谈到文化就容易岔，容易爆，吵得一塌糊涂，我说你崇洋媚外，你说我顽固守旧，大帽子飞来飞去。其实这里隐藏着一种尺度的紊乱，表面上是谈中西，实际上是谈古今，是比较代序差异。因为很多人说的"洋"，并不是指中世纪的西方，不是指古罗马的西方，而是指 18 世纪以后工业化的西方，专指西方最强盛的一个特定阶段。说我们的油灯不好，欧洲的电灯好。说我们的牛车不行，欧洲的汽车很棒。那么，不崇洋不媚外也不行了，是不是？但这是拿工业文明与农业文明比，把不同的发展阶段拧在一起，差不多就是关公战秦琼。当年钱穆建议，说真正的中西文化比较，要等到双方经济发展水平接近了再说，就是这个意思。

日本一个学者叫福泽谕吉，写过一篇《脱亚论》。那时不仅很多日本人要脱亚入欧，俄国人、土耳其人也这样说，形成整个亚洲一个广泛的潮流。为什么要脱亚？他们都知道国土搬不走，但脱亚就是急吼吼地要脱农、脱贫、离穷邻居们远点，要成为欧洲式的工业国。福泽谕吉是著名的启蒙派，相当于中国梁启超、陈独秀这样的领袖级人物，其头像直到去年（2019 年）还一直印在一万元日钞的钞票上。但他又是殖民主义、帝国主义的意见领袖，一直鼓吹侵华战争。他的《文明论概略》大量抄自美国中学生的教材，知识产权其实是有点问题的，但它在中国也有广泛影响。他认为"日清战争是文明与野蛮的战争"，认为"支那人"就是彻头彻尾的野蛮民族，那么最好的前途就是到处插满大和民族的胜利旗帜。

由此可见，文化迭代没毛病，但迭代的进程并非各国同步。若把一时的差异静止化、绝对化、永恒化，就很可能产生民族歧视和对外战争。这种"进步主义"就危险了，就为弱肉强食的丛林法则提供了合法性。我上了车，你还没上车，那么我打你就是活该。我是四年级，你还是一年级，那你一年级的给我交保护费就是天经地义，是吧？这种理解，多年来玷污了"进步"这个字眼。

我翻译过一本书，在座有些中文系的，可能知道叫《生命中不能承受之轻》，是捷克裔法国作家米兰·昆德拉的一本小说。我记得小说中间有一段描写，印象特别深。他是写厕所，说当时的捷克太落后了，当局的治理失败，捷克的厕所就特别让人难受，那个马桶在他的形容之下，只是"一根废水管放大了的终端"——大概是这个意思吧。由此他对比西方发达国家的马桶，也用了比喻，说那种马桶多好啊，"像一朵洁白的的水百合"。这比喻很形象，很精彩吧？他这样写，当然是要对比文明的先进和落后。这话没说错。谁不愿意坐在"水百合"一样的抽水马桶上呢？谁不喜欢有一个舒适干净的环境呢？

问题是，西方的厕所一直是这样的吗？或者说，西方的厕所什么时候才变成这样的？据史料记载，作为西方一个标志性的都市，巴黎很繁华，但也是一度出了名的脏乱差，还臭烘烘。直到文艺复兴时期，巴黎人口剧增，排污系统却跟不上，居民们都习惯了随处拉。因此当局颁布法令，说卢浮宫里画了红十字的地方不能拉，其他地方才能拉，这是一条。又说从临街楼上窗口往下倒马桶的，要大喊三声在先，让街头行人避让，否则就是违法。那么有了这三声警告，就是合法的滔滔屎尿天上来，这又是一条。

以至有人说，巴黎的香水产业为什么那么发达？就是因为当时巴黎人要用香水来压住身上的臭味。可见，那时连巴黎也没有什么盛开的"水百合"。西方的厕所文化，只是到后来一定发展阶段的产物。

有了工业化，有了上下水系统，有了供电能力和通风设备，有了存水弯管、自控水箱等工业小发明，还加上相应的财政支持，才可能有所谓的厕所文化。它最早出现在西方，但与西方并无一开始就绑定的关系，至少与工业化以前漫长的西方史没有关系，与数千年的西方没有关系。同样道理，如果在什么时候，某些西方国家落后了，比如在高铁、5G、移动支付等方面技不如人，我们也不必大惊小怪，不必上纲上线，用来当作自我文化整体优越的依据。你不就是会个微信扫码吗，哪有那么牛？

## 地缘的尺度

当然，并不是所有文化都是迭代演进的。我们下面来谈一谈餐饮。餐饮文化与经济和技术有一定的关系，但没有太大关系。具体地说，能不能吃饱，大概是经济和技术说了算；至于能不能吃好，如何才算吃好，经济和技术却做不了主。现在不少中国人有钱了，可以天天吃西餐，那不是什么难事，但有些人即便腰缠万贯，还是不爱吃西餐，吃来吃去，偏偏要吃"老干妈"，你怎么办？他们不爱吃奶酪，就要吃豆腐，不爱喝咖啡，就爱喝茶，你怎么办？

这不是一个钱能解决的问题，与什么发展阶段没关系。餐饮文化，特别是口味习惯，更多体现出一种地缘性的文化特征，受到诸多地理的、气候的、物产的、人种的随机因素和条件制约。这种文化一旦形成，就各有领地和版图，相对稳定和顽固，甚至能进入生理基因，形成一种遗传复制——不管你有没有工业化。很多人去了欧美，几乎在那里生活了大半辈子。他们思想上不一定爱国，但肠胃肯定爱国，哈喇子肯定爱国。一个个西装革履飙英语，一不留神，还是会奔唐人街，奔中餐馆。他们的厕所迭代了，但还是念念不忘"童年的口味""故乡的口味"。

相对而言，服饰文化没那么顽固，是比较容易变的。不过很长一段时间里，中国是农业国，靠的是雨热同季等宜农条件，衣料都是农业国盛产的棉花和丝绸。因此传统汉服非绸即棉，连官员的制服都像休闲装，软绵绵的一身。这不同于欧洲。作为以游牧为主业的民族，欧洲盛产羊毛和皮革，所做成的衣服不一定最柔软舒服，但特别御寒，也容易做得挺括有型，对吧？皮靴什么的，比中国的棉鞋和布鞋也更多几分光鲜。这种服饰美学后面，其实都有地缘条件的源头。

建筑呢，与地理和气候的关联度最大。我们今天身处海南，海南为什么有这么多骑楼？海南是热带地区，太阳很厉害，大家受不了。海南又多雨，大家出门不方便。那么盖成骑楼这种样式，街两边都有固定走廊，既可遮阳，又可避雨，就很有道理了。据说这种骑楼风格其实是外来的，最早源自南欧——那是地中海地区，也是一个多雨地带，是欧洲少有的农业区。可见只要地缘条件相近，有些文化就不分东西，东方里可以有西方，西方里也可以有东方。倒是琼海那边，前些年有些开发商脑子进水，盖了很多北欧式的尖顶屋，觉得好看是吧？觉得骑楼应该升级换代？但海南从无冰雪积压，尖顶房用不上。倒是有台风，三五个台风下来，尖顶房就死得很难看。

还可以说说文学。因为中国有深厚的农耕史，前人很早就发明了草木造纸，比欧洲早了近一千年。有了这种低廉和方便的书写工具，比羊皮纸方便得多，中国汉代就文运昌盛，有了发达的文学和教育。我在这里很惭愧，现在敲电脑，还敲不过司马迁、班固、扬雄那一拨古人，动不动就数百万字的著作量。有专家说，中国古代不是没有史诗，是因为历史都写进了《史记》《汉书》那样的作品，因此不需要口耳相传，就不需要史诗了。其实，中国的西藏、内蒙古、新疆，还有苗族地区也是有史诗的，《格萨尔》《江格尔》等都是，其原因与欧洲一样：如果农业不发达，如果纸张和文字运用得晚，运用得不够，口耳相传便成了文化传承的主要手段。这再次证明，一方水土养一方人，养一方文化。一个族群有没有史诗，主要取决于书写工具怎么样，取决于当地的物产等地缘条件。

## 两种尺度的交互并用

当然，"地缘"与"迭代"并不能截然两分，在实际生活中经常相互影响。

在很多时候，在某些方面，地缘条件也会有变化，随着经济和技术的发展而产生新旧之别。中国的食材和食谱就有古今差异，不会完全一成不变。

另一方面，在很多时候，在某些地方，迭代进程也会有不同面貌，受到各种地缘条件的制约，比方你这里有煤，他那里没煤；你这里靠海，交通方便，他那里是山区，交通不便。那么同是工业化，起步就先后不一，成败或强弱也有别。

在这些方面都有不难找到的例子。

但地缘与迭代各有侧重点，可作为观察文化的两个重要角度。这么说吧，前者是空间性的，后者是时间性的；前者是多元性的，后者是普适性的；前者对经济和技术的依存度低，后者对经济和技术的依存度高。如果借用一个平面直角坐标图，那么前者是水平坐标，后者是垂直坐标，可确定文化的分布和定位。

不妨想象一下，设一个坐标图，设定垂直的 Y 轴上，有迭代因素很高、偏高、偏低、很低的各个度，在地缘的 X 轴上也有很高、偏高、偏低、很低的各个度，那么在这个坐标图里，某一种现象是（2，1），另一种现象是（1，4），还有一种现象是（3，3）……我们用两个尺度，就不难测定它们各自的点位，便于具体情况具体分析，不至于打乱仗。我们既照顾了地缘传统，又照顾了迭代进程，就多一些识别文化的方便。

拿前面的例子来说，餐饮文化更多体现了地缘性，不大依赖Y轴的分值，因此无论经济和技术发展到哪一步，各有所爱，各美其美，百花齐放，都是合理的常态。但厕所文化不一样，更多体现了迭代性，与Y轴的分值密切相关，那么只要有了工业化，只要有足够的钱，无论在世界的哪一个角落，"厕所革命"都无可阻挡，清洁、舒适、隐私保护都势所必然，以至全世界的卫生间都变得越来越一样，没什么"多元化"。

这样是不是清楚一点了？你们再想想，如果不是这样，而是把包罗万象的文化都搅在一起，都打包处理，都组团参赛，然后搞国家排名，只用一个尺度来判胖瘦，如何说得清楚？

几天前，我看到一则新闻，说中国人的平均身高又提升了，在19岁这个节点，男孩子平均175厘米，女孩子163厘米，已是亚洲第一。显然，平均身高提升到这一步，原因是多方面的。其中有经济和技术的因素，表现为Y轴的分值提升，表现为中国人吃饱了，吃好了，对吧？有了很多大水库，有了杂交水稻，有了袁隆平，对吧？还有了几十年前不可想象的各种体育设施，提供了健身条件。当然，吃饱了，但什么才算吃得好？能锻炼了，但愿不愿意锻炼？……这里面又有地缘传统的作用，有X轴上不同文化板块的情况。光说其一，不说其二，是远远不够的。印度穷人多，因此拿体育金牌少；但非洲穷人更多啊，可田径那什么的可了不得，强手如林，其原因是不是非洲在 X 轴上的原始分高？欧美有钱，因此体育金牌拿得多，但诸多海湾石油国家也不差钱啊，但为什么至今算不上大赢家，至少女性体育不大行？这大概是因为他们女的要蒙面，男的穿长袍，不方便运动，X 轴上的原始分偏低。

至于中国人，如果说平均身高还不够，不是世界最高之一，那么可能还有人种基因、传统习俗等方面的原因。比如，中国人吃肉蛋奶不够多，上海网红医生张文宏已经批评过了。中国人以前是"万般皆下品，唯有读书高"，优秀男人的形象大多不是五大三粗、身高力壮，而是旧戏台上那些白面书生，过于文弱，甚至娘炮，是满腹诗书进京赶考的那种，是花前月下谈情说爱的那种。中国人的运动爱好，也不如西方那些游牧民族的后裔。你到西方去看，每天下班以后到处都是跑步的或骑车的，但中国人一闲下来，就可能搓麻将、摆象棋、"斗地主"——虽然眼下年轻一代比前人已好了很多。

可见，就像很多文化现象一样，身高这码事，显然也是多因一果的结合效应，得用两个尺度交叉比量，话分两头说，才能说得大体到位。

## "体用之辩"的百年混战

历史上，由于不善于区分上述两个尺度，最大的麻烦是知识界百年来反复折腾的一场"体用之辩"。这才是我们今天需要讨论的重点。

什么叫"体"？什么叫"用"？这两个中文词，给我们的联想经常有主次之分、本末之分、内外之分、本质和功能之分。

如果放在一个坐标图里，横坐标和纵坐标同等重要，是不可互相替代的。但一旦换成"体""用"这样的描述，要争一个谁是老大，谁坐头把交椅，问题就严重了，就争不清楚了，不打破头大概不可能。语言限制思想，一旦用词错误很可能为害深远。一百多年来，知识界为此大打口水仗，至今也无共识，哪怕在公开媒体上打不成，私下里其实还在打。

早在 1889 年，以张之洞、梁启超为代表的维新派，主张"中学为内学，西学为外学"，是提倡"中体西用"的。他们所谓"师夷长技"，不过是学西方的一些技术，学数理化，学坚船利炮，但骨子里是坚守本土的思想道统、政治体制、伦理规范。这大概是最开始的阶段。

后来有了新情况。另一个著名启蒙家叫严复，对"中体西用"产生了怀疑，说"体"和"用"分得开吗？马能上战场，就是因为有"马体"，牛能耕田地，是因为有"牛体"，你怎么可能用"牛体"来产生"马用"？或者怎么能用"马体"来产生"牛用"呢？

他的意思，是说体用一致，不可能分开，实际上是主张"西体西用"，翻译成后来的话叫"全盘西化"，影响过新文化运动以后的很多中国人。海南有个前辈学者陈序经，据说是公开提倡"全盘西化"第一人。新时期有一位批评家说得更出格，说中国要搞成现代化，"起码还要被西方殖民三百年"。

再到后来，情况更复杂了。一个重要学者叫李泽厚，他大概既不满意"中体西用"，又觉得"西体西用"不妥，太简单了，于是换上另一种说法，叫"现代化为体，中学为用"。他在上海解释过这一点，说西方最早进入现代化，但现代化并不完全等同于西方，因此他把"现代"这个时间概念，与"中"这个空间概念拼接，给中国特色留下一点保留余地。此外还有新儒家，一直是一个大拼盘。从熊十力、梁漱溟等一路下来，并不排斥西方思潮，但更看重中国传统。他们大多是在哲学层面做"心性"的文章，差不多还是"中学为内学"的路线。当然，这个拼盘里也有一些讲究经世致用的，聚焦于国家发展道路的，如杜维明，从日、韩的经济发展中看到亚洲文化的价值，又借鉴韦伯处理新教伦理与资本主义的经验，提出"儒家资本主义"。还有一个蒋庆，提出"政治儒学"，认为"王道"高于"民主"，主张精英主义的"虚君共和"。这些都叫看作是"西体中用"或"中体西用"的最新版本。

至于民间，大概看到西方后来也出现了一些问题，民主也好，市场也好，都有失灵的时候，于是有些人就走得更极端。他们一头扑向老祖宗，要恢复国学、恢复汉服、恢复作揖、恢复黄帝纪年、恢复繁体字、恢复皇权或类似皇权的体制——我在山东遇到一位著名学者，他就说过，一个大国最怕乱，最需要维稳，那么大国与小国不同，搞威权专制那就对了。据说，海南大学的学生前不久还去砸了一个场子，那个什么"女德讲堂"，宣扬女子的"三从四德"，确实很奇葩，算是彻头彻尾的"中体中用"。

我的疑惑是，如果照这样"中体中用"，如果都一窝蜂"国学救国""回归传统"，那清王朝当年不是更"国学"更"传统"吗？为什么混不下去了？

我们回过头看，一百多年来，中国与西方既融合又冲突，形成一场旷日持久的世纪对话，"体"和"用"一直是中国人最大的心结。从当年的张之洞，到现在民间的"女德讲堂"，尽管解决方案五花八门，但他们心目中的中西比较，其实都有一个共同的盲区。那就是看 Y 轴时，不看 X 轴；看横坐标时，不看纵坐标，或者干脆把两个尺度拧成了一个尺度。换句话说，他们心目中常常只有静止的中西，没有动态的中西，即便谈论普遍性和特殊性，好像公允、灵活了许多，但还是在一个文化版图的平面上纠缠，缺少时间的向度。

这种一根筋、一刀切、一条道走到黑的争论混战，经常形成无谓的耗费。当事人对迭代因素不是夸大就是忽略，或者对地缘因素不是夸大就是忽略，经常把脑子搞乱，把路子走偏。

由此应该建议："体""用"这两个词最好列入禁用词汇，列为高危概念，不再进入有关文化讨论。有一位学者——我在《天涯》

当编辑时，还编发过她的文章。她在后来的一篇文章中说，中国的文化传统太糟糕，对妇女压迫和残害太深，居然让花木兰去打仗，岂不是残忍？这当然有点扯，不像学者说的话。欧洲女人就不打仗吗？那圣女贞德算怎么回事？女人婚后都随夫改姓，那算不算男性霸权？美国国会大厦以前连女厕所都没有，女性的地位在哪里？……不难看出，妇女受压迫，不是哪个民族的问题，不是有没有道德救星的问题，不过是文化迭代所决定的，是发展阶段所决定的。事实证明，只要有了工业化，生产甚至战争都不靠拼肌肉了，男人的生理优势自然消失，男人就"霸"不起来。工业化蔓延到哪里，不论在亚洲，还是在非洲或拉丁美洲，哪里的妇女就会有就业权、投票权、财务权、离婚权、避孕权等——虽然这一演变还在路上，还远远没有完结。在我们周围，不是有些人喜欢取笑上海"小男人"吗？好像上海男人都是舞台上巩汉林那种形象，说话尖尖细细的，成天扎一个小围裙，在厨房里转来转去。其实，即便说话者以偏概全，巩汉林也是暖男吧，是模范丈夫吧，至少没有男性霸权吧？其原因无他，不过是因为上海是中国最早实现工业化的地方，男女平权的势头，你拦也拦不住，那种"暖男"就必然多起来。

　　文化在这里不必"背锅"，但另一方面，文化也不应缺席。几个世纪以来，追求所谓现代化大概是人类共同的方向，但欧洲有欧洲的现代性，日本有日本的现代性，韩国有韩国的现代性，印度有印度的现代性……所谓"多重现代性"，这一大潮流还是有诸多内部差异的，有各自传统的脉络。就拿法治来说，中国媒体经常表彰一些父债子还、兄债弟还的事例。其实在西方个人本位的社会里，父债只能父还，兄债只能兄还，法律只认这个。但中国的法治之外还有德治，老百姓心里自有一套不成文法，欠债者的亲属就这样做了，你还得表扬一下吧？法院和政府也不能制止吧？孔子说："父为子隐，子为父隐。"这在西方法官看来就是作伪证，要追究的。但有些法官告诉我，考虑到中国的亲情传统，法官们在实际办案时，对亲人之间的某些隐瞒行为，通常会有一些酌情从宽的处理。这就是拒绝西方式的"法条主义"，根据实际国情有所变通。

由此想到，中国人眼下走向世界，到异国他乡去搞合作共建，可能都得绷紧文化这根弦。科技专利固然重要，资金投入固然重要，法律条文固然也重要，这都没有错。但不要忘了，任何事都是人做的，而任何人都是活在文化传统中的。因此，同老外们打交道，最忌的是想当然，需要注意各种细节，了解他们那里各种文化密码，包括了解各种"潜台词""潜规则"里的当地文化特性。

在这一方面，中文系的，文科领域的，应该多一些知识准备，多一些专业敏感，给这个世界帮上一些忙。

2009.11

此文最初发表于2009年《人民
日报》

心灵之门

　　经常遇到有人问：文学有什么用？我理解这些提问者，包括
一些犹犹豫豫考入文科的学子。他们的潜台词大概是：文学能赚
钱吗？能助我买下房子、车子以及名牌手表吗？能让我成为股市
大户、炒楼金主以及豪华会所里的VIP吗？

　　我得遗憾地告诉他们：不能。

　　基本上不能——这意思是说除了极少数畅销书，文学自古就
是微利甚至无利的事业。而那些畅销书的大部分，作为文字的快
餐乃至泡沫，又与文学没有多大关系。街头书摊上红红绿绿的色
情、凶杀、黑幕、财运……一次次能把读者的钱掏出来，但不会
有人太把它们当回事吧？

　　不过，岂止文学利薄，不赚钱的事情其实还很多。下棋和钓

鱼赚钱吗？听音乐和逛山水赚钱吗？情投意合的朋友谈心赚钱吗？泪流满面的亲人思念赚钱吗？少年幻想与老人怀旧赚钱吗？走进教堂时的神秘感和敬畏感赚钱吗？做完义工后的充实感和成就感赚钱吗？大喊大叫奋不顾身地热爱偶像赚钱吗？……这些事非但不赚钱，可能还费钱，费大钱。但如果没有这一切，生活是否会少了点什么？会不会有些单调和空洞？

人与动物的差别，在于人是有文化的和有精神的，在于人总是追求一种有情有义的生活。换句话说，人没有特别了不起，其嗅觉比不上狗，视觉比不上鸟，听觉比不上蝙蝠，搏杀能力比不上虎豹，但要命的是人这种直立动物比其他动物更贪婪。一条狗肯定想不明白，为何有些人买下一套房子还想圈占十套，有了十双鞋还去囤积一千双，发情频率也远超生殖的必需。想想看，这样一种最无能又最贪婪的动物，如果失去了文明，失去了文明所承载的情与义，算不算十足的劣等物种？是不是连一条狗都有理由耻与为伍？

人以情义为立身之本，使人类社会几千年以来一直有文学的血脉在流淌。在没有版税、稿酬、奖金、电视采访、委员头衔乃至出版业的漫长岁月，不过是靠口耳相传和手书传抄，文学也一直生生不息蔚为大观，向人们传达着有关价值观的经验和想象，指示一条澄明的文明之道。这样的文学不赚钱，起码赚不出什么李嘉诚和比尔·盖茨，却让赚到钱或没赚到钱的人都活得更有意义也更有意思，因此它不是一种谋生之术，而是一种心灵之学；不是一种职业，而是一种修养。把文学与利益联系起来，不过是一种可疑的现代制度安排，更是某些现代教育商、传媒商、学术商等乐于制造的掘金神话。文科学子们大可不必轻信。

另一方面，只要人类还存续，只要人类还需要精神的星空和地平线，文学就肯定广有作为和大有作为——因为每个人都不会满足于动物性的吃喝拉撒，哪怕是恶棍和混蛋也常有心中柔软的一角，忍不住会在金钱之外寻找点什么。在这个时候，在这个呼吸从容、目光清澈、神情舒展、容貌亲切的瞬间，在心灵与心灵相互靠近之际，永恒的文学就悄悄到场了。人类文学宝库中所蕴藏的感动与美妙，就会成为你眼前的新生之门。

读自己

1972.3—1974.12

此文最初发表于2021年《芙蓉》
杂志

# 长岭记

少年时，我被一位老师要求写日记，写的几篇又被她拿去宣读和夸奖，于是写得更来劲，更得意扬扬，以至1968年下放农村，作为全国一千六百万知青之一，也习惯性地往下写。前期两本，不慎遗失在汨罗县滶湖围垦工地，可能最终被农友拿去卷烟或蹲坑了。所剩只有1972年后的部分。

再次翻出这些发黄纸页，它们只是一个老人对遥远青春的致敬，也是对当年一个个共度时艰相濡以沫者的辨认和缅怀——他们不一定记得这些往事，不一定乐意再提某些旧事，其中不少人甚至已经离世。一旦走散，人们相忘于江湖，这种情形当然是再正常不过。

但我代你们记住了，记住了一些碎片，就像一个义务守夜人，未经当事者们委托，也不知有无必要，为你们守护遍地月光。

直到月落星沉，你们也没有来。

此次发表，不易确保现场原貌。首先，日记上有不少当时顺手抄来的格言、诗词、美文，即少年们常用来热血励志或满心崇拜的那种，约占日记的四分之一，若不加割舍，便有侵犯他人知识产权之嫌。其次，忙时偷闲，有时候困乏不已，记得过于仓促和零乱，连自己事后也挠头费解，如同面对一些密码，面对若干出土的破碎陶片，若无一点清理、拼接、修补（比如这一次加上了括号里的词语，加上了必要的脚注等），就很难辨出眼前是一只盆，还是一个罐。

　　这样，眼前文本就与最初的日记有了些距离，叫"日记"让人犹豫，那就叫"记"吧。

2020 年 9 月

# 1972年

### 3月21日

（转点到长岭大队后）出工第一天！平整秧田，准备小苗带土移栽。出工的有辉仁、再章、化仁、义求等。还有（胡）志辉，是宣传队的，打鼓打得出"凤点头""狮子滚绣球"的花样。化仁则是老熟人了，（在茶场）与我们共过事，仍旧流鼻涕，说话不清楚。

队长是（胡）辉仁，见人先笑，和气先生，面糊佬。义妹子[1]（张义求）犁田，漏下边边角角。再章扛着锄头走过来，一声一声指责："你画大字呵？"辉仁又是和事，只是说牛没劲。据说以前开春下犁前，牛也要打牙祭，吃黄豆甚至鸡蛋。

太阳还很高，我们就收工了。豆豉（陆莉莉）要被调去学校教书，但她不愿去，情愿扛一把锄头，怕被学校套住了，以后影响招工（回城）。其实，以后的事都是塞翁失马，谁算得准呢。

### 3月22日

文化组（县革委会政工组所辖[2]）来检查，

[1] 当地人常把男人喊成"妹子"，来历与理由不明。

[2] 当时地方政府均称革命委员会，下设政工组、生产指挥组、保卫组等部门。

261

老蓝（再根）带队，搞得大家手忙脚乱。在大队部礼堂凑了些旧节目。伟伢子（陈伟达）都唱跑了调。

3月23日

收工后有点无聊，第一次觉得时间这样长。

沈瓜皮（沈白薇）不安心，说一声对不起，终于打背包走了。她说这里电也没有[1]，就三两盏油灯，晚上"打得鬼死"，太吓人。她那一天失足，差一点掉进厕所粪坑，更坚定了撤退的决心。有人说，要是有个满哥哥看上了她，或被她看上，事情可能就是另一回事。但谁知道呢？

其实，既来之则安之，"瞎眼鸡婆天照应"。人到了哪里都能创造一个新环境，干吗要把以后考虑得那么复杂？

这里比（公社）茶场还是好多了。大队部的人都住家，因此收工早，各有家务去忙，晚上从不开会。一餐还是一个菜，但油花子稍多，王老倌还做了坛剁辣椒。队长心软，对大家都客气，"将心比心"是他的口头禅。只是他那个海伢子，调皮，昨天骂伟伢子："你胯里的毛鸟鸟出来啦——"他又骂志宝（张志军），骂（张）小克，骂我，觉得这一句无往不胜。他爹也不管，只是嘿嘿笑。

[1]公社茶场有制茶车间，用柴油机发电，因此能季节性地顺带提供照明。

3月25日

今后的路该怎么走？

262

生活是混浊的激流，我们是逆流而上的水手。不要依恋过去，也不要空想未来。未来就在你的脚下的每一步！

### 3月26日

平田，铺沙，铺泥，下种……据说小苗带土移栽的成活率高，返青快，但既然带土，到时候运秧和栽秧肯定麻烦得多。

今天下了两担禾种，薄薄盖上稻草保温。赤脚下田时，冷得像割刀子。田里还有暗藏的"滂眼"，即水下的陷阱，一不小心踩下去，泥水就没到屁股。每到这时，农民就哄笑："有牛肉吃啰——"

牛背上栖息着一只鸟。乡村里的春天倒是很美，红的映山红，黄的油菜花，紫的草籽（苜蓿）花，绿的山坡竹林，像五颜六色的万花筒。

### 3月27日

今天又认识了几个人。所谓"大队部"，就是茶场十几号人。还有米厂三人。（康）远辉，杨家桥的，与大队部只隔一条垄。（李）三奎，厚嘴皮，木讷，张家坊的，据说是地主子弟，工业大下放时从湘潭回乡，懂机械维修。他们用柴油机打米，成天咚咚咚，满身是糠灰。

开票的叫戴迈中，无妻，住大队部，铁青的脸，每次吸烟都吸到烟屁股尖，差点烧到手和嘴。他常正襟危坐读旧书，也给旁人讲诸葛亮、曹操之类，是《说唐》《三国演义》《东周列国志》那些。

人们说他脾气暴，有一次打禾，他在休工时回家烧水，好半天不见水开，只有瓦壶嗡嗡叫，当场就把瓦壶抓起来砸了个粉碎，说老子渴得喉咙里冒烟，你还嗡呀嗡呀唱歌。老子让你唱！让你唱！

他病故的老婆留下一儿子，叫"大脑壳"，读小学了，也是个暴脾气，可以捧着一个大碗吃干辣椒拌饭，吃得满头大汗。

### 3月28日

"大队部"还有一间药房，药师杨（爱华），口音是岳阳那边的，又矮又胖，兼任接生婆。她接生无数，自己的儿子却是个"哈宝（呆傻）"，据说已十几岁，但还是一个长出了抬头纹的娃崽，走路踉踉跄跄、飘飘忽忽，歪着头看人，只会讲两句话。一句是见男人都喊"爸爸"。另一句是不高兴了，见谁都"×妈妈"[1]。男人听了这两句话都生气，嫌他的鼻涕泡，用巴掌威胁，吓得他跑到远处回头再骂。

杨与戴这两位邻居的关系不好，不知是什么原因。今天他们又在坪里相反（吵架），不知为什么事。戴咬牙切齿，说她占公家的便宜，一口一个"妖怪"。接生婆在地上打滚，翻白眼，大哭大闹："老天，你视（看）呀，视呀，他一个臭麻子欺侮孤儿寡母……"要不是队长在，这台戏不好收场。

[1]娃崽（丙崽）后来成为笔者小说《爸爸爸》（1985年）中的人物原型。

### 3月29日

丙崽冲着他妈也只会说"×妈妈"，但做

妈的还是笑眯眯，百般抚爱，唠叨好一阵。"我家的丙崽会骂人呢"，这也是她的骄傲。

她男人据说在粮站工作，极少回来。大概是对这个呆傻儿不满意，迁怒于他妈。她也把对自己苦命的哀叹，变成了对丈夫的怨恨。远辉说，很多人至今也只见过他一次，是他们吵架。杨爱华坐在门槛上大哭大骂："你拿刀来杀了我呵！你不给我粮食，要饿死我两娘崽，好歹毒你这个家伙……"

这个那个妇人请她去接生，是她最受尊重、大概也是最高兴的时候。她穿红戴绿，挎上医药箱，一摇一摆地上路，像个大号的花鸡婆。


### 3月30日

下了一场雪子，倒春寒。队长最担心这种情况，说秧苗可能保不住，到时候借秧或者买秧，都可能没地方可去。最后一招是夜里去偷秧，要准备打架。

他带着我们去除雪和盖草，看能不能保住苗。还得准备柴，碰到大雪，据说就去秧田边烧火。

柳（汉清）哥又来信，说铁四局的队伍已到河南驻马店，他还是负责宣传，打算今年加强美术理论学习，搞一两幅大的创作。他问手风琴学得如何。其实他那个琴已塌了两个键，没法弹了。小提琴也被司令（彭建军）一借不回头，可恶！听说去年他已招工，到了2348（工厂）。

4月1日

一直阴雨，心情也沉沉的。回到（公社）茶场，发现已有陌生感。本地农民换了不少新面孔。新来的汨罗知青年龄小，也不认识我们老一辈。

想当初大家刚来时，恍惚就在昨天，大雪纷飞，天地白茫茫，知青们赖在被窝里不起床，只是一个劲地唱歌。俄国的、朝鲜的、蒙古的唱了个遍，还隔着墙互相拉歌。那样的欢乐日子一去不返。眼下不再有小提琴和口琴的声音，更没有夜深人静之时，杠铃重重砸在地上的咣当巨响。

兆矮子用半个红薯招待我，肯定是偷的红薯种。以前每次打牙祭，好容易吃上肉，每八个人在地上围一钵，他总是带自己的满孙来，打个楔子，揩点油，筷子还插得又快又狠。连化仁（厨工）都很生气，挂着鼻涕骂他。更让人嫌的，是他穷得没被褥和蚊帐，没人愿意同他搭铺。他经常一到晚上就东窜西窜，一个瘦精精的猴子，见床就钻上去，就赖着不走。你能杀了他？

有两个陌生知青在出黑板报。这是我以前的活。那时我一个人半天就能干完，不像他们现在，据说要两人干一天，比我聪明。

4月2日

天转晴。挖茶坑。每人四十个洞的任务，长、宽、深都得有一尺五。这全看运气，碰上松土，半天干完，还收早工。碰上铁硬的"巨咬子土"，就喊天吧，耙头下去常常就会弹跳回来。

志宝帮豆豉（两人好像已分手）。我帮她[1]。

## 4月4日

读完车尔尼雪夫斯基《怎么办》，还有《契诃夫的戏剧创作》[2]。契诃夫多次强调剧本的"潜流"，展开来，可能包括情绪、生活、世界观等所有一切，很多没说出来的东西。

柴油灯烟大，不久就会读成黑鼻子。

## 4月6日

参加（汨罗县）文化馆歌曲创作班[3]，五天，住招待所。每天发五毛钱（用来交生产队）记工。另有五毛钱伙食费。中晚餐有点荤，洗锅汤随便喝。

昨天刚来，不小心进错了房间。这里走廊里一长排房间，门都一样，床也一样，很容易搞错，何况是熄灯后。我摸上那张床就睡，只是片刻后，发现对面床有女人在说话，才吓了一跳，穿上衣溜走。幸好那是一空床，幸好床主那一刻也没回来，也幸好那两个说话者一直无察觉，没大叫起来抓流氓。

原来我该进的是隔壁一间！

[1]指知青梁预立，后为笔者之妻。

[2]当时图书馆关闭，知青读的书多靠私下里互通有无，其中不少流散自图书馆、书店。

[3]1972年后，全国因政治运动而沉寂多年的文艺创作逐渐恢复，得到官方的支持和倡导。

4月7日

同房的胡学军，人称"学迷糊"，长乐（公社）人，一对招风耳，又瘦又黑，像个鸦片鬼，居然在北京读过中央音乐学院附中，是特招生，只是被"文革"中断，没毕业。他有一个音叉，是老师所赠。还有一大包旧作，有进行曲、圆舞曲等，都有苏联风味，应是出自"胡学军斯基"才对。一些民歌则有广西那边的味。《犁田山歌》《布谷鸟》很好听。

他好酒，喝了酒就睡，睡到中午还不醒。他说："你们的歌是写出来的，我是一个抱（孵）鸡婆，歌都是睡出来的呵。"

下酒菜无所谓，据说有时候，有一个干辣椒就行，或者买两分钱酱油，装在自行车铃盖里，用一根铁钉子蘸一蘸也能下酒。

彭朝求是他同乡，说他在队上什么也干不好，队上只好安排他放牛，算是给口饭吃，拿这个活菩萨没办法。


4月8日

看老片子《卖花姑娘》。有一个流行说法：朝鲜电影哭哭笑笑，罗马尼亚电影搂搂抱抱，越南电影飞机大炮，中国电影新闻简报。


4月9日

写了一个初稿，给文工队和文化馆的唱了唱。他们觉得还可以，曲子还算流畅。熊（戈）哥是二胡首席，说副歌部分不错。

晚上到商业局宿舍，在陈（布霞）老师家小坐。他科班出身，善谈，从大学同学谈到广州军区某首长，又谈自己的作品，找出以前的笔记本，讲解什么是三和弦，什么是减七和增七和弦，什么是音乐形象。他的歌还很好听，至于什么主题，我听不出来。他说有一段是表现百花盛开，其实也像"一圈一圈磨豆腐"。这是学迷糊说的。

### 4月10日

好日子结束，回长岭。昨晚买了信封和小号电池，顺便去见（罗）改麻子。她说自己现在从事脑力劳动了，需要营养，再吃茶场那种猪食样的饭菜，我个妈呀，实在受不了……

这话让人生气。她以为她是谁？鼻子长得有点西洋味（**文工队有人这样夸过**），就有权说蠢话了？不就是刚调上来几个月，演个对口词、丰收舞什么的吗，就是"脑力劳动"了，那猪食样的就该我们这些下等人来吃？

最后，她不知发生了什么，怔怔地看着我突然走人。

### 4月12日

寂黑的夜。从长乐挑竹子回来，身上没有一寸布是干的，一步一滑。多亏途中一农户好心，让我们躲雨，借米给我们做饭。

### 4月13日

在地上说白话（**故事**）解闷。义求今天说的是：有这么一个爸，嫌爷爷久病不治，是个负担，带着儿子将爷爷抬到山上去喂老虫（虎）。下山的时候，儿子要把箩筐带回。父亲说："还要那个破箩筐做什么？"儿子答："以后抬你还要用呵。"父大惊，继而大惭，带着儿子又把爷爷抬回家了。

### 4月15日

（公社）茶场去年只兑现一半，欠了大家的钱[1]。今晚相约去讨要，江（书记）从门里探出个头，厉声说："现在上党课！"然后就砰的一声关门。

有什么办法？又白跑一趟。

回长岭，还只走下蛇嘴岭，就听到田垄里一阵窸窸窣窣，声音由远而近，原来是大黄狗远道来迎，摇尾巴，又扑又舔。奇怪，还隔着两里多路，它怎么就听到了我们的脚步声，还辨得出是我们？

### 4月16日

满天星光，一片蛙鸣，几乎无声的小溪流水。如此良辰美景有何用？昨天还是挖茶洞，累得全身散了架，被痛打了一顿似的。

一倒在床上，整个身体好像在无边的昏暗里落呀，落呀，落不到底，云里雾里。

[1] 农村劳动只记工分，年底才决算分配，包括扣除粮款。一般来说，这种常常只在两位数内的"年薪"，也要分多次才能兑现。

270

4 月 20 日

插秧。抛秧的时候，一扎扎砸得田里泥浆四溅，砸出笑声和骂声。不一会儿，差不多每个人都成了鬼脸，脸上和身上全是泥点子。岳夫子说："叫花子就要舍得一张脸，做功夫就要舍得一身衣。"

4 月 26 日

秧插完，今天才终于有了伸直腰板的幸福。我和志宝、（张）小克、伟伢子去上大胡，在小老胡（*胡甫成*）和大老胡（*胡应根*）家闲坐。他们是兄弟，两家相邻。这里竹林幽深，还有荷塘，有几栋殷实的大房子，栋连三间或五间，明三暗二，或明五暗三，外加"拖步（*檐尾偏屋*）"。相比之下，下大胡也是胡姓，但看上去要贫寒和杂乱许多，弥漫着来去无踪的粪臭。

上大胡的人以勤快和精明著称。据说某爹是一绝，不管跑多远，跑多快，也要把一泡屎憋到自留地上才拉，肥自己的瓜菜。大老胡出身富裕中农，也是劳动上瘾，尽管当了大队长，但说自己最怕开会。"没办法，就是做惯了一双手呵，只要歇一天，就要歇出病来。你看这何得了？"他苦恼地说。

4 月 30 日

化肥又贵又难买。肥料主要靠沤凼、种草籽、出牛栏（*粪*）、烧火土（*草木*）灰等。最肥的是粪，特别是人粪。队上派人上门上户去收，怕主家临时掺水，就要按质论价，分等级。这也是年终分配时社员们的一项收入。有人吹牛，说他家是一直吃茶油的，腊月间杀了年猪的，这个月吃了好几斤面（条）的，啧啧，什么样的伙食，必须定甲级！上门的人不同意，说你家池里尽是水，坨子（干货）少，臭气都没有，顶多是乙级。主家就急了：怎么不臭？你再搅一下，你闻闻，你闻闻，你鼻子上没洞洞呵？

这一类纠纷经常有。

## 5月2日

花了一天时间，第一篇小说《路》大功告成，兴奋不已。小克说，元贵这个人物很有味。印象深的细节，是他家吃红锅子菜（无油的），灶台上挂一块肉皮，炒菜前拿来在锅里划两圈，就算是下油，因此那一块肉皮可挂卜个把月。他去供销社买火柴，买盐，买布，也要讨价还价的。其实兆矮子就是这样的人。

小克说，正面人物还立不起来。可生活中，哪有他说的那种高大形象？哪有那些惊心动魄的感人故事？但小克认为，应该是我们的观察不到家，是我们的世界观还改造得不够。这话说得我不服也得服。

## 5月3日

下乡三年，还没薅过禾。今天开始学，脚不大听使唤，有时踩翻了禾，有时没薅掉草，看来还真是行行出状元。

宣传队里暂时闲着的也参加了。（戴）铁香最会捉鳝鱼，下手

272

就一条，像个假小子。（李）应贤、（胡）瑞希、（康）爱水也不含糊，很快就把男的落下一大截。这些农家妹，口头禅经常是一个字"鬼"或者是"好大一只鬼"。她们表示不相信，"鬼！"；表示不接受，"鬼！"；表示不高兴，"鬼！"……若问她们如何有这么多"鬼"，回答是不承认："鬼咧！"

爱水就是"爱子"，瑞希就是"瑞子"，可庆就是"庆子"，如此等等。本地人叫小辈或同辈，一律简化，只叫一个字，再缀一个"子"，相当于昵称。就像一些器物的名称，如鞋子、袜子、凳子、椅子、筐子，等等。

古代的孟子、庄子一类，不会也是家乡人的昵称吧？

### 5月4日

豆豉负责放鸭，但鸭群不听话，乱跑狂飞，气得她丢了普通话，学着用本地方言骂粗话，鸭好像还是不懂。

下午，贺（大田）大牛皮回天岭，路过。他讲述自己两件雕塑作品入选地区美展，一举回敬（文化馆）杨眼镜对他的轻蔑，出了口恶气。他头发一甩，昂首挺胸，又要跳芭蕾舞《白毛女》："太阳出来了——"但我们不能接受这个不刷牙不洗脸的天才，怕他身上有虱子，催他先去洗澡。

他在后门外的溪水边拉（小）提琴，说那是他创作的交响乐主旋律，题目叫《伟大的贺大田》。

5月5日

立夏。放假一天。茶场来了叫花子（张申）、小牛鬼（易惠生）等。我们买来半桶蛤蟆，放辣椒，下紫苏，炒了足足一脸盆，吃得那叫痛快。

刘（守胜）宣委来，说长岭这些知青可能还得调回去，公社宣传队不能散了。我们都不愿意去。他没办法，又说《革命文艺》这个（油印）刊物，上面表扬过的，还得继续出。我说这里连桌子都没有，干什么都得趴在床上，太难了。

他就带我去小学，转了一圈，找戴（竹青）校长要了一张课桌。我把桌子搬回来，上面立了一排书，一个玻璃瓶里还插上几枝野花，很快就焕然一新，是有模有样的书房了。坐在这里，不说说诗歌和哲学，不心事浩茫一番，都过意不去吧？

5月6日

接（胡）卫平信，密密麻麻五页纸，都是黑格尔和普列汉诺夫的美学！真把我吓住了，用指头点住（一行行）读，才不会读乱。

5月7日

每天都有社员来打米，有时排队。机子坏了就更要排队。有人来我们房间，说说闲话，东看西看。他们听说知青是长沙来的，常有一个奇怪的问题：他有个什么熟人在长沙，弹棉花的，或修伞的，你认不认识？

天哪，长沙那么多人，我怎么可能认识？

他们眨眨眼，觉得这事很不好理解。还有的，来过两三次了，就熟了，有时会扯毛巾去洗脸，不把自己当外人。伟伢子最喜欢洗脸和照镜子，严防歌手的青春痘。他今天发现毛巾和肥皂不见了，气得开骂。最后发现是一个后生拿去洗手上的机油，回转时一脸的无辜："怎么啦？只是洗个手，我又没去洗胯！"

### 5月13日

这就是爱情吧？这就是爱情吗？也就是看一眼，心里莫名地跳。

"鸭婆子"这个绰号，是说她走路，两只脚有点内八字。还有个绰号"哈哈（发去声）"，大概是指她经常傻笑，虽然她绝不承认。

今天，大老胡一来就大喊，说公社来电话了，决定让"鸭婆子"顶替"豆豉"，去当民办老师，而且明天就得去，不能拖延！他说完还嘀咕："知青的号（姓名）怎么都这么怪？"

### 5月14日

我鼓励她（去当老师）。去就去，怕什么呢？记全劳力的工分，是个好差事。但她除了上舞台不怯场，干什么好像都怕，凡事先摇三通脑袋，紧张得手心出汗，至今连自行车也不会骑。她又对我提要求，说她真去了，往后肯定忙，希望我少去找她。这个我同意，向毛主席保证，顶多一周一次！

5 月 15 日

整地，下肥，栽辣椒秧和丝瓜秧。歇工时，大家说起一个胡爹的故事，说他去过一趟岳阳，回来就惊叹："中国好大呵！"

他喜欢读报，但识字少，有时把报纸都拿倒了。别人笑他，他就随机应变地解释："我是拿给你看呢。"

他当组长时，后生们累了，要求休息半个钟头。他点点头："半个钟头就半个钟头，只要不超过四十分钟就行。"

又一次，他去学校看孙子参加赛跑，高兴地说："不错，这次跑了十三秒，但不能骄傲呵，下次要争取跑十五秒！"

他又说："科学确实要大发展，外国有个女科学家，叫牛顿的，好厉害呵，我们中国可惜还没有。"有老师笑他，说牛顿不是女的。他就气愤得振振有词："我看了报上的照片，你以为我不晓得？"

胡爹最喜欢吹牛，本地话叫"逞骜"。有人见他家的猪长得肥，问他喂的什么食。他说："这也怪了，我哪有工夫喂它？它就是自己去寻点草，但吃草也长膘，只要是进了我的门，晚上就长得肉吱吱吱地响。你说这是不是见了鬼？"

后来队上收猪粪，记得他说过的，他家的猪只吃草，推想其猪粪肯定不够肥，因此要压价。他急了："我家的猪，吃的都是真货，打一进门到如今，一天半斤面，人屙的屎都比不上，不信你就屙一堆比比看！"

他死到临头还吹牛，得了绝症，医院说没有治了，只能抬回家。乡亲们来看他，他仍然兴高采烈："这一回进城，真是享天子福。

人家十七八岁的姑娘，漂漂亮亮，一双兰花手，把我哪里没有摸到呵，还要我脱了裤子去（让她）摸，啧啧啧……不敢当，不敢当。"

结果，第二天他就死了。


## 5 月 16 日

嵩山（**大队**）和群英（**大队**）都有黄姓人，据说他们不吃黄鳝、黄牛等，忌一个"黄"字。

他们的先人从湖北逃过来，被官兵追杀，躲入谷笼。官兵欲搜索，见有秧鸡飞起，才释疑而去。从此黄家祠堂的感恩，也不吃秧鸡。


## 5 月 17 日

回长沙，见（**俞**）巴立、二姐（**韩刚**）、（**孙**）二毛、姚（**国庆**）宝、喻红等。大家讨论《实践论》，议论阿连德[1]，分手前由巴立提议，轻声合唱《国际歌》。

男女都抽烟，都喜欢背诗词。我反对他们的主意[2]，像一个胆小鬼，但有时候表现怯懦也太需要勇敢了吧。

什么是"社会帝国主义"？我第一次超常规发挥，说事情其实可能是这样：资（**本主义**）与社（**会主义**）不一定是前后的关系，不应是《联共（**布**）党史》说的那样；而是同步关系，是两条平行的轨道，都是实现工业化的社会形态，只是有些国家（**比如西方**）适合前者，有些国家适

[1] 智利 1970 年当选的社会主义左翼总统，后来在军事政变中殉职。

[2] 在这个知青、工人、教师的读书朋友圈里，有人建议组建一个"真正的"马列主义团体。鉴于当时的政治气氛，这种事不会写入日记。

合后者（比如亚非拉的穷国），各得其宜而已。事实上，各有各的难处，如美帝有资本的垄断，苏修有权力的垄断，有毛主席说的"官僚主义阶级"。如果马克思写了《资本论》，那么这个世界还应有一本《权力论》，解释不发达国家的新现实。

巴立赞同，说这样一来，好多解释不通的难点，到这里能迎刃而解，比如解释为什么西方工会现在都不革命了。

约定下次再议。


5 月 18 日

消灭法西斯！

自由属于人民！[1]


5 月 19 日

见卫平和骨架子（刘杰英）。发现城里常停电，家家都备有煤油灯，这些厅局长家里也是。不过，他们与其他干部子弟不一样，不玩摩托车，不玩吉他和唱片，倒是对哲学一类上瘾。刘的父亲是非党（人士），以前在郭沫若领导下的"（抗敌）演剧六队"工作过。卫平准备写一本美学大部头，至少三十万字。


5 月 20 日

和伟伢子一起搬家，去辉仁家，在堂屋里开铺。这里与大队部隔垄相望，不算远，但单

[1]阿尔巴尼亚一电影里游击队员见面时的口令，被一些中国青少年模仿。

家独户，四野开阔，穿堂风好凉快，风吹得蚊子也站不住脚。月娥嫂很热情，帮我们挂蚊帐、洗衣服，倒说我们客气坨坨（很多的意思）的。她说："如果不是搭帮毛主席，你们如何会到我们这个鬼地方来？"

陈早晚去坡上吊嗓子，寻找他的鼻窦或腹腔共鸣：马——马——马——，鱼——鱼——鱼——，义——义——义，吓得附近一个老倌子以为是坟头闹鬼。说起这事，月娥嫂一笑再笑，指着陈："出了你一个牛哑巴鬼！"

## 5月21日

同义妹子他们争论世上有没有鬼。

我的理由应该百战百胜：一、你看见的鬼穿衣没有？如果人死了可变鬼，但衣服是一些布，如何也不烂掉，也有魂？二、你见的鬼多不多？几千年下来，这里死人成千上万，鬼必是拥挤不堪，到处像开群众大会。如果事情不是这样，那他们都到哪里去了？如果说那些鬼"死"了，那么能再"死"一次的鬼，还算不算鬼？三、那些鬼只讲本地话吗？为什么不讲长沙话、普通话、外国话？户口管得住人，难道还管得住鬼？外地的鬼怎么就从不来这里玩一玩？

他们不服，说你们知青只是"火焰"高，"火头子"高，因此就看不见鬼了。可到底什么是"火焰"？他们说不清。人年轻，"火焰"就高；读了书的，也"火焰"高；从城里来的，更是"火焰"高……

这是一种万能的狡辩。

### 5月23日

岳夫子不相信地球是圆的："你们读了两句书就净扯卵淡！明明是平的，怎么会变成圆的呢？我走到湘阴县，怎么没看见我掉下去？"在他看来，湘阴县已是一个很远的地方了，在球的那一边，人根本不可能站稳。

### 5月27日

读完（德热拉斯的）《新阶级》。一个新的理论提纲也整理过半[1]。

"人们啊，我是爱你们的，但你们要警惕！——伏契克"

我们为战斗而生活，为快乐和胜利而前进！请在我们的词典里永远取消"困苦""忧愁""绝望"这一类字眼！

### 5月28日

建猪场，需要做墙基的条石。今天跟着两位爹，到戴家里后山的石矿。先用钢钎打炮眼，放上一炮，崩下大小石块。再因材就料，放线弹墨，用錾子打眼，多眼连成一线后，轻轻一撬或者一敲，就崩出了石坯。再加以打磨和铲削，就成了条石。这种活计，越到后面越要小心，崩坏了就前功尽弃，只剩一堆碎片。

[1] 一篇有关前面5月17日讨论的后续文稿，后佚失。

280

收工，每两人抬一块条石回来。

## 5月29日

去铁匠棚翻新錾子。听说以前这里有一个满铁匠，可以拿脸盆喝酒，提炉锅吃饭，一身好气力。他出门做艺，总是带一条狗，如果狗一路上百战百胜，他就高兴，打起铁来浑身是劲。如果他的狗在路上被什么狗欺侮了，他就不高兴，打铁也是七零八落，无精打采，简直是人狗一家心连心。

他喝酒时，也要给狗喝几口的。

他打铁最不喜欢别人指点，提过多的要求。一遇到这种情况，他就把锤子一丢："你自己来，自己来。"

他不讲价钱讲面子。是他出手的货，都有他做的标记，一看就认得。不好用的话，他一律认账，返修时特别殷勤。客人若一时没有工具用，在他家里拿走菜刀、柴刀、锄头、耙头、犁头什么的，都可以。但如果客人拿来的不是他的货，他就百般刁难，嘴里不干不净，有时候还拒绝动手修补。

据说他的爹更神通，光绪年间有大名气。打的矛，只要指着太阳，太阳就要往后退，就变小了。他打的刀，只要指着树枝，树枝就哆嗦；指着石头，石头就开裂。这些鬼话很多人居然都信。

木匠最难做的是板凳，铁匠最难打的是铁链，尤其是无缝铁链。城里考八级师傅，就是考这个。

5月31日

上午在学校练球，准备全公社民兵比赛。胡子一等几位老师也在，说起他们的调皮学生，有一个叫玉求，总是愤愤地说："全家七个人吃荼饭，只有他一个来读书！"意思是太不公平了。

他逃学，老师罚他抄写生字一百遍。他气愤地抗议："就是晓得写的字，看一百遍也花眼了吧，还写个屁？"

同老师吵架，他就跑到远处，恨恨地回头威胁："等你七十岁了，走我家门前过，我就把你擂（推）到塘里去！"

数学老师说分母不能为零，否则整个分式无意义。他问："老师，要是我们算来算去，硬是算出一个零呢？"老师急了："哪个要你们这样算？你们脚痒吗？"他说："不是脚痒，是万一这样算了呢？偏偏它就是个零呢？"这话气得老师要吐血，只能咬牙痛骂："只有你们才搞这些没屁眼的事！"玉求就苦笑一下，表示算了："那还讲个卵！"


6月4日

二姐来信，对家人略有微词。也怪我，没顾得上给她写信。不过，我也从没接到过家人的生日祝贺呵，我找谁说理去？

但她的诗有进步，一点也不低落。马雅可夫斯基的阶梯体，狂飙式，上天入地，气吞山河。世界者，我们的世界！

6月9日

在公社写材料。排比，对仗，四六句子，是杨（修俭）秘书最爱。写材料的好处是我能吃楼火（轻松饭），（公社）食堂里油水也多些。我的经验是：稿子不能交得快，否则不论写得多好，也是要改的，领导总是有意见的。最好是在最后一刻交上，要改也没时间了，领导再高明也只能说算了。

他一个金嗓子，最喜欢唱歌，喜欢带头领喊口号。只是有时候说错话。上次，他在大会上宣布，干部一定要参加劳动，上面规定了，县干部每年一百天，公社干部每年两百天，大队干部每年三百天，生产队干部每年四百天……当时有人就笑，说一年哪来四百天？他还没回过神来。

他说投稿就是要先下手为强，人家肯定都是这么干的。因此春耕还没开始，他就把好几篇有关的报道稿全写好，每篇复写一式多份，统统盖上公章，分头往电台、报社寄，结果还是不成功，反而被对方严斥："弄虚作假！""莫名其妙！"他一个劲地叹气，还问我为什么，为什么。

6月10日

晚饭后，回辉仁家，帮他家挑水泼瓜秧，碰到李（龙光）书记路过。他虽没说什么，但拉长了脸，好像我们在搞资本主义，被抓了个现行。月娥嫂担心，这个龙醒子（呆子），去年带人扒过人家的南瓜藤，今年不会扒到她家来吧？

6 月 12 日

与伟伢子到花门楼串门。遇（李）简书，团支书，腼腆。据说他与宣传队的（戴）铁香恋爱，但戴家是地主，李家父母不同意，领导也不同意，阻力很大。他邀我们小坐，往我的口袋里塞了把炒蚕豆。

父母托人另外给他做介绍，他对父母说，你们再逼，我就喝（农）药！

6 月 20 日

全公社民兵的球赛和会演结束。球赛还是淘汰制。这样，冠军队必须从八个队中一口气打上来，一天打满三场，累成一个个死狗子。

有知青加盟，长岭这次优势明显。志宝是主力，伟伢子打边锋，加上子一、细武等几个回乡知青的实力，还有贺牛冒充“家属（暂定与某某谈对象但限期一天）”串场，一路上过关斩将。大队上招待吃肉。晚上会演，又是“家属”帮忙：林老师（**在编公职教师**）的小儿子才九岁，从新市来看娘的，居然什么都会唱，什么高音也上得去，变女声也以假乱真，躲在后台，守着一支话筒，把样板戏的各种唱段都包圆儿了。不过，因为（文艺会演）不是比赛，他也帮其他队唱。

演出有些乱。杨秘书不时吹哨子，赶走那些爬上戏台的小把戏，观众一不小心，很可能把他也当成戏里的角色。后生们没几个认真看戏的，喜欢拿手电光往人堆里照，往女伢的脸上、屁股上照，总是招来对方大骂："照你外婆呵？"

6 月 21 日

贺牛说，天岭（大队）有一个小伢崽会杀猪，根本不要大人帮忙，揪住猪耳朵三下五除二，一刀见血，眨眼间就放倒一头。

7 月 5 日

罗玉堂，外来的长工户，因此张家坊只有他一户罗姓。他是老书记，大光头下是无须少毛的婆婆脸，已让位给后生，自己当副书记。他和颜悦色，要我带上笔和纸，爬上岭，指指四周："你画吧。"原来他是要我画地图，是公社制订农业发展规划要用的。我说："这怎么画？没有测量，也没指南针……"他扬扬手，说："没问题，没问题，你只管画，画个大概就行。"

古人也不能就这么干吧？不过，今天算是一个机会，我跟着他巡游冲冲岔岔，把长岭看了个遍：上大胡、下大胡、周家冲、舒家里、冷水井、大屋场、杨家桥、齐家畔……我们在好几家吃了豆子茶。其中周家老太婆泡的是糖茶，因为她前不久做了外婆。她还有俩孙子，三岁的正在给一岁的喂米汤，扯来扯去，扯得两个都哭了。

听说她女儿与婆婆关系不好，婆婆不愿带孙。罗严肃地说："那怎么行？婆婆不带孙，犹如发了瘟！政府有文件的。"

让我笑了好久。

7月7日

晴了好多天，特别是南风起，满垄的禾苗黄得快。

抗旱，从上大胡借来一架龙骨水车，人踩踏槌，带动链叶，把水从木槽里提上来。不一会儿，发现水车轻了，原来是龙头已经吃不到水，水浅了，断流了。仁拐子（游石仁）沿着水路找上去，发现是什么地方被人堵了，让水流去了其他地方。仁拐子在那里跳脚大骂大棉畲的谁，骂对方的房要着火，猪要发瘟……这时节，哪里不缺水呢？据说以前的群体械斗，大多是为了争水。

7月13日

写完《十月的旗》，也来一回阶梯体，178行。

7月14日

昨晚从大队部回，在田埂上踩到蛇，感到脚底板一凉，吓得跳了起来。大概蛇也受惊，一阵窸窸窣窣溜到水田里去了。

这季节，蛇也怕热，晚上爬到路上来乘凉，攻击性倒不强。

7月18日

地图一事要从头来。老罗不再管了，文（教）办主任（王浩成）带我去县水利局，找到资料库里当年日本人的地图，用半透明的摹写纸描下来。这种黑白线图，有密集的等高线，标高基点却不是海平面，而是"长沙小吴门的城墙基"。制图时间为 1930 年。可见日军侵华前早已做好充分准备，连我们这里的一座小桥、一棵大树、一条小溪都摸了个透，有详细标记，现在看来也基本无误，真是令人惊叹！

民国时期留下来的地图，最像样的就是这个战利品了。

我们忙了两天。回来时买不到车票，只能再次在烈日下步行（约四十里）。前两天去县城时，还有胥老师同行，文办管总务的。碰到路边的凉茶摊子，一分钱一杯，他不喝。又碰到一个茶摊子，还是一分钱一杯，我们喝了，他又不喝，说根本不渴。到了红花（公社），见路边有一水井，他这才去打上一桶水，掏出自己的茶缸，喝了足足两大缸，灌得自己翻白眼。他还语重心长地教导我："伢子，这赚人家的钱不容易，自己的钱还是赚得到的呵！"

真是服了，难怪老王要他管总务。


## 7 月 19 日

大队部停工，除了打米厂，其余的各回各队参加双抢。我回戴家里，吃在（戴）细宝家。他要同我结拜兄弟，简直不容分说，插了三根香，端来一碗谷酒。我说这是封建旧习，要犯错误的，是革命同志就够了呵。

我是踩（打谷）机子的主力，呜呵呜呵地踩上一天，滚筒越来越重，带泥、带须、带水越来越多，根本踩不动，累得人吐涎水。

最怕中午收工，烈日暴晒，还要送谷去晒谷坪。两箩水淋淋的谷，足有两百来斤。路面本来已经很烫，加上担子一压，脚皮紧紧贴地，就像爆烧肉皮。这时候的跳脚只是心理想象，因为双脚根本不听使唤。

到晚上，路面没那么烫了，但蚊子扑面而来，吃几口饭都要连连打腿，打得两腿血迹斑斑，都是蚊子血。

摸回家，一倒床就可以呼呼大睡，腿上的泥可能都来不及洗。

### 7月23日

"蚂蟥听水响"，有的田里蚂蟥特别多，一只脚从泥水里抽出，腿上必有四五根黑条子，打也打不掉。打多了，腿太痛，不是蚂蟥受不了，是人受不了，只好由它去，顶多是揪下来扔远一点。

水烟筒里的水，毒杀蚂蟥最灵，眨眼间可把它们化成水。

### 7月24日

她下午送来竹垫和薄被子、一瓶墨水、三本《译文》杂志[11]。我不在。她留了张字条，说她和（袁）美丽明天去县城，参加教师培训，具体情况日后汇报。

### 7月30日

陈（福保）宝中午来，捎来她的短信。

陈说到他刚去的那个（县）供电公司，有

[ 1 ] 1972 年后有些杂志陆续出版或复刊，其中上海的《译文》专门介绍国外的思潮和文学。

个老干部，姓毛，绰号"酒坛子"，嗜酒如命，但喝两口就醉，俩眼珠挤向鼻梁，成了一个斗斗眼。他一醉就必有"三话"：一是改说普通话，二是老说重复的话，三是乱说话，比如下级还没有请示，他就抢先同意；下级还没有汇报，他就提前表扬。为此经常被手下人作弄，被领导责骂。老婆逼他戒酒，他说："戒酒还不容易，我都戒过几百回了。"直到他胃穿孔，不能再喝了，他就把几个空酒瓶供在桌上，说看看也高兴。

### 8月5日

给刘（杰英）寄信和书，还有奉还他的习作。信中主要讨论列宁的新经济政策。我强调兼听则明，不要简单地用信条指导行动，要用事实说话，根据实情办事。约好秋后去智峰（公社）聚。

### 8月6日

双抢总算扫尾。脑子里一片空白，无事可记。

先后收到退稿信两封。老蓝写的样板戏创作经验，一二三，大道理，好是好，但不解近渴。只是抄文件三大页，也费他心了。

### 8月7日

做泥砖一天。先用草须、棕丝、头发等纤维物拌入坯泥，牵牛下田走圆圈，把坯泥踩熟，再将泥灌入木模，踩实踩紧，成型脱模后，晒上十几日即可。这种泥砖未经高温，不够坚固，但好处是省柴，不用烧窑，盖的房子还冬暖夏凉。

这是准备扩建小学用的。全大队还有摊派，每户要捐三口窑砖，做墙基。


### 8月8日

插秧完，这几天车水，车水，车水……

生活就是顶住、扛住、咬住不放！劳动固然可恶和可畏，却能使人思想开朗而不空虚、意志坚定而不萎靡、身体强健而不虚弱……正如阿·托尔斯泰所言，一个强大的人，必须"在清水里洗三次，在碱水里煮三次，在盐水里腌三次"。


### 8月10日

石仁又说他看见了鬼，是昨晚去上游疏通水路时，发现一个女的披头散发，对着月光下的水塘哭，吓得他失魂落魄地跑了回来。只是他邀上辉仁再去看时，那里什么也没有了。我说他肯定是自己出现了幻觉，是平时鬼故事听得太多。


### 9月10日

写《船工》，写到鸡叫，也不觉得累。

到（天井）中学，祝贺范菊华当妈妈，全公社第二个"小知青"诞生了。正好文工队来慰问演出，粒子（王莉芝）、改麻子也来了，一起吃糖，吃甜酒冲蛋。范的丈夫是转业兵，也在中学任教。

说起家乡受灾，吃返销粮，这位新爸爸说白塘（公社）民兵训练，书记承诺：要是到县里比赢了，就给参赛者拨返销粮，让你们吃饱，胀肚子！于是参赛者军心大振，把吃奶的劲都使出来。演练划船抢渡时，一边划一边喊号子，开始还喊得好："不怕死，不怕难！……"喊着喊着就喊歪了："×你娘，返销粮！×你娘，返销粮！……"

这事后来被举报。公社罚他们吃陈年"肥丝"，一锅中药味，霉味。这里的人把红薯叫作"肥"（可能是红薯确实一个个肥坨坨的，形象）。

## 9月11日

辉仁调去林场，在天岭山西侧，比较远，平时回不了。我们在他家也不方便住了，免得人家挤眉弄眼。我开始还不明白是怎么回事，不觉得月娥嫂是他们说的那种人，甚至从没在意她是不是女人。

接二姐信。工人阶级算不算"精神贵族"？记得（戴）生南在地上忍不住骂过："工人太好过了，月月有工资，有电影看，有动物园看，还搞什么运动。不都是下（烂）搞吗？下次运动，我们土夫子一人一把锄头，到城里去造工人阶级的反！"

这差不多是反动话吧？可见工农团结这事，并不容易。我回信提出：一、"精神贵族"的说法可能不妥。工人确实有既得利益，有户口、国家粮等，依附于国家体制，但他们也是劳动者，同官僚主义阶级有天然冲突。二、国家也有合理性的一面，可能无更好的组织形态可以取代。无政府主义是空想。马克思批"国家"，应该是指资产阶级国家。

## 9月21日

田里到处设诱虫灯。各家以木盆盛水，支在田里，水面上滴少许柴油，中央架一油灯，利用飞虫的趋光性，使其不小心触水中毒。这种方法省农药。最重要的是，（**在我看来**）还好看：天上星海，地上灯河，交相辉映！

不幸，美丽的萤火虫在这里也是害虫。

## 9月22日

那次，月娥嫂在菜地上捉到肉虫和甲虫，把它们的尸体穿在竹扦上，插在地边，算是枭首示众，杀一儆百。据说害虫就不敢来了。她还叉着腰在地上骂一阵，算是对害虫施加威胁和羞辱的手段。

## 9月23日

民兵训练，一人一杆梭镖，在学校操场集中。（向）明希爹，老军人，看了一阵，嫌（胡）革辉训得不像样，喊得不来劲。姜还是老的辣，他上前来示范，大喊口令："向左转！""向右转！""向后转！"果然洪亮有力。又喊"向前转——"大家不知向"前"该如何转，左看右看，不敢动。他就急了，用手朝地上画圆圈："车（转）过来，车过来，不懂吗？"于是好多人笑，知道该如何车了。

他以前当志愿军，在朝鲜打过仗，据说耳朵被炸了个半聋，后来不适合当干部，就回家养猪和放牛。说起战场，他吹胡子瞪眼睛，绘声绘色地比画，说那时候好危险呵，美国的拖拉机来了，两百米，不打，一百米，不打，八十米，不打，五十米……砰通，一家伙就打他娘个尸！

后生们笑，说："不是拖拉机，是坦克吧？"

他不认错，说："差不多，差不多的。"

有人要他再讲些故事，他就说："讲不得，讲不得，伤心！"

## 9月26日

昨晚执行战备任务，民兵集合，分三路出发，抄分子[1]的家。仅有的两支日本三八大盖也拿来了，由民兵营长、副营长扛上。其实每临近国庆一类节日，都要"狠抓阶级斗争不放松"，要抄家、要开批斗会，甚至要布哨巡夜，差不多是一套固定节目。分子们也都明白，早有准备的。

我们这一路负责张家坊和花门楼一片，无非是敲开门，大声吆喝，拿手电光到处扫射。其实，大概没人相信还会有电台、武器、变天账什么的，想找到什么公家的红薯和稻草，希望也不大。

平日里几乎天天都见到三奎，没想到第一次

[1] 全称是"四类分子"，指地主、富农、反革命分子、坏分子，属于人民的敌人

到他家，是这种方式，双方都有些不自在。在另一家，还看见应贤，宣传队里的一枝花，舞跳得最好的。她站在母亲身边，衣衫单薄，始终不正视我们，只是斜盯着墙角一声不吭。

好在例行公事很快结束。

## 9月28日

到县城，讨论剧本《牛岭春风》，大家都觉得基础差。

见黄新心、黄伟民、岳克难等，都是知青。大家聊艾青、郭小川的诗，还有王汶石、杜鹏程、峻青的小说。他们热心于文学，对阿连德、格瓦拉什么的则兴趣不大。新心寡言，衣冠整洁，处事谨慎入微，是重点中学老高三的，背得了《古文观止》的上百篇，好吓人，被我尊为古典文学大师。但他遇到敏感话题，只是笑笑，或是沉默，或是引他人言语作为代答，没有自己的态度。

## 9月29日

再次到公社帮忙，写材料，写标语。听说不久前有台湾用气球投送过来的传单和图片，落在车田（大队）那边。据说还投下了糖果，毒害小孩的。

车田有一个姓李的，偷队上的谷，站台子，挨斗争，结果想不通，喝1059（农药）自杀了，留下了一妻三子。谁见了都摇头叹气。魏（中和）书记最后支着，说那家妇人的模样还周正，看能不能去哪里找个上门郎，最好是（四类）分子子弟，来了既可

294

以养活这一家子人，减轻集体负担，其本人又可以继承李家的成分，变成贫下中农，岂不是两全其美？哪个干部要是办成这事，公社奖五十斤返销粮（指标）。

### 9月30日

在饭桌上，听（公社）干部们说，阶级斗争确实复杂。嵩山（大队）丢了一头牛。双龙（大队）有人暗地里求神签和照水碗（一种解谜破案的巫术），大搞封建迷信。茶场也不消停，某女干部丢失一份"绝密"文件，即揭批林彪集团的内部材料。县公安局迅速来人，锁定嫌疑对象，之一是徐姓后生。这家伙太低估公安的手段，很快就承认了，那只是挟私报复，至于文件，烧了。警察哪里肯信？联系到台湾的气球，这文件不就可能被他送到或卖到台湾去了？说烧了，装订文件的订书针在哪里？说订书针随草木灰和萝卜种子下了地，那总还是下在中国大陆吧？找！上天入地也得找！专案组拆卸了十来个喇叭，得到一些磁铁块，分别用绳子系住，到地上拉网式地吸铁，一穴穴地过，忙了好几天，吸回的锈钉子、锈按扣一大堆，偏偏没有那种型号的订书针。

这就更可疑了。没有物证，这个案子根本结不了。

### 10月9日

大队部放电影《南征北战》，远近的男女老少都来看。据说平江县老山峒里的人，第一次看电影时闹笑话：生产队队长下了两大锅面，以为来了这么多客人，得好好招待。没想到等电影完了，发现只有两个放映员收幕布，不知千军万马到哪里去了。

后来，又有不少人觉得电影太骗人：一眨眼天黑了，一眨眼又天亮了，刚操起筷子就吃完饭了，哪有这么快呢？

今天挑送放映机和发电机到黄市，下一个放映点。这是每个放映点群众的例行责任。县里的放映员谭（国光）穿红球衣、白球裤、回力牌球鞋，十分时尚。他最喜欢同知青打篮球，讲普通话。

## 10 月 10 日

早上背完了《岳阳楼记》。打算从今天起，向黄新心看齐，挑五十篇古文背下来，打一点底子。

今年没剩下几个月了，这个月底应读完冯友兰的《中国哲学史》。每个晚上坚持一两个小时，三年下来，也是积土成山了。

他们都请假回城去了。孤身一人守家，倒也清静。半夜里听到一声巨响，没敢出门看，天亮后才发现是靠墙的一扇老门倒了。可昨夜既无大风，狗和猫什么的也拱不动这门，它怎么会倒？问老戴，他也支支吾吾。

## 10 月 11 日

写一个守林员的小说。

什么样的小说才能成功？什么样的人物才算是富有时代特色的共产主义新人形象？《戏剧及电影的技巧》一书说，戏剧是一种"危机"的艺术，又说戏剧其实都是从最后一幕写起，意思是先要设计高潮，再在前面铺垫。

### 10月22日

到智峰（公社）。步行来回约八十里。那里的知青点也冷落了，很多人也在办病退、困退，各自找回城的门路。据说有的吃麻黄素，在测血压时，佯坐实蹲，全身绷紧用力，可憋出血压上升。还有的，尿检时夹带调包，也能混到一个假证明。再不行，有人就狠狠心，折断自己一两根指头，反正那也不妨碍吃饭。

他们的猪都快要喂成"野猪"了，凶得很，要咬人，动不动就成了跨"栏"冠军，跑到山上去了。肯定是饿成了这样。我本想去讨论文学的，见了面才发现已说不起来，大家有点无精打采。

满山的雨声。

### 10月23日

智峰有一个五神庙，据说是汉代的五位忠臣，蒙冤发配，受观音菩萨指引才来到这里。当年日本侵华，军队走到山前，马就走不动了，只好退兵。事后，人们说，庙里五位神主的袍子上全是弹孔，原来是他们与日军大战，才打退了敌人呢。

前些年越南战争吃紧，山里人从广播里听说越南人民在前线取得了伟大胜利，都觉得十分可笑：这关越南人民什么事？五位大神才真正辛苦呢，要是你不信，自己每天早上去看看，他们的袍子都是湿的，天知道他们在每天晚上跑了多远的路，杀了多少美国鬼子，汗得一身同水洗一样。

一个路边的老倌子，把这些事说得跟真的一样。

## 10 月 24 日

冷水井的一头母猪死了，猪娃要吃奶，别的母猪却认生，拒绝接受，见面就咬。养猪人想出一个办法，给所有猪娃都抹上柴油，都一样的气味，母猪就辨别不出亲疏。公社里要我就此写一个学哲学救猪娃的先进典型材料。

## 11 月 9 日

（岳阳）地区领导要来检查文化工作。今天奉命赶编一期《革命文艺》，刻蜡纸，指尖磨得痛。

## 11 月 25 日

长沙市委调查组自称是"娘家人"，来了解知青情况，在公社开座谈会。（茶场的）男知青提得最多的意见，是菜里没油水，吃肉太少。女知青提得最多的意见，是洗澡热水太少，是农民讲痞语，是进门前不敲门，甚至故意来问你脚（种）猪是做什么的，太坏了！

有几个女知青转点到茶场，是县里安排的。传说她们曾分别遭人骚扰，转点是对她们的一种照顾和保护。大家对此交头接耳。

贺牛不以为然，说："老子也受过调戏，怎么没人照顾？"我们都笑他。他就急了，瞪大眼睛说："向毛主席保证！绝对是实事！"据他说事情是这样的：他常去山上练琴，有一次看到陡坡下的一间房里，一对狗男女（**不宜透露身份**）好不要脸。他想溜走，但不慎走出了响动，窗子里的女人看见了他，他也看见了对方。但双方事后都不好意思正眼相视，关系有点别扭。事情就这样过去了好些天。有一天，那女人与他同去供销社，途中又邀他去摘野桃。待走到僻静处，她突然拉住他往草丛中倒，先是狂啃，然后掀衣露胸，一只手还直捣他的裤裆……这事太突然。是要拖他下水，封他的嘴？还是她生性放荡，见一个扑一个，而且早就瞄准了这位满身音乐细胞的贺大师？要命的是，那天他吓蒙了，硬不起来，只是在草丛里被对方抱住打了几个滚。双方整理衣衫，最后还是去供销社。

　　我们都笑岔了气。"你看你，颈根上起壳，一个邋遢鳖，还有人来强奸？""算了吧，你是自己想搞事，没搞成就赖人家！"……小牛鬼他们还这样起哄。

### 11 月 26 日

　　（康）放兵入伍，邀我们晚上到他家话别，以红糖姜末豆子茶招待。他妈说起儿子去年就上过光荣榜了，亲戚们也来贺喜了，家里仅有的一只鸡也拿来杀了，结果突然得到消息，说名额被别人占去。那无非是有背景、有关系的人嘛，气得她家放兵哭了好几天。"可怜呵……"老人现在说起这事还抹眼泪。

对于他们来说，招工机会比知青少，当兵几乎就是唯一的出路了，有得一拼。

## 12 月 15 日

（岳阳）地区文化工作会的全体代表来检查工作。汇报演出在中学礼堂，效果不错。请茶场的来帮忙，有幼雀（唐建新）的手风琴加入，小牛鬼的笛子也没塌场（失手），乐队不那么单薄了。《原因到底在哪里》引起笑声不少。区文化局长孙（渊），以前拉手风琴的，一口京腔，重重地表扬了天井。公社干部们喜不自禁。

他还让刘宣委和我列席下半程的会，与各县的领导们混在一起，好像是享受两天的"破格提拔"。

## 12 月 16 日

（与会者）冒雨到古仑（公社），视察图书室和夜校。这里是著名演员白杨和作家杨沫两姐妹的老家。杨家老屋还在。听当地一个厨师说，老屋有时闹鬼，夜里有咳嗽声和哭声，门会自动打开，你们最好不要去那里。听说鲁迅《记念刘和珍君》中提到的杨德群女士，也是这杨家大屋的。

回到县城，军分区王政委[1]来做会议总结，说文化工作要下基层，谁要是脱离群众，当官做老爷，下一次运动来了，肯定要打倒！

[1] 当时地方各级革委会由军队代表、地方干部、群众代表"三结合"组建，其中军队全面参与地方工作，是主导力量。

军人说话果然霸气。

## 12 月 21 日

读（浩然的）《艳阳天》，闹粮一场写得高潮迭起，好看！同周立波的《山乡巨变》一样，作者也是乡土语言高手。贺牛带来的一套《山乡巨变》连环画也让人百看不厌，画得好。画家贺友直，据说是他爸的朋友，又是本家人。

## 12 月 22 日

本地方言中，叫碘酒为"碘酊"，叫红药水为"红汞"，叫肥皂为"碱"……连目不识丁的农妇也这样叫，都用专业学名，居然一下就说到化学本质！倒是城里人用那些俗名、土名。这十分奇怪。

他们把吵架、翻脸、结筋、扯麻纱一律说成"相反"，抽象得像哲学词汇。

但另一方面，他们把城市里来的所有糕点，饼干、蛋卷、小花片什么的，一律叫作"糖"，虽也说到了某种本质，但不免过于马虎笼统了。

## 12 月 23 日

还有一个方言词，"武死你"，就是弄死你、搞死你、打死你的意思，但一个"武"字颇有古典意味[1]。

[1] 对这一类方言词的兴趣，后来成为笔者小说《马桥词典》（1995 年）的缘起。

## 12月24日

到（胡）勤辉家串门。他爹吧嗒着水烟筒，很客气地给我们让座，把火塘烧旺。他说人最怕"寒从脚下起"，所以六月伏天他也要穿长袜。又说以前烧火，都是烧碗口粗的劈柴，像眼下这种枝枝叶叶，这种松毛须，谁要？只能放在山上烂，没人要的。他说搞集体就是一把筛子装水，是老外婆的奶脐谁都摸得，是十八罗汉抬鹅毛扇，没人承硬肩。怎么搞得成？社员们乱砍乱烧，把山上都剃光头了。照这样下去，以后一锅饭都不得熟。

他以前是个扎匠，扎灵（冥）屋的，做白事的，到过很多地方。现在政府不准扎，他只能回队上摸锄头把，说一些落后话，其中也有几分实情。如马克思所说，如果出现官僚化，工人就不会把国家看成是自己的。

一个叫（胡）万玉的也来烤火。他脑袋油光光的，声音尖细，对任何人都一脸谄笑。据说他的山歌远近有名，但真要他唱，他又忸怩，连连摇手，说那都是黄色歌曲，唱不得。

## 12月25日

今天队上评选劳模，去参加公社的表彰大会。

我提（康）明含。思妹子（李思求）摇头，说明含要打米。有人提（聂）运波，思妹子还是摇头，说运波要犁田。有人提岳夫子，思妹子更摇头，说他明天要出牛粪。提来提去，我都糊涂了，不是评劳模吗？与出工有什么关系？凭什么打米的就不行

302

呢?……思妹子倒怪我不明白,理直气壮地说:"他们明天都有事,怎么去开会?"

到最后,评上了念兴夫子,因为他这两天脚痛,反正做不了事,闲着也是闲着,去开会正合适。大家一想,觉得这安排不错,(新队长)思妹子尤其满意。

## 12月28日

阴雨天,挑行李送伟伢子到(公社)茶场,赶明早的班车。他终于如愿以偿,被株洲县文工团点名招走,得抢在年底报到。

深夜回来,寒风刺骨,油灯飘忽,窗子的塑料膜哗哗响,孤单感油然而生。

再也不会有人去后山吊嗓子了,再也不会有"我爱大草原——"那种美声抒情,气得大家撑着锄头,在一大片刨不完的野草前欲哭无泪。

## 1973年

### 1月1日

下队宣传（**两报一刊**）元旦社论，敲锣打鼓喊口号，写门板粉笔标语，在竹映坡吃辣椒萝卜。突然想到，今天也是自己二十岁生日，因此辣椒萝卜很有意义。

人生能有几个二十年？

### 1月6日

有些错话是方言问题。比如报上说，××一伙"仓皇"出逃，有些农民就奇怪：为何要从"窗户（**仓皇**）"出逃，走门不快一些？又说××一伙"披了马列主义的外衣"，有些农民也感叹：果然是搞下（**流**）的，连人家的"大衣（**外衣**）"都偷。

### 1月8日

帮大队上做报表和清档案，很惊奇地发现，这里好多贫下中农，包括不少队干部，以前都参加过"汉流"（**另一写法是"汉留**"），是洪帮的一部分。据说该组织当初是从船工开始发展，联络有暗号，内部排辈分，有饭大家吃，但"坐三行五睡七"，

304

意思是出外的"行"受优待,生病的"睡"更受优待,可以多开支钱物。

档案里有一死者,被标记为"乞丐富农",也是怪怪的。革辉说,那是一个花子头,虽然没有一寸田地,但由一群叫花子供养,在街上吃香喝辣,也是有剥削行为的,所以在土改复查那年,工作队给他想出了这个名目。


1月9日

据说以前"汉流"有会歌:


第一先把父母孝,有老有少第二条,

第三为人要周到,真正江湖第四条,

第五见兄要让道,兄正弟仁第六条,

第七尽忠把国报,言而有信第八条,

第九行规当紧要,三纲五常第十条。


1月14日

以前的"花子教",是无业游民中的一种邪教,有规矩,有暗号。你在客栈门口摆一个脸盆,注入一盆滚开的水,脸盆边搭一条手巾,懂规矩的花子头来了,手一摸,知道这里下不得手,遇到高人了,会带着花子们离去。

若是花子们来闹事,懂规矩的人用一只碗,装半碗剩饭,放在屋角，花子们一见就不敢入门。这叫"头上满天星"。

据说新市（**公社**）原来有个花子头，是个跛子，被国民党抓过，也被共产党斗过，但得到某位干部的暗中照顾，感恩在心。后来，他教了干部几手，使对方在建供销社时，成功地对付了几次痞子骚扰，没人敢来割电线和偷砖瓦。

### 1月20日

晚上，思妹子来给小克还钱，见小克不在，便与我闲聊，说起当年在农村搞"文革"的情况。

最早是县五中（**设在长乐镇**）的学生来破"四旧"[1]，好凶，好神，一进门就砸柜子、砸马桶、砸床、砸椅，见到有龙有凤有花草的，就说那是"封资修"。他们问都不问，操起扁担和锄头就下手，连床上的蚊帐都没撤下来就砸。

他们砸完了还要吃饭，搞得队长没办法，跑到粮站借面条，煮了一大锅还不够。他们喝得连一滴汤都不剩。

到后来，农村里也成立了自己的造反派。有一天，思求在锄棉花，（**李**）富荣来动员，问他参不参加，说有"工联"，有"湘江风雷"，你总得参加一个。思求说我死人也不参加。但富荣说参加的好处多，还是给他拿来了一块红布（袖章）。

大家奉命到公社开会，发现那里还来了好多其他公社的人，宣传车上几个喇叭哇哇叫，

[1] 指旧思想、旧文化、旧风俗、旧习惯，即1966年"文革"的扫荡对象。

好热闹，旗帜和标语花花绿绿，很好看。至于开会，他不知是什么内容，只听到喊口号，他也就跟着喊。那时的公社干部大多跑了，藏起来了，只有魏书记在台上挨斗。一些人上去给他戴高帽子，挂牌子，压他低头，还用脚踢。魏的爹也来了，在台下哭着喊："伢子，你快跟我回去！你是不晓得犁田还是不晓得挖地？你就是讨饭也要跟我回去……"但魏不愿回去，群众也不让他走。

那天人太多，没有面条吃。到后来，也没多少好事。他们只是去舒家大屋破了一次"四旧"，见队上招待不好，连豆子茶也没有，就要干部来谈原因，问他为什么反对革命。有的社员骂他们是"土匪""暴脑壳"，"搞得没名堂"。那时田里只有几个老家伙做事，后生们不做事，一天到晚倒也快活。

思求说，他们只是抄来一只皮箱，里面尽是绸布，送到大队部。不知为什么，几天后上面又通知，让当事人把这些绸子领回去，说那同台湾没什么关系。

天井的"文革"差不多就这样了。


## 1月22日

"文革"在农村只热闹了半年左右，后来中央下令不准农民进城，对党政机关实行军管，乡下就大体消停了。

那几年幸好风调雨顺，收成还不错。相比之下，农民说最苦的，是"刮五风""办食堂"。好几次开忆苦思甜的大会，台上的老人讲着讲着就跑题，先骂"日本粮子"，没说几句就跳到"刮五风"，跑题千万里，旁人喊都喊不回来。至于以前的地主，他们私下里说，是有好有坏。坏的大年三十都来逼债，连你家里一只铁吊壶也会拿走。好的呢，插秧打禾的时候，给打工的办肉饭，上谷酒，不小气。

## 2月13日

志宝也去学校当民办老师，（大队部）又空出一张床。

今天太累，不写了。

## 2月14日

石仁最大的本事是泼水，或烧一把草熏烟，能制止牛斗架。这让大家刮目相看。他家住游家里，对罗公塘一位老头最佩服，说比戴麻子还厉害，熟读"九传"，包括《东周列国志》《三国演义》《说唐》《说岳》，通今博古，出口成章，背得出隋唐十八好汉的名字：一条好汉李元霸，二条好汉宇文成都，三条好汉裴元庆，四条好汉雄阔海……还有他们各人的兵器。程咬金有七十二个脑壳，被人砍掉一个，又会长出一个来。

据说那老头看书最入迷。家里没灯油了，他就点燃三根香，捏在一起躲在被窝里看，有一次烧着了被子。

## 2月15日

晚上开看山员会议，大老胡要我参加，负责起草《护林公约》。眼下砍大树的不多，多的是砍枝丫，在插花地互相越界，砍别人队上的。看山员在人家里喝过茶、吃过饭的，不敢讲硬话，睁一只眼闭一只眼。最近抓了两个嵩华（大队）的，验刀口，对得上，但看山员与对方沾亲带故，就放了人。大家都说："这样的看山员还不如一头猪，过年可以杀了吃肉！"

人们私下里叫胡为"滴水老倌"，因为他一生气，一训话，更不要说一端饭碗，就不自觉地掉口水，一线，又一线，常常成了旁人的关注点。一个伢崽着急地提醒："你又滴了咧……"大家忍不住笑，对他说的公约条款，反而没听清。

### 2月16日

花门楼与竹映坡同属四队，但两个屋场的人素来不和。"你吹嘀嘀嗒，我就吹嗒嗒嘀。"去年竹映坡的未经批准做了屋，今年花门楼的也擅自建房，扒了老门楼。大老胡今天去那里骂，令他们立即停工。对方不服，说："前面的乌龟爬坏了路，后面的乌龟照样爬。"

各方都在比穷，比困难。（戴）孔泉说："困不困难，看哪里的新屋盖得多，就一目了然。"大老胡说："不见得，做了新屋不能证明经济就好，各家有自己的具体情况，你看那些做屋的，都是'四属户'，家里有人在外面抓票子，吃国家粮。"

### 2月17日

（李）善文来此，说他第一次去县城看火车，惊异万分，忍不住伸手去摸,恰好火车头鸣笛,吓了他一跳。他当时觉得太奇怪:"这家伙还怕酸人(挠痒)呵?"

也有见过世面的,对他说:"这家伙趴着跑都像风一样快,要是站起来跑,那还得了!"但他很遗憾,在那里等了好半天,一直没见到火车如何站起来跑。

## 2月18日

农民也笑城里人没见识,说知青到长乐街,进供销社,要买三十七码的草鞋。还有的知青分不清桐油和茶油,有一次偷油炒饭吃,结果偷了桐油,吃得拉肚子。

## 2月23日

锄油菜。水求说从前有一老汉不重视教育,不送儿子上学,说:"读书做什么?读一年要费我几石谷,不就是认几个字吗?我出一石谷,就可以请人写一大堆字。"

后来,遇到过年,儿子见别人家有对联,央求父亲也去请人写一副。一位老先生收了他家一斗谷,提笔就写"左边一家生无底,右边一户午出头",然后扬长而去。

老汉很欢喜,将其贴上墙以后看了又看,摸了又摸。不料第二天,一位亲戚来拜年,大惊失色,说你们被人骂了呵!老汉不明白。亲戚就给他解释:"生无底",是"生"字下面少一横,是个"牛"字;"午出头",是"午"字上面多一竖,也是个"牛"字呵!

老汉一听，口吐鲜血，气晕倒地。过完年后，他狠狠心，把小儿子送去读书了，直到多年后，那娃崽成了远近有名的大先生。

## 2月26日

晚上到简妹子家，发现这里建房风波还未完，队委会根本开不成。不是竹映坡的不到会，就是花门楼的撬口不开。他爹梓成老倌愤愤地说："要捆人，要挂牌，要判徒刑，没问题，还怕你们开除我的一个锄头把不成？"

他们没工夫理我们。

我们只好去下大胡，要万玉唱歌。他还是不唱，只是说他以前最服一个女子，南市河那边的，歌唱得好，花绣得好，脸模子标致，就是活得太"玉式（爱干净）"了，啧啧啧，挑一担水，不小心放了个屁，那也不得了，到家后一定把后面的那桶水倒掉。只是她后来不知受了什么冤屈，上吊自尽，命薄呵。

## 2月27日

育杉秧，准备造林。平铺黄土，杉子上薄薄盖一层沙，都是筛过的，故秧床细密精致得像绣品。再加盖枝丫若干，防鸟来吃树种。

## 2月28日

民间有高人，广受尊敬。（李）细武，民办老师，在老湘阴县一中高三毕业，拉琴、下棋、画画、打球、理发、开药方、做漆匠、弹棉花、做祭文……都无师自通，百能里手，虽出身地主家庭不受重用，但有些大队干部说起他，也有一种不无自豪的口气。好像人家那些地方算个屁，只有我们长岭，连地主（他们对其子弟也是这样叫）也是个顶个，拿得出手，上得台面，哪怕反动也反得有水平，大家脸上都有光。

细武也会做人，对谁都客气，有一次接了志宝一根烟，一溜烟就不见了，原来转眼就去敬给干部了。龙光书记的闹钟坏了，他也连夜修得好。

他给学生解释"脖子"：是脑袋和胸腔之间由很多生理管道共同组成的圆柱体……据说也被很多老师佩服，竖大拇指，说是比字典还解释得准确。他对付学生也有一套，会变戏法，空手变出硬币，让学生服得不得了。戴校长说，他从小就聪明，四岁就能写毛笔字，有阴阳先生一见就惊奇："这个家伙将来要坐牢呵！"那意思不是咒，其实是赞扬，是指他绝非等闲之辈，将来要干大事的，成不成都要经历磨难的。

### 3月1日

接电话，与小克同去公社，见（岳阳）地区来的作家李自由。天太冷，也没炭火，他一直坐在被窝里，丢了一地的烟头，两个指头都熏得黄黄的。他要我们也找床被子焐脚，共同取暖，一起谈文学。

3月3日

文化馆的小毛（甫先）、小潘（得凤）来找大队书记，由我带路。一问，才知龙光又去花门楼了，看来那里的"阶级斗争"还很激烈。果然，刚入地坪，就见简书他娘上前来，抹着泪水相告："我们的人又被他们整，好可怜呵……"说得我一头雾水。

不就是盖一间房子的事吗？我不明白，这里究竟发生了什么。


3月5日

志宝请假回城，我替他代课几天。班上的娃崽们不好管，对新来的老师更是满不在乎。要他们睡午觉，他们老是讲话和打闹。放学后罚睡，他们又睡成了死猪样，涎水长流，喊都喊不醒，根本不愿回家。

几个回合下来，我找到一个办法。谁听话，我就在黑板上画一个笑脸，加上一朵红花。谁捣蛋，我就黑板上的另一端画一个哭脸，再加一把手枪对准这个脑袋开火。这一招还真管用，他们特兴奋。如此奖罚分明，他们很快就服气了，都投来兴奋以及讨好的目光，好像谁都怕被黑板上的手枪、冲锋枪、机关枪干掉。下课后，他们还围着我恋恋不舍，男的求我在纸片上画枪，女的求我画花，一个个屁颠屁颠的。


3月6日

最调皮的又是李玉求[1]，昨天骂秋兰老师：

[1]几十年后，笔者发现这个李玉求已任村党支部书记。

313

"你等着，等以后你肚子里的崽长大了，到我这里来读书，我就不准他请假屙尿，每个题目都是八位数乘九位数，再除以十位数！"他要让狗屁老师的后代吃尽苦头！

他把书包当流星锤，呼呼呼在头上甩。突然带子断了，书包飞到水塘里，他只得去把它捡回来，把课本撕成一页一页的，摊在草地上晒。他妈气得不给他饭吃，他就找爸爸告状："你那个堂客好毒，要饿死我！你从哪里找来的这个疯子婆？"

不过他好客。家里死了一只小猪，好像也让他自豪和兴奋，是他的重大节日。他把认识的老师都请遍了，神神秘秘的，请大家都去吃死猪肉。"你请这么多人，不怕大家把你家的锅盖都啃掉呵？"一个老师这样逗他。他眨巴着眼睛，不理解。

### 3月7日

晚饭后，老师们三三两两，下村去"家访"，主要任务是把辍学的学生找回来。当然，不可明言的好处是，至少有豆子茶，更客气的家长还有红糖冲鸡蛋，可补充先生们枯索的肠胃。

家长们好像对"教育革命"非常不满，对捡茶籽、扒松须、挖菜土最反对，说读书就读书，学什么农？要学农，在家里学不了吗？他们对批判"资产阶级知识分子"也不理解，说学生知道个屁，还敢批判知识，翻了天呵，那还有王法吗？某主妇对细武说："这个崽就是你的崽。"细武脸红了，急忙说："莫乱讲，我今天才认得你。"对方说："我是要你把他当自己的崽，

（他）不听话，（你）只管打！"

### 3月12日

办（酒）席，最好吃的一道菜是皮粉炖黄鳝。黄鳝不用破，也决不能破，须连骨带血一起捣成糊糊状，用瓦罐炖，佐以葱花姜末，这样味道才最鲜，即本地人说的最"甜"。最客气的酒席是办八道：一道咸（糯米）团子，一道甜团子，一道（红薯）皮粉，一道（豌豆）兰粉，一道油豆腐（或笋子），一道鱼，一道鸡，一道肉。大概是这样。慷慨的主家总是要把肉切成大块，码出碗口好高。最慷慨的还会像砌塔一样，打上一轮轮草箍，防止肉块垮下来。

来客有"打裹包"的习惯。特别是女客，家里有娃崽的，总是带来一张草纸或一片荷叶，每一轮菜上来，自己取一筷或者一勺，吃得少，大多留在草纸或荷叶上。吃到最后，各人攒下来的一包，糊糊涂涂的一堆，连汤带料，拿回去给家人吃。

这哪是吃酒席，差不多是分猪潲吧？刚来的知青最受不了这一幕，觉得好恶心，但想想又不无心酸：可怜天下慈母心！

### 3月18日

建砖窑，烧煤块的那种红窑。请来的窑匠师傅叼一支烟，不时露出嘴里一颗金牙，鼻头上都是煤灰，领口上一圈黑泥油光光，架子却不小，对小工吆三喝四，指挥大家装窑，砖坯和煤块一层层往上砌。

杨（爱华）的一只鸡误食农药，死了。这窑匠倒是有办法，用剪刀剖开其食袋，洗一洗，取针线缝合伤口，吹一口气，居然把它救活了。

### 3 月 19 日

一抹紫色的云带半遮夕阳。远处的屋场有缕缕炊烟升起，摇摇晃晃地爬上树梢。月亮冒出山头时，一只夜哇子（猫头鹰）开始孤零零地叫，"哇"一声，隔很久，才有另外一声"哇"，不知何时才会停歇。

### 3 月 25 日

晚饭后，有机会与她长谈。她几乎一直没言语，最后说："我听你的。"

记得西方有位哲学家说过一句：婚姻就是一辈子的谈话。可她就是不爱说话，一心一意地嗯、嗯、嗯，这可怎么办？

下乡前，就有初见者觉得她和我长得像，说如果不是一个妈生的，那就硬是有"夫妻相"。这种话已有好多次了，都传开了，差不多是革命群众的一致结论和一致要求了，好像不服从还不行。

### 3 月 26 日

挖地，太阳下晒得头晕，眼睛花。

思妹子讲那次进峒的故事：一行人被路卡拦住了，讲尽了好话也不管用，还是被对方扣下了树木。但他们一回来就去河边守候，因为在路卡时，发现那里有人往船上装货，看样子是要往下运。结果，不一会儿，船果然到了，他们上去扣了船里的香，也是禁运之物，总算报了峒里人的一箭之仇。

焕仁也说了一个报仇的故事：他们也是进峒买柴，也是被峒里人扣了。几天后在长乐镇办事时，发现有人卖红薯，居然就是一个扣罚过他们的队干部，只是大概对方见的人多了，已不认识他们。他们不动声色，派人前去问价，假装要买，要求对方将红薯挑来村里，送进地窖。等对方刚入窖，他们突然关上窖门，大喊主妇烧开水，"恶（烫）死这个王八蛋！"吓得对方在窖里直呼救命。到最后，双方达成协议：峒里人把五担柴还来，才能把在押的这个干部换回去。

## 3月27日

勤辉说，君子动口不动手，但他爹从来都是动手不动口，比如他们兄弟打架，他懒得劝，忍无可忍了，便操一根扁担上前，把两人统统打出门。要是你随后回来，他倒也好，不发火，不骂人，像什么事都没发生。

他爹总说自己前世是一条狗，因为每次看自己的影子，都是狗的形状。只是旁人都看不出一个所以然。

## 3月29日

齐家畔的后山坡上有一条蛇，足有一米多长。我好几次从后山经过，都会遇到它，发现它呼啦一下就溜进灌木丛。

农民不要我们打蛇，说蛇是吉祥物，带来福气的；又说蛇的报复心强，你打死一条，可能明天有几十条来找你，非搞死你不可。

## 3月30日

在地上，大家说到唱戏。石仁说电影戏一点都不好看，尤其那个《白毛女》，说是忆苦的，但跳来跳去（**指芭蕾舞**），跳得一点都不苦了。又说还是以前的戏好看，那时候武生跳火圈，热闹，是硬本事，大家都亲眼看到的。孙猴子出洞的时候，筋斗连翻地翻不歇气，把人的眼睛都看花。思妹子说那是人家有法（术）！石仁不同意，说什么法？硬是一天天操出来的，你以为容易呵？

不过，他认为戏子们虽然一个个飞得起，但打架没卵用，任何人都赢不了。因为他们从小就是被拆散了骨头的，一身软塌塌，所以怎么弯，怎么折，都不碍事。每次演出后，他们把骨头重新接上就是，只是筋连不上了，还是个散家伙。

## 4月4日

今天到县里报到。这一次，主要任务是写剧本，迎接全省的文艺会演。据说参加者还有黄新心。

## 4月5日

抄县志：长乐镇的历史可追溯到南朝梁、陈时期（504年），迄今一千五百多年，为那时的古岳阳郡治。郡治在今长南村。明初战乱，相传有江西移民至此安居，取"长久安乐"之意，故名"长乐"，沿用至今。古长乐街有北门、正阳、青阳、启明、钟灵、毓秀、抱秀、迎秀等十门，有普庆、同庆、吉庆、北庆、永庆五街，还有鲁家、照壁、大庆等八巷，规模宏大，素有"小南京"之称。便利的水陆交通环境吸引了南来北往的客商，至清光绪二十五年（1899年），该地工商业颇为兴盛，其中棉布行有数十家，集散运转的有茶油，年吞吐量达一万余担，还盛产雨伞、烟草、甜酒、棉纱等。民国时期，彭德怀、杨宗胜曾率红军来此，创立过苏维埃政权。

## 4月7日

晚饭后，与新心同往县水利局，看望他认识的一位副局长，姓任，多年前写过一篇《湘阴县[1]剩余劳动力找到了出路》的材料，被毛主席加上按语，批发全国学习。他瘦高个儿，穿一双黑布鞋，讲话慢腾腾，身体不大好，刚出医院不久。他说，若蓝家峒水库建成，与八景峒、向家峒连起来，江北的抗旱问题就可基本上解决。劳力可从各个公社抽调。但现在最缺的是钱，钢筋、水泥、雷管炸药都是变不出来的。

从他那里出来，遇到农机厂朱万良等三位，

[1]1966年前，汨罗尚未建县，只是湘阴县的一部分。

319

都是老知青，酒气冲天。还没说上两句，朱就哇啦哇啦呕了一堆。

4月8日

在百货公司遇柜台那边的女同学。当年在茶场，有一天半夜，游泳回来更衣，以为这么晚不会有人来了，便没闩门。没料到嘭的一声，她闯进门来还什么水桶，撞我个措手不及。她当然更受惊吓，丢下水桶，狂跑。

她今天好像什么事都没有，可能早就忘记了。

4月9日

新心说他写的材料有一次出了事故，但不能怪他，是有人把稿纸的顺序排乱了。领导在台上念到某页最后一句"……大家休息一下吧"，却找不到下一页，久久没发声，听众便以为这是宣布会间休息，三三两两往外走。到后来，秘书一头大汗，总算帮领导找到了正确的一页，领导继续往下念："革命群众纷纷表示，怎么能休息呢？……"可这时场上已空了一半，领导一抬头，气得脸变了色，也只能休息算了。

4月11日

今天采访县农科站渔场。（略）

4 月 13 日

在黄柏公社采访。（略）


4 月 15 日

至弼时公社采访，顺路看（任）弼时故居。


4 月 17 日

下雨，宿铜盆公社。放学之后，整个学校已空荡荡。只剩下我和黄伟民两人，面对连绵雨雾，朗诵普希金的诗，还有郭小川、贺敬之、艾青、蔡其矫的。


4 月 20 日

桃林公社那边有一个书记喜欢吃狗肉,好一口酒。人家叫他"曹明天"，因为有人来打官司，他总是说："你们明天来。"不过，到第二天，当事人冷静了些，说不定就不打官司了。原来他是玩"拖字诀"，以拖待变而已。

有一次，群众捉了一个贼。书记问对方为什么要做贼。对方说没有饭吃，只好如此。他想了想，说："我是你的书记，搞得你没有饭吃，是我的错。"然后就把人放了，还派人送去一担谷。

他一支笔颇有含金量。当时缺煤，很多人找他开后门。他见到一个大队书记上门，问："你要好多？"对方说："一吨。"他说："一两都没有。"他说，他的煤要给刘爹爹、四婆婆那些人，不但要给他们煤，还要给他们送过去。不但要送过去，还要给他们贴点钱。"晓得不？你是一两都没有。"对方问："凭什么？"他冷笑一声："你这号角色还搞不到煤？怕我不晓得？"

一些人对他低声下气，围着转。他忍不住回头大吼："送葬吗？"要是后面跟着一些妇女，他就大吼："我要屙尿！"

这倒是一个有特点的干部。讲给陈（**国英**）馆长听，她却觉得不能写，说革命干部不能这样粗鄙，也不能写缺粮、缺煤什么的阴暗面。

## 4月28日

进玉池山，住公社卫生院。遇程大安，我家的邻居，中学时代的班花级人物。她说你来得正好，愿不愿参加人体解剖。这话吓了我一跳。原来该院有一个十来岁的小孩病亡，大概是出于什么迷信的原因，家人弃尸而去，只能由卫生院代葬。这是一个机会。他们三位年轻的赤脚医生[1]，打算偷偷挖回来解剖，学一点人体知识。据说这是医学院必有的课程。

我当然愿意。但这事必须保密，怕传出去引起纠纷。晚上十一点，我们才摸黑去后山挖坟，取出那个篾席包裹的尸体，然后关大门，挂窗帘，对照墙上的人体解剖挂图，看如何下手。程还真是胆大，下刀不行，就下剪刀，像裁剪布料。因尸体还新鲜，还有血，我不免心惊肉跳。但他们毫不在意，用镊子拨动这里那里，

[1]指一些只经过简短培训的乡村医生，仍是农民身份。

322

把血淋淋的零部件切开来细看，给我讲解胸腔、腹腔、肝胆、肠胃、膀胱、输精管……让我大开眼界。

死者的腹膜已破，黑黄色的汁水已涌满胸腔，恶臭无比。即便双层口罩间还夹了层酒精棉纱，我仍跑到门外呕吐，差一点憋死。听他们说，果然是腹腔穿孔，那就印证了他们此前的什么诊断。

把尸体重新收拾好，埋到后山时，已闻鸡鸣。

## 5月11日

认识了县新华书店的一个经理，他把我和新心领到他们的库房。那里堆满了前些年奉令下架查封的书，积满灰尘。我们大喜过望，一人挑了一大堆，还都很便宜。经理也高兴，觉得废品也卖了钱。

## 5月12日

至楚塘公社，见刘石林、任国瑞等，都是在文化馆认识的业余作者。屈子祠就在他们这里，因此划龙船在这里最有传统，要不是"文革"来了，每年都要比一比的。农民们的口号是"宁荒一年田，不输一回船"。

以前赛龙舟总是要打架，动不动就打，而且如果没打成，没打起来，大家就觉得没意思。胜利者总是要羞辱失败者，比如自己脱得全身一丝不挂，划着船绕对方的船数周，大喊大叫地示威。更有甚者，把对方的船尾砍下一截，挂在自己的船尾上。妹子们也喜欢拱火。她们准备红绸子和包子去江边观战，如果看到自己村里的船队赢了，就用红绸子给船手缠头，送包子让他们大吃一顿；如果自己村里的船队输了，她们就把包子丢到河里去喂鱼，用红绸子包猪粪，砸到船手们的头上。

遇到这种情况，满头粪泥的船手们羞愧不已，必定斧头柴刀齐下，把船砍个稀烂，以示明年再战的决心。

他们用来打造龙舟的木材，总是偷来的。据说偷很重要，特别重要，只有偷来的木材才有贼性，做成船以后，船能跑得飞快。


## 5 月 13 日

沿汨罗江走，没注意河里有闷闷的一声，却发现眼前顿时一片大乱，女人们夺路而逃。原来是路上或地里的男人，打了鸡血一般，丢下手里的事，与女人们反向而行，一边跑一边脱衣裤，一个个光屁股当然吓坏了她们。

外人好一阵才明白，刚才的闷响是有人在河里放炮。男人们都要去捞鱼，享受见者有份的老规矩。女人们对此信号也早有经验了。


## 5 月 15 日

写了一个关于合作医疗的剧本提纲，大家讨论时不兴奋，好像基础太差，没什么好说的。这可是我采访时间最长、翻阅资料最多、冥思苦想最久的一次出手，居然放了个哑炮，比新心的更不被看好。

我也失去了信心，大概缺乏导演和表演的经验，自己根本不是编剧的料。听报上说，大学要恢复招生了，采用推荐与考试相结合的录取方式。新心劝我还是回公社争取机会为好，他可以帮我找课本、复习资料。

### 6月28日

好一段时间没写日记了。两个月来，晚上都是被定律、公式、图形、方程式搅昏脑袋。初一的课要复习，初二以上的还要自学，现学现卖，囫囵吞枣，想一口吃成个胖子。

自我感觉还不错，但也得做面对最坏结果的准备。

### 7月10日

戴麻子咬牙切齿骂儿子："老子要把你夹到铁匠墩子上当铁打！"或者是："老子一巴掌要把你打得贴在墙上当画看！"……这种骂法有点新鲜。他生气就生气吧，为何还搞得那样具体，骂出一些津津有味的画面感和完整过程？

### 8月1日

回长岭打禾数日。烈日如火，坐在屋里看外面干活的人，觉得他们分分钟受罪，好可怜。其实真下了田，有水淋和水溅，还不时有风吹，倒没觉得那么热。所谓不在事中不知难，但有时也有另一面：不在事中倍觉难。书生们可以出现两种误解和夸大。

## 8月4日

到公社文（教）办打探消息。看来果真如新心信中说的，我们肯定都是家庭政审不过关，"高考未遂"，白忙了。据说全县的考卷封存，根本就没人看。上面的风向大变，考试被认为是"资产阶级教育思想回潮"的表现，遭全面否定。

唯一的慰藉是，自己学了点数理化，也不坏。（在知识上）"深挖洞，广积粮，不称霸。"新心说我们还得坚持这一方针，我觉得对。

## 8月6日

入夜乘凉，蒲扇叭叭响，听黑夜里老戴讲古，又是毛遂自荐、窃符救赵、将相和，如此等等。大脑壳在他膝下不时纠正他的话，说他同上次讲的不一样，搞得他爹很不高兴。父子俩都是一口一个"你娘卖×的"，没大没小，相互斗粗话。他们好像觉得，斗粗话是一种父子相处的必要形式。

## 8月7日

全公社老师联欢会演，看师生排演的《园丁之歌》。

## 8月9日

贺牛来,吹嘘他在双抢中大出风头,带一伙后生,拿了个全县进度最快奖,当上了劳模,千真万确。他的经验,是一勤盖百懒,干就要干个惊天动地,让大家印象深刻,于是就抵消了其他一切。比如他一肩要挑上三百斤谷,要快走,要疯,要喊叫。这样,干出了惊人的传说,再怎么"躲奸"就不要紧了。

他说这些天一直在玩,拉琴,画画,晚上的"娱乐",便是跟着刘宣委去捉奸。刘蹲点天岭,与他同住大队书记家的一间房。他火眼金睛,最关心党风民风,出门在村里转一圈,问上几句话(打听谁家男人出远门了一类),就能看得出谁有戏、敌情在哪里。到半夜,要贺牛起床,带上绳子,带上手电,跟在后面,在某一家突然破门而入,一抓一个准。接下来,让民兵押着狗男女挂牌子游乡。

自从白花花的屁股见多了,贺与刘相处,已亲如兄弟。刘挎包里的烟,只有他可以摸出来就抽。刘从县里开会回来,奉命发展团组织,领回来一些登记表、团徽什么的,贺不由分说抢了一个团徽给自己戴上,就算是成了,对方也没办法。

贺还吹,说他马上要当公社团委副书记,到时候把我们兄弟都发展进去。这话怎么听都不可信。

据说还有一次捉奸,他守在窗下,把跳窗的家伙抓了个正着,但对方很不服气,大声说:"未必这也算数?"那意思是,他已离开现场,裤子也提上了,你们查无实据,不能乱来!

## 8月24日

梓成老倌说，还是以前的人更讲信用，比如那时候赌博，输了钱，欠了账，就找块瓦片来，在上面画刻三道痕，意思是欠了三担谷。然后一掰两半，债主拿半片，欠债的拿半片。日后债主拿着半片瓦上门要账，两个半片一合，账目清清楚楚，谁也没有话说，简单得很。也没有人拿假瓦片来诈骗。

## 8月26日

冷水井有一个叫（舒）德琪的，是个哑巴，最愿意帮工，但心里不明亮（不聪明），也不识字，只是喜欢奖状。不管是谁，只要是拿来一张花花纸，无论是盖了章还是没盖章的，不管是哪个干部还是哪个学生的，在他面前晃一晃，他就乐颠颠地跟着去干活。

他床下已积攒了一大堆奖状，大多是假的，但都是他辛辛苦苦挣来的。

## 8月27日

至天岭，有一跨路的石砖凉亭，两旁是黑幽幽的石板宽凳。据说以前还有不知何人摆放的茶水，供路人解渴。古风淳朴，尚有遗迹。

## 8月28日

拉一根铁丝，不用铜芯线，挂上一个喇叭匣子，再埋下地线，就可以播出久违的普通话和音乐。好熟悉和亲切的声音，让人恍惚间有了身处现代大城市的感觉！

队队通喇叭的任务，终于按期完成。

### 9月5日

接芋头信。信中谈《第三帝国的兴亡》和《斯巴达克斯》，邀我去沅江（县）走走。但我实在请不动假。思妹子是根油盐不进的老木头，不管你说多少好话，他都一口咬定："地上缺人。"

但这并不妨碍他转眼就来虚心请教："你说，天安门广场可以晒多少谷？"

### 9月6日

小潘从县里来，代表文化馆领导，又要求排演一台节目，配合十大的宣传。但伟伢子、豆豉等都走了，志宝也回城跑病退去了，锣齐鼓不齐。公社派来的我们这支知青小分队已溃不成军。大队干部也有些烦。大老胡就埋怨过："文化馆（管）又来了？他们是管米还是管油呢？每次排节目，要费大队上好几担谷。一些红花妹子跳得汗滴滴，脸上抹得像个猴屁股，像什么话！还不如去摘棉花。"

### 9月19日

岁月如常。今天大队部的柴油机检修，几个来打米的看棋。

戴麻子最恨围观者说三道四，说："你们都闭上臭嘴，哪个再开口，就死一个崽！"大家畏于这一恶咒，果然噤声了好一阵。只是茂夫子后来看得着急，实在忍不住，一拍大腿说："反正我有三个崽，今天就拿一个不当数算了——爷呵爷，你要在这里将军呵！"

众人大笑。

## 9月20日

人们最喜欢取笑峒里人，不知何故。似乎县城的看不起镇上的，镇上的看不起乡下的，乡下的还看不起山里的呢……总是一级压一级，总有垫底的。在很多长岭人看来，峒里人简直就是野猴子。

水妹子今天在地里，说峒里人没见过马，到街上见到了，问这是什么，这家伙是生蛋还是生崽？街上人说，当然是生蛋。峒里人就要买马蛋，好带回去孵马。街上人指着后街上几个圆石头，说那就是马蛋，很贵很贵的。峒里人不怕贵，把卖药材赚的钱都买了"马蛋"，满头大汗挑回峒里去了。

## 9月28日

戴麻子说一奇闻：以前平江有个叫谭拐子的，一条腿残，靠一头脚猪谋生，走路一拐一拐的，邋遢得一身油光光。生产队说他不出工，要开斗争会，但谁都不能近他的身。他跪在台子上，肩膀一扭，就有一个人滚出丈多远；屁股一扭，又有一个人弹出丈多远。大家都说他有功夫。

他有点法术，入过花子教，拈一炷香在你家周围转三圈，蛇就再不会进你的屋。有时掐一瓦片，变成一个乌龟，玩一玩又变成瓦片，放回衣袋。

队上有一个油铺。有一次，一个叫"亮爪子"的要借两个枯饼，见队上不同意，一生气，便暗中使坏，于是大家的油锤就再也打不到楔头，总是会打空。大家急得不行，去问老人怎么办。老人说，只有谭拐子有办法。果然，谭拐子见他们又是开烟又是赔笑脸，就告诉他们一招：用一根独脚芦苇打成结挂在楔头上，再念几句谭拐子教的口诀，到时候就自会有人来求饶的。果然，人们回到油铺一试，就有亮爪子来求饶，而且满头大汗，腹胀如鼓。他们说，幸亏谭拐子事先叮嘱不能重击油锤，否则亮爪子早就炸开肚子了。

又有一次，谭拐子坐船。上船时船家只说要三分钱，到了岸却说要三角，讹他一把。他也没说什么，付了钱走人。只是他走了以后，船家的柴油机再也发不动了。直到船家大惊，追出十多里，向他叩头求饶，退还三角钱，他这才说，你回去吧，两角七分钱也拿去。对方大谢而归，发现机子果然又能发动了。

## 10 月 3 日

"灵官"和"土地"指的是两种神。照农民的说法，灵官爷只管一个屋场，大概相当于生产队队长。土地爷要管几十个屋场，大概相当于大队书记或公社书记。"城隍"爷更大，管更大的地方，大概就是县级领导了。煮饭的王老倌说，历朝历代都有领导，鬼神也一样，一级管一级，你还造得了反？

难怪，昨天发现杨家桥一个不知是谁偷建的灵官庙，只有鸡埘般大小，藏在后坡草丛里，但他们定要大队上派人去平掉。如果发现的是"土地"，他们大概就要公社或县里的人去了。大概鬼神也认（人间的）级别，须搬一张大牌，压它们一头，才管得住的。

## 10 月 6 日

杨眼镜挂着照相机和画夹子，来乡下采风写生。他曾是县里著名的群众组织头头，当年夺权时还进过什么"革委会"。只是他找人事局要看档案，但管档案的一位妇人，白了他一眼，说他不是党员，根本没资格看，其实是没把这个"弼马温"放在眼里。他至今还恨恨地摇头：莫信，莫信，"造反派上台"是一出最假的戏。

## 10 月 8 日

听说可能有地震。小克（上任不久）的代销店，这几天不仅酒、烟、糖、粉丝、酱油卖光了，连海带渣子也卖光了，扫坛子了。好像大家都死到临头，要死也要当个饱死鬼。

石仁警告：今天晚上必震！还说是上面已经通知了，千真万确。兄弟，多多保重呵，我们只能来世相见了，十八年后你我都是好汉！这种告别让我们既悲伤又恐慌。我这里未必就是写最后的日记？

刚才我们搬来两张礼堂里的排椅，翻过来，构成两个小掩体，两个三角形空间，晚上钻进去睡那里面，应该比较安全。但那里面实在狭窄，不舒服。我们再三犹豫，最后决定，去他的，还是上床吧，今夜同老天爷赌一把。

窗外好像什么动静也没有。

## 10月9日

就当是又多活了一天。

昨夜，据说车田有一个队锣声震天，吓得很多人跑出来躲地震。最后查明，是一只猫撞倒了桌上的空酒瓶，让值班民兵误以为地动山摇，大家虚惊一场。

茶场里很多人也没睡好。香神经（**沈其香**）说，要震，最好就大震，第一要震掉公安局，第二要震掉知青办，震得户口都没有了，大家就都可以回城了。

## 10月12日

在地上挖红薯。大家讨论谁该震死，说哪个最巧滑，哪个心最枯（**狠**），哪个骨头最懒，哪个最忤逆不孝，哪个最管不住鸡巴，哪个是圆手板（**笨拙**）却娶了个漂亮婆娘……妈妈的×，都该在地震中震死，至少应该被震个缺胳膊少腿！

算算另一头，谁最死不得呢？他们数来数去，说木匠、砌匠、剃匠、篾匠、漆匠、劁猪的、弹棉花的……都死不得，不然大家不方便。好人也应该有点寿。

他们好像当上了临时阎王爷，集体研究一册生死簿。我也补了一个文办王主任。他们也大多认得王，说那是的，说王先生从无架子，见农民来了，不管对谁都是泡茶递烟，是个仁义人，要留着。据说开斗争会的时候，哪个被斗者被罚站，王就搬一张椅子去，让那人坐；要是大家又喝令那人站起来，他就不再说什么，但一直守在旁边，不让身旁的人动手动脚。（这样）两边都过得去，"顾了娘娘，又顾了太子"。

## 10 月 14 日

晚上石拐子来，他的长沙话已很有进步，只是脏字过多，夸大了城里人的粗鄙。

他抽了我的烟，又贡献一段"白话"，不知是从哪里听来的：某丈夫回家，发现家门紧闭，老婆头发又凌乱，顿时起了疑心。但他大喊一声"拿刀来"，吓得老婆全身发抖，却不是要杀人，只是在阶基上磨了几把，径直去了鸡埘，让老婆一颗心回到肚子里。过了一阵，鸡熟了，上桌了，他摆上三双筷子。老婆不解："今天又没有客。"他说："有客呵。"老婆说："客在哪里？"他说："不是在床下吗？快请出来！"老婆顿时羞得满脸通红，夺门而去。丈夫只好自己去床下请客，叫出那个衣衫不整狼狈不堪的野男人。

丈夫在桌上还一个劲地给对方劝酒。野男人终于满头大汗，扑通一声跪在地上，连声说对不起，对不起。

照理说，这丈夫以德报怨，化解了一段夺妻之仇，那对狗男女应该感恩戴德吧？不料，野老倌是再也不敢来了，他老婆气却不打一处来，一是恨丈夫手段阴毒，笑脸杀人；二是恨野男人有色无胆，狗屁不是。最后，她气得跑回娘家，待了足足两个多月才回来。

我说，这故事动作性强，是一个独幕剧的好框架，只是内容不合时宜。

## 11月5日

农民会游泳的少，狗刨式扑通几下就是高手，能扎猛子的更少。下大胡要疏通（水塘）涵管，请我去帮忙。倒不怎么难，只是太冷。

他们给一瓶白酒，算是酬谢。思妹子喝了酒还不满足，说这世界上只有酱油最好吃，说以后共产主义建成了，他每个月至少要吃两斤酱油，早上都用酱油拌饭！

## 11月17日

石仁等（基干民兵）上公路设卡，没抓到什么可疑人，只拦下几个夜行的河南叫花子。但他们都有大队、公社两级的讨饭介绍信，有"为国分忧，自力更生"一类文辞，几乎有堂堂正正的合法身份。石给他们一分钱，不料遇到一个脾气大的，大概是嫌钱少，把硬币愤愤地摔了回来："你以为我们是来讨饭的？"石也有点蒙了："你们不是来讨饭的，是来收罚款的呵？"

## 11月25日

到长乐街拖石灰，遇彭贵求。他说了一件有关红薯的事：某公社广播员，一个漂亮妹子，没提防红薯容易产生气体，有一天抬东西用力过大，憋出了一声可怕的尖啸。她大吃一惊，还没反应过来，身后又有四五个短声接连而至，完全是一发而不可收。有人忍不住笑："公社广播站现在开始播音——"臊得她夺路而逃。据说那一天，她事后哭得要死要活，而且发了癔症。人们请来医生，给她打了一针，才使她慢慢安静下来。其实医生打的是蒸馏水，只是心理治疗罢了。

## 11 月 28 日

新市一带封路改建，拖拉机只好绕红花渡口，走老路。一不小心，轮子陷到泥坑里了，把泥水翻得老高，还是动弹不得。车上人在后面推，不管用。司机要我们都坐到车头，加大车轮摩擦力，还是不管用。最后，只得去拦过路汽车，凑钱买一包烟给司机，让汽车来拉一把。

回到队上时，身上全是泥。

## 12 月 3 日

女儿乖，媳妇泼，他们说天岭那边特别是如此。据说，那里的媳妇只要一过门，特别是生了娃崽，就像变了个人，乘凉时就可以打赤膊，大奶子甩来甩去。要相反（吵架），男人也不是对手。某队长不信邪，有一天同某家媳妇顶上了："老子就是赶了你的鸡，砸死几只又如何？咬我的卵呵！"这意思是你拿我没办法。不料对方叉着腰大骂："你这个臭痞子！"男的以为对方已怯阵，把黑家伙掏出裤裆，进一步欺压，淫荡地大笑："你来呵，你来咬呵！"没料到对方脾气暴，甚至比他更无皮无血，不但不怕，不但不羞，反而丢下一担水桶，三步并作两步，一个箭步直扑他裤裆而去。"咬就咬，老娘今天就要咬给你看！"直吓得那家伙掉头就跑，被追得满山转，成了日后的一个笑话。

有人说"三不惹"：莫惹老家伙，莫惹叫花子，莫惹天岭的媳妇。


### 12月15日

在嵩华（大队）的冬修水利工地上挑泥，晚上编印简报。这里同漉湖工地一样，吃饭有窍门：第一碗不能装太满，以便很快吃完，抢到先机便能吃上第二碗；否则，吃第一碗太费时间，一不小心饭桶空了，第二碗就吃不上了。当然，谁也别指望第三碗，因此第二碗要尽量装，往死里压满、压实、压紧，压他个心狠手辣气壮山河。

这叫一碗快，二碗胀，三碗四碗叮咚咣。


### 12月29日

会战结束，各队的劳力陆续撤退。思妹子临走时偷了公社库房里三四圈铁丝，扭成麻花状，藏在被子里，说以后用来箍尿桶和脚盆，比篾条好得多。

# 1974年

## 1月8日

全县各公社移植样板戏会演。黄柏（公社）、新市（公社）都是后来居上，阵营可观，实力雄厚。不过都是业余班子，演出还是只能凑合。黄柏唱《智取威虎山》，少剑波正在台上抒发豪情，不料景板倒了，砸得他晕头转向，捂住头，捡帽子，差一点就"牺牲"了。玉池演《红灯记》，演鬼子军官的那位忙中出错，忘了带请帖（一件应有的道具），到时候全身上下找不到，最后没办法，只好把半包香烟掏出来，别别扭扭递给李玉和，差一点让李玉和笑场。

县文工队虽是专业队，但也出问题。他们演《沙家浜》，最后是新四军战士一个个攻入敌营，前滚翻，或侧身翻，动作有点难度。大概是怕他们摔伤，画成围墙的布幅已降得很低，飘飘荡荡，一点也不真实。更重要的是，因为"墙"太低，就完全暴露出里面的"鬼子"，几个刚下场的，来不及换装的，负责保护工作。这样，他们接住一个个翻进去的新四军，左搂右挽，两个夹一个，一夹一个准。看得懂的，知道这不过是后台的防护措施。看不懂的，还以为那也是剧情，是日军布下了陷阱，正在把新四军统统拿下

338

呢——这岂不是大长敌人的志气？新四军的面子往哪里放？

有些小观众，还真为这一结局急得不行。但这些节目都获得了表彰和奖励。上面说了，有没有，是态度问题；好不好，是水平问题。大家都不会要求太高。

### 1月10日

含妹子年纪不大，但已像个老把式，每次收工后总是扯一把草，把锄头或耙头洗干净，架在栏杆上，好像那些工具也需要休息，得给它们洗澡，侍候它们上床。更奇怪的是，本地人磨锄头，有机会就要给刃口喷一口酒，说那样的话，这些铁器用起来就更有劲势。

未必锄头还都是酒鬼？大概是同样道理，他们扫完地，让扫帚归位时，总是让它们倒立，好像怕它们站累了，得倒过来舒展手脚，舒筋活络，养养精神。

也许在他们心目中，工具也都是活的。

### 1月12日

村村都在打糍粑，准备年货。会计和记工员忙着决算分配。我所在的戴家里还算好，今年单价（*每十分的分值*）四角二，比下大胡的二角二高，但比她的张家坊要低，比志宝的上大胡也低，每天分别要少赚两三角。这到哪里说理去？

人民公社"三级所有，队为基础"。队与队很不一样。听说附近还有单价八分钱的队，全队干完一年，都是超支（*欠钱*）户，没有过年钱。

物价依旧：猪肉每斤六角，牛肉每斤三角，草鱼、鲢鱼每斤两角……稻谷每百斤九块五，折合米价为每斤一角三分。

### 1 月 14 日

好几户收亲（结婚），热热闹闹。人们说，秋后粮食归仓，农事稍闲，适合办事了，而且新娘子可以穿厚点，身上扎紧点，对付后生们"闹茶"（闹洞房）。"三日无大小"，是指他们闹起来可能把新娘子推来拥去，有时乱摸乱掐，"闹"得女子身上红一块青一块，主家人还不能生气。这种婚俗令人吃惊。

### 1 月 16 日

漫天大雪。背着沉甸甸的糍粑和干鱼，昨天入夜才走到县城，借宿氮肥厂。一些老同学已搬到家属区去了，那里都是双职工，男女混杂，有尿片、乳罩、小锅小灶，还有说不出的混杂气味，不知是幸福还是庸俗的气味。

### 2 月 16 日

接通知，参加《湘江文艺》编辑部的学习班。昨天到县城，没买到车票，只好爬煤车。没料到煤车到长沙时根本不停，一直开过株洲，停在一偏僻荒凉的小站。只好又在那里等了五小时，才买票登上北行的客车，至半夜折回长沙。这次真是倒了大霉！

多花了钱不说，多费了时间不说，煤灰呛鼻子，吹出了一个黑花脸，脖子里全是灰沙。特别是过隧洞，如同突然落入了万丈深渊，在黑暗中完全分不清上下左右，只有摸索身边的煤块，才知道自己还存在；只有咣当咣当的金属巨响，从四面八方砸过来，简直要砸出脑震荡，脑子里的零件全都错了位。

## 2月17日

在八一路找到《湘江文艺》。认识了株洲冶炼厂王友生，湖南开关厂卢雄杰，新晃县教育局孙南雄，湖南机床厂贺梦凡、张新奇等，共十来位业余作者。

知青只有两个，除了我，还有浏阳县的朱赫，他在多年前就发表过作品。只是今天发电影票，他一个长沙人，居然不知新华电影院在哪里，得请别人带路。这让我很吃惊，算一算，他下乡已经快十年，不记得老电影院，要说也正常。问题是，我以后也会这样吗？

参加了一个"批林批孔"的座谈会，见识了省里几乎所有如雷贯耳的大作家：谢璞、未央、刘勇等，他们不久前陆续从干校、乡村调回省城工作了。还有一个叶蔚林，《挑担茶叶上北京》《浏阳河》的词作者。他作词的《故乡呵巴勒斯坦》等，我们在乡下也唱过。这让他很高兴。

他私下谈小说创作经验：一、找到了一个好场景，作品就成功了一半；二、写作是屙尿，身边不能有人。

2 月 19 日

编辑部郭味农、潘吉光、刘云、金振林老师会诊我的第二稿，指出幽默、讽刺不能是"油滑"，指出对反面人物和转变人物，不要用语言贬低之，不要用生活特征丑化之。这都说得很对。

"郭老"其实并不太老，只是驼背，高度近视，看稿子都是嗅稿子，眼镜片像两个瓶底，圈圈套圈圈。青年作者都说他人好，星期天也在办公室"嗅"稿子，但大家最怕他下笔删改，更怕他一段段代你写。但他绝不能让青年犯错误，你有什么办法？潘老师还说过他的一个笑话，不知是真是假。事情是这样，有一次，他恨儿子逃课，在回家路上抓住儿子就打，突遭一个妇人猛烈攻击。原来他是没看清，误打了人家的儿子。

3 月 24 日

街头又热闹起来，有一些大字报和标语。不过街面仍然大不如当年。市民们行色匆匆，大多是要看不看地瞟一眼，表情漠然。更多的人根本不看，好像那些巨大的惊叹号同他们没关系。有些宣传品刚上墙就被撕了，大概是被收荒货的人撕去卖废纸了。

昨天去理发。一年轻的剃匠师傅说，自己正在打家具，买了一辆自行车，准备结婚，还在偷听海外广播，自学英语九百句。

3 月 28 日

贺牛有钱了（指调入省木偶剧团后），今天要请客。他说做木偶对于他来说，实在是大材小用，没什么味。而且他这些年被党教育得太纯洁了，太高尚了，至今不知如何谈恋爱。团里花姑娘如云，但个个欺侮他、调戏他，不同他玩真的。

说到五一路的大字报水平低，他就睁大眼，说不如他去写呵！他可以用两个化名，左手打右手，咣当咣当咣当，互相对骂，互相揭老底，最后揭出一个国民党和美国中情局的大故事，那才好玩呢！说不定轰动全城。到时候收门票，在街上牵一根绳子，一角钱一看。我们都笑起来了。

### 3月30日

肖鹏夫，下放江永的老知青，已病退回城当了泥瓦工。他读了我的小说[1]后不以为然。我承认他说得有理，但辩称这只是敲门砖呵，敲开门再说吧，你别用托尔斯泰的标准要求我。要是没饭碗，我连托尔斯泰家的一只臭虫都不是。

他说起当年自己认识的一个老场长，不准知青恋爱，晚上提一把驳壳枪到处巡逻，看见男女人影就大吼，追捕"恋爱分子"，可一口气追出两三里路。但他人不算坏，抽屉里的香烟你可以随便抽，哪怕你刚被他骂过。粮食困难的时候，他带人去拦截粮车，还拦截过人家矿山里职工的被服，分给农场里的职工。但这家伙是个老革命，级别比县委书记还高，人家拿他也没办法。肖说这个人你二姐也认识，有意思[2]。

[1] 笔者最早发表的《红炉上山》等，确为一些不入流的应景跟潮之作。

[2] 此人后来成为笔者小说《西望茅草地》（1980年）中的人物原型。

343

4月2日

姚宝说他们厂里有一个柳宝，一碰到运动就兴奋，最近又经常缺工了，不管什么会都要挤进去听，包括妇女们的会。他有一个小本子，上面记满了"部署""纪律""工作安排""干部名单""注意事项"，等等。一见干部，就拍拍对方的肩，但对方也没法生气，因为他只是叮嘱"你要好好干""千万不能出问题"一类，有什么错？你能说什么？他拍拍肩又怎么啦？厂里有一个大批判组，负责运动的。他也要去那里开会，每次还要发言，还要"我来总结一下"。他强调，批孔就要批周公，批周公就要批周礼，但周礼是怎么来的呢？他看过《封神榜》，那是姜子牙订出来的呵。

大家都躲他。他闲得无聊，便主动要求给造反派抄大字报，保证自己一分钱都不要，保证自己的字绝对拿得出手。对方怕他乱来，好不容易给他一份底稿，但再三叮嘱："你千万改不得！"他满口答应："不改，不改。"但没等对方走远，他又把对方叫住："不过，要是原则问题上有错，那我还是要改一改的。"这要把大家气晕。

4月3日

武（健强）大郎说他妹：上小学时，老师教学生"爱祖国""爱人民"等，她总是要加一句"爱哥哥"。老师说这一句不能加，她还是要加上。老师拿她没办法，后来对她作业本上多出的这一句，也只能视而不见。

344

天下雨，她就要怪气象台。天黑了，她就要怪闹钟。

她用石板画画，嘴里总是要配上画面的声音效果，比如画狗必有狗叫，画猫必有猫叫，画枪炮必有咚咚咚嗒嗒嗒，因此旁人只要闻其声，不用看，就知道她在画什么。或者，别人只要看她脸上的表情，也能知道她在画什么。比如，见她脸上横眉怒目、咬紧牙关，那必是在画妖精；见她满脸是笑，那必是在画小姑娘或小白兔。她放下石板后，好一阵还会有这种表情。

她后来也成为下乡知青，有一次救队上的猪崽，不幸死于洪水。大郎至今说起这事还会泪眼花花。

4月4日

省工农兵文艺工作室全体开会，传达文化部的电话指示。

4月5日

遇芋头（俞予立）[1]。他一只瞎眼是工地上排哑炮时造成的工伤，眼下病退回城，打零工谋生，曾让我联想到《牛虻》的主人公形象。

他来过天井，不料撞上双抢，我没法请假陪他，他便跟着我们打禾，出了两天义务工。今天在街上偶遇，恰好双方都没什么事，我们就爬上附近一个工地的脚手架，聊天，抽烟，哼唱《起义者》什么的，遥望黄昏时的满天晚霞。他谈到俄国十二月党人，谈到马卡连柯的《教育

[1] 该知青后来成为移民香港的地产商。

诗》和雨果的《九三年》，又说起他们江永（县）的"白水公社"，一个知青组成的乌托邦团体。那一段政府停摆，他们一伙志愿组合，上山垦荒，民主管理，拒绝私产，但可惜只存在了半年多。

他没有详说公社解体的原因，只是笑了笑："理想不能当饭吃呵。"

### 4月10日

陪母亲至南郊金盆岭，给父亲扫墓。她拔草时哭了，白发也多了几根。我一路搀住她，发现自己比她高出一个头，又长大了。

### 4月17日

结束了在长沙的两个月，回到了乡下。又听到蛙鸣，闻到泥土的气息，晚上能听到对面山上很远的脚步声了。大黄狗还记得我，一见面就摇头摆尾，扑上来舔我的脸。我这才知道，虽然同伴们都差不多走光了，但还有一双眼睛在这里等着我！

给它喂了半钵饭菜。

### 4月18日

巴立有一伙造反派的朋友，锅炉工、钳工、小学教师、剧团编曲什么的。他总是乐意在这些人面前介绍我的身份：知青！于是常引来他们饶有兴趣、不无期待的目光，好像我是一支重要盟军的代表，我额头上就写着广阔天地，写着他们正在等待的农民运动，写着新时代的湘赣边区和山地游击战，写着他们改变中国和世界的最后胜利。

可是，醒醒吧，你们知道农村吗？农村没有你们的盟军，压根就没有！农民固然朴实，固然贫穷可怜，但他们也是自私、愚昧、涣散、懦弱的汪洋大海[1]，是马克思笔下那个拿破仑皇帝最深厚的社会基础！

你们别做梦了！你们频繁交换消息，总是壮志未酬，蠢蠢欲动。你们高谈阔论什么八大军区，还有八竿子打不着的这个部和那个省。你们还最爱唱外国歌曲：《三套车》《老人河》《马赛曲》《啊，朋友再见》《伏尔加船夫曲》《莫斯科郊外的晚上》《茫茫大草原》《喀秋莎》《红莓花儿开》《起义者》《蓝色多瑙河》……但对不起，你们唱完以后，什么也做不了！就像我一样，在一次次心潮澎湃以后，连一个长岭也改变不了，连一个长岭的下大胡也改变不了！

这才是事实。

### 4月23日

丙崽怯生生倚着门，递来一顶草帽，就是风吹走的我那一顶，他居然认得。我冲着他竖了个大拇指。他却有点怕，晃晃荡荡地跑远，回头朝我嘟哝一句："爸爸……"

我差一点又要爹毛，摇晃一下巴掌，让他闭嘴。

[1]出于失望，笔者当时既怀疑造反派，也对农民抱有一种高高在上的启蒙者心态。

347

但他要这样叫，你有什么办法？这个鼻涕娃，大概是在一切男人的身上寻找爸爸，在一切男人的笑脸上看到爸爸归来的希望。

## 4月27日

昨天去戴家里借秧，逢小雨，刚走到大屋场，好像听到闷闷的一声，见前面几个妇人突然冲着我变了脸，不知为什么，随即猜出是我身后出了事。回头一看，是有人倒在田里了，原来是被雷击，就在我十步开外！

真是捡了一条命呵。后来，发现附近还有一犁田的汉子也被击倒，据说前一个是大屋场的，后一个是大棉畲的。人们又哭又号，手忙脚乱，惊恐万分，好容易拆下两张门板，把泥糊糊的两位抬到卫生院。不料卫生院空空的，只剩下黄医生一人。他摸摸脉，看看瞳孔，说两人都不行了。接着问我会不会做人工呼吸。我说不会。他就要我跟着他，在一旁模仿就行。

这需要我跪在"死者"面前，口对口，朝"死者"嘴里猛吹气，然后两掌相叠，在他胸口连续按压，将胸内气体挤压出来。吹一次，压五六次，如此循环不断。围观者越来越多。有人怀疑，说照这样压，恐怕要压断骨头，活人也会被压死吧？不过，过了一阵，好像有希望了，"死者"的双手回暖，脸色也转红润。黄医生用听诊器听了一下，看看手表，说有呼吸和心跳了，继续做！

有几个后生来代我和黄医生吹气，算是分担了一点劳累。

到最后，两人都已恢复到心跳每分钟六十左右，呼吸每分钟十八左右。黄医生说可以了，下一步送他们去长乐镇中心医院吸氧，进一步救治。我这才回家休息，到大队部已是午后三点多，还没吃中饭。

## 4月28日

今早听大屋场的人说，那两个被雷击中者昨夜里还是死了，十分可惜。大概当时是没找到拖拉机，天又下雨，人们翻山越岭抬送伤员，耗费了太长时间。中心医院里没氧气，最后从农机厂借来工业氧气瓶，是不是及时，是不是合用，也都是问题。

何况我施救的那个，右耳里曾流血，大概本就伤得太重了。其实我对这一结果应该早有估计。

## 5月1日

思妹子也有点怕，不再要求大家冒雨出工，特别是雷声由远而近的时候，特别是路边广播线泻下一串串火花的时候。这个地方雷电伤人的事常有，据说地下有铁矿，要不然，十里开外的新市也不会有国营的铁矿场。

查资料：很多红壤地区确实富含铁元素。红壤在中国主要分布于长江以南的低山丘陵区，包括江西、湖南两省的大部分，以及滇南、鄂南、粤北、闽北等地。红壤呈酸性，其代表性植被为常绿阔叶林，主要由壳斗科、樟科、茶科、冬青科、山矾科、木兰科等构成。

难怪本地农民在田里常打石灰，把石灰当作肥料，原来是要靠石灰来中和这种红壤的酸性，改善 pH 值。

## 5 月 3 日

雨天。小牛鬼等来玩，讲有关西沙海战的传闻，又讲一轮《梅花党》——这一民间故事有多个版本，每次听到的都不一样。

## 5 月 14 日

来大队部打米的有一个新面孔。说起来，才知他姓向，服刑期满，刚回家的。他当年的罪名是"危害耕牛犯"。说起牢狱生活，他说前不久传达中央指示，听到周总理说"不准用法西斯的态度对待犯人"。就这一句话，使仕场的几百个犯人都感动得泣不成声，最后成了一片号啕大哭。

他说以后每到过年，他都要为周总理上一炷香。

## 6 月 4 日

文工队和文化馆又派一些人来指导排演，准备让长岭代表全县去参加岳阳地区的业余文艺调演。这次调演的主要是样板戏移植，因此我们得赶排《沙家浜》第二场，最简单的，男人戏。志宝回城办病退手续未归，只好由小克出演郭建光。女的没事干，就负责后台。高健这几天教她锣鼓，她倒是学得兴高采烈、满头大汗。

## 6月5日

按照陈馆长要求，节目中得加一个山歌，于是（戴）艾五找来了万玉。我给他写歌词。他一脸苦笑，将歌词退给我，说里面全是唱一些挑粪、犁田、插秧、送公粮，都是好恶心的事，还没唱就心里堵，心里翻，在台上如何唱得出来？他情愿回去薅禾。

陈馆长说服不了他，只好请来大队干部。大老胡开骂："挑粪怎么啦？没有粪如何长禾？不长禾哪有饭吃？你就是思想觉悟低，摆相公架子，只配去吃空气！"

他这才让嘀嘀咕咕，不说了。

高健不允许他驼背，在他背上捶了几拳，捶得他大声喊痛，眼不是眼，鼻子不是鼻子。高又要给他加一件道具，于是让他卷起衣袖，给他找来一把锄头，要求他有时撑着唱，有时扛着唱。这更让他惊吓不已，说："那不成了个看水老倌？还要到岳阳街上去看水？丑绝了，丑绝了！"大老胡又骂："现在是什么时候？搞社会主义，未必还要你穿皮鞋、戴礼帽去唱？想偏你的脑壳！"

## 6月6日

小克经营代销店已很有经验了，说一般不找零钱，给顾客找几颗糖或几根散烟，人家也不好说什么。这也是积少成多的走货。他又用酱油款待我们，说反正酱油是散装的，装在瓦缸里，加一瓢水掺进去，谁也察觉不了。

有酱油的日子确实很幸福。

7月3日

忙了个把月，地区调演这事总算对付过去了。这是我第一次到岳阳，发现岳阳楼前的湖面窄，就那么一线浑水，与《岳阳楼记》描写的相差太远。返程前上了一趟街。细宝娘托买豆豉，生南娘托买硫化蓝（指一种染料），康世荣他娘托买碱（肥皂），还好，差不多都办齐了。

知道我在《湘江文艺》连续发表了作品，地区几位老师的笑脸更多了，拍我的肩膀也更多了。孙局长还交代手下多给我一些稿纸。人们总是以成败论英雄，甚至以成败论交情，这种世态炎凉，自己心里有数就是。

7月24日

晚上同细宝一起去照蛤蟆，居然还收获一条蛇，是细宝发现和打死的，虽不算大，但一罐蛇汤白如奶，加一把葱花，好香。

这一家人里，细波读书最多，老是不高兴，说饭太迟了，说菜太淡了，对父母粗声粗气，只是对哥有点畏，顶撞一下就赶快走人。细宝是一家的长子，总想拿出长子的权威，但结结巴巴说不出个所以然，也难怪弟妹不服。小妹细文呢，同嫂子亲近，但平时很少说话，尤其怕见陌生人，能躲多远就躲多远，我很少看见。细宝的小娃崽才一岁多，总是被大公鸡吓得哭，因为他吃饭时，落得满身是饭粒或菜屑，引来大公鸡在他身上啄，大公鸡成了他最痛恨的冤家对头。

7 月 27 日

有些地名只是标记姓氏，像张家坊、戴家里、上大胡、下大胡、游家里、舒家里，等等。有的地名是描述建筑，像花门楼、大屋场，等等。还有的地名反映某种社会或自然的特征，如茅园里——那里多是茅屋，肯定是穷人住的地方；黄泥冲——土质条件差；楼上屋——缺水，易旱，田土如同架在"楼上"；冷水井——肯定是靠山坡，冷浸田多。

杨家桥的人都姓康，周家冲的人都姓吴，可能是以前的人迁走了，或绝户了，换了新来的一批。

竹映坡，这等优雅的地名，也许是哪个老秀才取的。


8 月 5 日

我成了大队部最后一个知青。志宝办病退也终于成功，小克获得推荐机会，去岳阳师专读书。大队上觉得摊派知青下队参与分配已无意义，这次双抢就让我出"自由工"。我选择了上大胡，最靠近学校的队，便于照顾她。

学校放了暑假，也只剩下她一个人，每天负责到各队统计进度。这样，我白天打禾，晚上住林老师那间房，就在她隔壁，给她壮壮胆。每次收工回来，我们一起去地上摘菜，然后她淘米，我打水，她炒菜，我烧火，她洗碗，我扫地，她洗衣，我泼水降温……俨然"老夫老妻"的日子，过出了小温暖，但也让人略感不安——就这样过下去吗？永远就在这破山冲里过下去了？

我们吃点豆角和辣椒，住土砖房，当然也能活下去，也照样能长出肌肉。是的，即便将来扛上糍粑和鸡鸭，抱上一两个娃，进城看岳母娘，也没什么见不得人的吧？

"不准你乱说！"她瞪我一眼，还是忍不住笑了。不过，她肯定还是有暗暗的不安，肯定还是不大相信我，因此决不让（两人）关系再往前滑过哪怕分毫。换任何人，恐怕也都会有这一份忐忑的。

## 8月7日

她爸做了最坏的打算，说万一她没机会回城了，以家里的全部积蓄，每个月五元或十元，也能贴补她二三十年。我说，有我在，不至于，不要怕，我肯定能让老爷子的补贴变得多余。我还说，如果连我们都活不下去，全中国至少有一大半人活不下去。其实，这些话都像是给自己打气。

夜里，她吹口琴，与我讨论哪些民歌最好听，给每个省评出一首代表性歌曲，又给一些国家分别评选出一首代表性歌曲。我们看满天星斗越来越低，越来越亮，越来越多，缓缓地旋转。一只猫头鹰还是有一声没一声地叫着。照农民的说法，西南边那个"道师星（座）"朝前拜下去，就是天快亮了。

不知什么时候，大黄狗也找到了这里，伏在我们身边喘气。它是循着深夜里一线口琴声找来的？

8月8日

今天从上大胡提回一条草鱼，好好犒劳我们自己。


9月6日

学校开学了，我回大队部。今天学犁田，世保是我师父。一开始我还有些紧张，不是犁头跑空，就是犁头插得太深，牛背不动。幸好没有插入石塥，照世保的说法，那就可能折断犁头。

他说的要点：一、身子不要离犁头太近；二、眼睛看犁又要看牛，若犁头跑空就要收绚，若犁到禾蔸或硬块就要放绚；三、第一犁要开得好，要开得准，选对中间线，这样一圈圈犁开来，泥坯倒得匀，又不会跳埂漏犁，或重复空犁。

上午犁了七分地，下午大概是牛熟了，更听话一些，就犁得更快。只是那家伙喜欢偷吃田埂豆，屎尿又多。用牛人其实都需要同牛搞好关系。


9月10日

戴家父子又在屋檐下斗嘴。起因是大脑壳做家庭作业，计算一个应用题：水放进盆多少，盐放进盆多少，然后溶液放进盆多少，再加进水多少……最后求溶液的盐比例是多少。这确实有点复杂。大脑壳挠脑袋，揪头发，气得摔了笔："游老师他神经吧？一下把水放出去，一下又把水放进来，吃了饭没事做呵？这号书，不把我读蠢，那就有鬼！"

戴麻子说："娘卖×的，做题目嘛，那只是个比方！"

大脑壳说："比方？老子把你比方成猪，你愿意？"

戴麻子最后只能以势压人："孽畜，老子两筷子插死你！"

## 9月12日

读《你到底要什么》。柯切托夫依旧视野阔大，有历史，有世界，有大主题。萨布罗夫和伊娅体现了他的基本意向。作为老布尔什维克的布尔托夫，构成人物关系中枢，就是作者的化身：嘲笑德国、美国，批判资本主义。但这本书绕开和掩盖了苏联内部特权阶层和广大人民的矛盾，把一切问题都归结于西方——这一点虚伪，至少是简单化。也许，作者是不得已而如此，是为了官方出版的许可吧？

你到底要什么？精神还是物质？社会主义还是资本主义？不清楚。作者提出了双重主题，但回答似力不从心，一片茫然。

## 10月11日

日记还是有必要写下去。一是训练语文，把笔头子写活；二是留下记忆，弥补脑记的不足。有些东西，自己以为忘不了，其实很快就忘了，只有日记才可长久保存下来，至少可保存一些线索。

失去记忆的生活是不是很亏？任何事情，身历只有一次，心路历程却可以有很多次，是免费的再生活，是价值的逐步发酵和增长。

**10 月 12 日**

上午在张家坊开会半天。吃饭时，有人说起以前灾年闹匪患，"汉流"不行时（兴旺）还不行，病急乱投医，大家都得找个靠（山）呵。"关羊"是指路劫。"吊羊"是指绑架。对"肉票（人质）"可以"吊半边猪"，其法有二：一是"同边吊"，即捆绑同边的一个手指头和一个脚指头，于是身子横着悬吊空中；二是"插花吊"，即捆绑不同边的一只手指头和一个脚指头，于是身子折叠在空中。但不管哪种办法，都几乎是杂技般的刑法，让肉票发出杀猪似的惨叫。"吊猪"一说，应该就是由此而来。

**10 月 15 日**

挖红薯一天。国兴老倌讲以前的事。比如抓壮丁，那时两男抽一丁，老百姓都十分怕。于是家里生小孩，有的人见男便溺，或者给男丁剁手指，破眼睛，以求逃避兵役。那时当兵的吃不饱，米里掺糠，糠里有沙，同猪食一样。国民党的下层军官，也大多不识字，操练时靠师爷点名，动不动就打人。开小差的逃兵要是被抓住了，即便不掉脑袋，也会被割掉一只耳朵。

他说共产党的红十六军从平江来，不拿群众一针一线，还带领群众去抢盐行。由于人太多，踩死了人，红军就给领尸的家属每户两包盐，算是抚恤。最坏的是日本粮子，一来就牵猪赶牛，抓妇女。

10 月 17 日

乡下人盖房，最好是坐北朝南，但不能对正南，因为那个方向，据说要八字硬的家户才压得住。另一说法是：八字太硬也不好，娃崽有祸，有关煞，因此需要过继给人家，至少也要写本子散点钱（施舍），让他的福气分流，减少今后的危险。

以上为今天翻修猪场时所闻。


10 月 18 日

第一次在乡下见到电视机。每个公社仅配得一台，黑白的，韶峰牌，晚上抬到地坪中央，被一大群男女老少围观。有时屏幕上雪花点太多，或扯成了烂布条，大家就大喊"小付（电工）快来"，要他检查和调整天线。有些老人忍不住去电视机后面东摸西摸，想知道人影子到底躲在哪里了。

新来的书记也来看了一眼，同谁也不说话。听说她原是一位铁姑娘，能犁能耙的狠角色，是组织重点培养的对象，但近来居然也惹领导生气了。事情是这样：领导不批准她结婚，要求她晚婚，她却我行我素，强压着公社民政干事开了结婚证，同一名现役军官圆了房，给同事散了纸包糖。昨天，县委副书记坐一辆吉普车赶来，大声质问她党性到哪里去了，组织纪律到哪里去了，还要不要政治前途？身为一个公社书记，还抹雪花膏，烫刘海，哪有一点铁姑娘的样子，是要当资产阶级的大小姐吧？……

难怪她到现在也没什么好脸色。厨房里的胡师傅偷偷说："妹子大了不能留呵，留来留去留成仇。"

## 10月21日

几天前收工时，看见革辉、房胖子（胡子房）几个笑眯眯的，两人操锄头把，一人操步枪，来大队部东张西望，探头探脑。原来是县里下达紧急通知，要求各地打狗，据说狂犬病在蔓延，已有人和牛被狗咬死了。当时我就发现，大黄狗不知何时已不见了，是不是已被他们打了吃了，吃出了他们的笑容满面，不得而知。

没想到，今天居然听到了狗叫，是熟悉的声音。我跑出去，发现大黄狗悬吊着一条腿，想必已被打残，在山坡上一拐一拐地转悠，全身瘦了一圈，皮毛乱糟糟的。它冲着我们叫，但我召唤好几次，它也不下坡，甚至一旦我靠近，它就瞪大眼，一边退一边叫得更凶，声音更尖厉和嘶哑。也许它已精神错乱，认不出我了。或者它恐惧而愤怒，已对人类统统失去了信任。那它还叫什么呢？是表达对熟悉家园的彻底绝望？

最后，不知道它去了哪里。

## 10月24日

这两天还是没有大黄狗的影子，也没有它的声音。只有丙崽躲在柱子后面，冲着我抹鼻涕，有一声没一声地嘟哝："× 妈妈……"

好像是要告诉我什么事，他说不出来的事。

10 月 26 日

我相信，它再也不会回来了。


11 月 8 日

虾子（鲍晓明）跑供销，路过天井，来住了一晚。好久不见，他眼下穿皮鞋、戴手表、抽常德牌香烟，公社干部都抽不起的，已活得焕然一新。他说反正招工无望，自己与朋友们合伙，已在岳阳搞了个社队企业，做化工产品，赚了不少钱。要不是遭了一次水灾，还要赚更多的钱。他说起一些老同学，不少都成了"游击师傅"：谁在做冷铁，谁在做槟榔壳子，谁在做教具，谁在做铸件翻砂……都不会比招工差，也不会比病退的差。这叫什么？这叫《国际歌》里唱的："从来没有救世主，全靠我们自己！"

我说大队上正在想办法拉电，变压器已经有了，还缺线材，缺水泥电杆，需要钢筋和水泥，问他有门路没有。他说有是有，但只能走黑市，没正规发票，也没计划指标，全部走现金，就看你们敢不敢。


11 月 16 日

接虾子信。他要龙光直接去长沙找他，线材一类问题不大。至于办厂，他说大队上出地出房子，赵老师说可以考虑来办一个，做变压器[1]。这东西眼下特别缺货，做起来无

[1]城市里监管相对严一些，因此当时某些拿不到生产许可证和质检证的民间小企业，更愿意以暧昧的"社队企业"为名，转移到偏僻乡下。

非是给矽钢片绕铜线，这些事农民经过简单培训，也可以做。但条件是：企业要承包，交足集体的，其余归自己，此事先要约法三章。

龙光大概是在拉电的事情上受足了气，满口答应，说厂子怎么办都行，只要不电死人，上缴好商量，比如每年给大队上缴十几吨碳铵就行。不过他事后又悄悄说，他一个亲戚脚痛，到时候看能不能在厂里安排一下。

## 11月24日

盖房是大事，农民对木匠、泥瓦匠都客气，总是酒肉招待。否则，据说东家得罪了他们，他们就会暗暗做手脚，比如在梁上画个符，在正梁上砍三斧，那么这一家以后就不得安宁，不是人生病，就是发火灾，或者田里绝收。若是东家欠工钱，他们到年底还收不到账，就会燃一根香，在东家外面走三圈，让东家以后生不如死。

今天的消息是，龙醒子无功而返，钢筋和水泥好像还是难买。这样，年底前不一定能通电，办厂的事更是天知道。

## 12月28日

事情来得很突然。新心（被）招工了，去长沙第三医院报到。几乎是同一时刻，她也撞上大运，被长沙二轻局医药公司录用，手续很快办完，连（学校的）欢送会都来不及开。昨天，她提着行李袋和提桶，我挑一担箱子和被包，一同乘火车回到长沙，径直去了她妈的办公室，正是上午下班的点。她妈在桌子那边摘下眼镜，恍惚了好一阵，不知道发生了什么，好像根本不相信女儿已回到身边，不相信这次回与往常的回大不一样。

她肯定没想到事情来得这样突然，不过还拿得住，或者还在琢磨和疑惑，既没哭，也没怎么笑，只是把我们拍了又拍，说吃饭吧，去吃饭吧。

伯母大人，我算是把你的丑小鸭完好无损地送回来了。

下午回家一趟，晚上赶火车返程。

## 12 月 29 日

平时离家出门，妈妈从不远送。但昨天妈妈执意要送，说赶火车还来得及，于是在越来越暗的黄昏里，陪我走过一个公交站，又走过一个公交站。我知道她想说什么，就说："我不会怪爸爸的。"

她没说话。

我又说："我现在一切都好，你不用担心。"

她看我一眼，还是没说话，大概好多话不知该如何说。

没错，我已成为（长岭）最后一个知青了，可能就是同命运顶上了。但我不会说孤单，不会说痛苦，不会说绝望，不会说我想哭。我横下一条心决不！一个声音在对我说："这里就是罗德岛，这里有玫瑰花，就在这里跳舞吧！"

## 12 月 30 日

今天刚走出大队部，就看见田垄那边，远远地有一个小人影，看上去眼熟，却觉得根本不可能——她前一天刚被我送走，怎么会又出现在这里？但人影越来越近，真是那种有点内八字的步态，还有熟悉的红头巾。太奇怪了呵，还果真是！

她不是要来补上什么遗漏的交代，只说有一个手续没办好，得回来处理。大概是这样的吧。但她没料到，一见面，我这里也有重要消息：就在昨天，我也被县商业局录用了——其实是县里怕几个知青笔杆子都被挖走，就让文化馆借了商业局一个指标，赶紧把我截住。来办手续的黄同志还说，这是个干部指标，三十元月薪起步，没有学徒期，应该说是不错的，意思是我不要瞧不起这一个好彩头。

这就是说，虽说分赴两地，但也就是前后相差两天，我与她差不多同时离开了长岭，毫无准备和猝不及防，一头撞入生活的大变化。算起来，巧了，从 1968 年 12 月（下乡），到现在刚好是六年。

## 12 月 31 日

一路顺利，到县文化馆报到。因为还没有宿舍可分配，我只能在客房暂住，这里有六张床。一个新馆长的乡下亲戚，好像是做裁缝的，老咳嗽，也临时住这里。

风飕飕的，好冷。

363

# 忆康濯先生

初见康濯先生时，他鬓白，干瘦，因个子高而背略驼，撑起的衣架子内有点空空荡荡，在我的印象中完全是一个老人的形象。

其实他当时还只有五十多岁，不过是在少年的眼光中提前成为一张老照片。他投身学潮的故事，奔赴延安的故事，在晋察冀边区出生入死的故事……在后辈看来都足够遥远，无疑增加了这张老照片的模糊度和沧桑感。

从老照片中走出来的他，却有活跃而灵敏的清晰风貌，甚至不无几分天真。据说他饭量小，睡眠也少，却能精神抖擞地连轴转，几乎是一种筋骨型的高能物质。他能准确叫得出来自各地业余作者的名字，说出他们作品中的人物和细节，记忆力堪称惊人。作为湖南省文联的资深主席，他同这些工人、农民、教师、小职员熟如老友，打成一片，时不时开个玩笑，有时说得兴起还会一屁股坐到办公桌上，虽戒了烟，却索要一支烟拿来嗅一嗅，大概是要延续自己烟友的身份，拉近与老友们的距离。

上世纪70年代末，正值新时期文学的破冰时期。想必是湖南省"第一大黑鬼"的受害经历，给他留下了对十年动乱的切肤之痛，他在随后的思想解放运动中挺身而出，勇倡改革和开放，常有惊人之议，成为老干部群体中的少数异类之一，因此也获得大批新锐中青年作家的尊敬和拥戴。我的短篇小说《月兰》在《人民文学》杂志发表，获得主编张光年（光未然）及编辑团队的全力支持，但因是一篇表现乡村生活的悲剧故事，被中国台湾和苏联的媒体转载，引起了舆论界激烈的争议。先生对此事似乎比我还着急。据说他在好几次会议上为这一作品辩护，又私下约我商议对策，还不把自己当外人，主动给我续写了上千字，加上一个"光明的尾巴"，以免我横遭可能的批判。

我不大理解他的政治经验，不觉得这个"光明的尾巴"有多好，而且随着时过境迁，管制尺度进一步宽松，这种文字防身术也逐渐变得多余。但他当年心急如焚"护犊子"，不把自己当外人的代笔疾书那一幕，仍是我心中恒久的温暖。

在他的力推之下，这篇作品获得省里一项重奖，算是对它在全国评奖中呼声甚高、却最终因争议而落选的一种弥补。

我后来才知道，他原名毛季常，祖籍为原湘阴县（后划入汨罗市）的毛家河，与我知青时代的务农之地同属一县，甚至相距不过数里。这使我后来读他的《水滴石穿》《我的两家房东》等作品时就多了几分亲切感，多了不少有关气味和声音的想象。我与他一同去北京参加会议，同住一室（**当时大家都习惯于这种多人合住的节俭制度**）时，还聊过不少汨罗江边的趣事。他说到家乡的姜盐茶，说到家乡的红薯粉，说到家乡的农民作家甘征文，一句句都扰动了我的青春记忆。他还说到家乡人为什么把上厕所说成"解手"——这是因为以前湘楚之地战乱频繁，战俘和囚犯多，上路迁移总是被严加捆绑，以一长绳连成串，其中缚两只胳膊为"大绑"，缚一只胳膊为"小绑"，只有到上厕所时他们才得以松绑，谓之"解手"。他的这一解释让我颇长见识，在我看来也是最富有历史感和逻辑性的说法。

聊得多了，见我兴奋不已，他不免冒出几分得意，说我们这些老东西肚子里还是有些货的，是不是？你们不要小看人咧，别以为只有你们年轻人玩什么"现代派""寻根派"，我们当年……嘿嘿，那才学也是不得了的啊！

这一刻，眼前分明是有趣顽童一个，哪是什么老人！

再往下说，他是不是还要同我比试一下诗词格律或者英语格言？

我与他曾相约找机会一同回汨罗看看，还说要把省内的中青年作家都约上。不料我迁调海南后不久，就听到他不幸病逝于北京的噩耗。一诺终成梦，生死竟两隔。一位饱经世纪风雨的文学"老延安"，一个在任何时候都不把自己当外人的瘦老汉，一脸不无孩子气的嘿嘿微笑，竟这样匆匆远去了。

2000年，我时隔二十多年后又回到湖南，回到汨罗，在山南水北之地筑庐而居，阶段性地晴耕雨读。当汽车沿着一江碧水向前飞奔，我常常会忍不住朝毛家河的方向看一眼，看看那里的山林、牛群、炊烟，看那里的依稀人影。我的目光在奔赴一个久远的约定。

# 放下写作的那些年

2018.9

此文最初发表于2018年《三联生活周刊》，是应约为该刊"中国改革开放四十周年"的纪念特刊而写

我1988年初去了海南，在相当一段时间里很少写作，但有关经历对后来的写作可能不无影响。

当时交通十分紧张。我选择大年初一动身，是火车上乘客最少的日子。全家三口带上了行李和来自海南的商调函。原单位曾挽留我，一位省委宣传部副部长后来专程追过海峡。我让他看我家的行李，说我家房子转让了，家具也卖了，还回得去吗？他看到这种情况，只好叹了口气，放我一马。

海南当时处于建省前夕，即将成为中国最大的市场经济先行区。这让我们这些满脑子自由、民主、市场经济的人兴奋不已。当时的拟任省长还公开宣布，将全面放开民营出版，给人更多的想象——我几乎就是冲着这种想象去的。

不过，市场经济这东西有牙齿，六亲不认，专治不服，远不是那些知识沙龙里的高谈阔论，不是我们这种小文青的"诗和远方"。一到海南，我就发现那里的"单位"已变味，与内地很不一样，既不管住房，也不发煤气罐，让你办刊物什么的，就给一个光溜溜的执照，一分钱的皇粮也没有，连工资都得靠你们去"自我滚动"。几乎不到一个月，我就发现自家的全部积蓄，五千元存款，哗啦啦消失一大半，眼看就要见底。用自家的积蓄给自己发工资，摸摸脑袋，定了个每月两百，感觉也怪怪的。

　　起步时，我们只能给发行商打工。根据谈下来的合同，我们每编一期杂志，只得到两万元，开支稿费、工资、房租后就所剩无几。因为人家有资本，有市场经验和营销网络，我们就只能接受这种傍大款的身份。到后来，大款也傍不成了，因为人家要干预编辑，就像后来某些投资商干预拍电影一样，直接要你下哪个角色，上哪个角色，连张艺谋这种大导演也顶不住。我们当然不干，但谈来谈去，总是谈不拢，我和同事只好收拾满桌的稿件，塞进挎包，扬长而去。那一天我们携带一包稿件茫然地走在大街上，吃几碗汤面充饥，还真不知道自己下一步该如何活。

　　是否得灰溜溜地滚回去，乞求旧体制的收留？

　　这大概算是全国最早的一批"文化产业"试水。我们既不能走"拳头加枕头"的低俗路线，又要破除旧式的"大锅饭"和"铁饭碗"，一开始就腹背受敌，两面应战——没有一个甜饼和鲜花的市场在等你。市场差不多只是有待拼争、格杀、创造的一种未知。

为了活下去，我们这些书生只能放下架子，向商人学习，向工人、农民、官员等一切行动者学习。我们派人去书商那里跟班瞟学，甚至到火车站货场，找到那些待运的书刊货包，一五一十抄录人家的收货地址，好建立自己的客户关系。编辑们还曾被派到街上，一人守一个书摊，掐着手表计数，看哪些书刊卖得快，看顾客的目光停留在什么地方最多，看一本杂志在众多书刊密集排列时"能见区块"在哪里……这些细节都透出了市场的心跳和呼吸。

正是通过这种学习，通过各种鼻青脸肿的摸爬滚打，我们后来才逐步脱困，一本严肃的综合类文化杂志，终于扛住了低俗潮流，最好时居然能发行120万册（*这个数字说给外国同行听，总要惊得他们两眼圆睁*）。受制于当时落后的印刷技术，我们每期杂志甚至要找三个印刷厂同时开印，才能满足市场需要。那时钞票最大面额是十元，当有些客户用蛇皮袋提着现钞来订货，杂志社所有人都得停下手头工作，一起来数钞票。更有趣的是，一位出纳员去海口市某税务分局交税，回头高兴地给我打电话，说税务局说从未听过这种税，账上没这个科目，要她把钱拿回来。我在电话里一时同她说不清，没工夫掰扯偷税就会有内伤、隐患、定时炸弹一类大道理，只是说：你理解要执行，不理解也要执行，哭着喊着也要把税交进去再说——那一次我们强行缴税二十多万。

税务部门中当然也有乱来的。有一次，在另一地，某官员要求我们交税七八万，把我们的财务人员也唬住了。我几乎一夜未眠，一条条仔细研究税法，最后据理力争，硬是把重复的交税给抠了回来。

靠这种死抠，我们把一本杂志、一张周报、一个函授学院，统统办成了赢利大户，又活生生进一步办成了公益事业。杂志社曾给海口市福利院等机构大笔捐款。函授学院也按30%的大比例奖励优秀学员，几乎是只要认真做了作业的，就能获得奖学金三百元至一千元不等，并登上《中国青年报》的表彰公告——而他们交的全部学费只有每人两百。

其实，穷日子不好过，后来的富日子更不好过。一个成功团队总是免不了外部压力剧增，须应对剽窃、举报、敲诈、圈套、稽查、恐吓信等十面埋伏，而且几乎必然滋生涣散和腐败的冲动。按经济特区当时的体制和风气，我们事业单位企业化管理，从无任何国家投入，因此收益就给人某种模糊的想象空间。有一天，头头们在一个大学的操场开会至深夜两点。无非是有人提出"改制"，其实就是后来经济学家们说的MBO，即管理层收购，实现私有化的一条便道——只是当时还没有这些词。我大体听明白了以后，明确表示反对，理由是：其一，这违反了我们最初制定的全员"公约"，突然在内部分出三六九等，很像领导下手摘桃子。其二，这扭曲了利润产生的实际情况，因为我们并非资本密集型企业，现在也根本不缺钱，由管理层"出资"，实属多此一举，不过是掩盖靠智能和劳动产生效益的过程真相。如果连"出资"这种合法化的假动作也没有，那就更不像话。

争到最后，双方有点僵，直到对方不愿看到我辞职退出，才算了。某些当事人的心结当然并未完全解开。在海南以及全国当时那种"转型"热潮中，他们肯定觉得自己更代表市场和资本的逻辑，更代表所谓改革的方向。自那以后，团队内部的消极、懈怠、团团伙伙、过分享乐等现象日增，根子就在这里。

难道我错了吗？为此我查过资料，发现瑞典式的"社会主义"收入高低差距大约是7∶1，而我们的差距接近3∶1，包括住房、医疗、保险、住宅电话等福利，都是按需分配结合按劳分配来处理。这在早期的市场化潮流中确实显得另类，似乎不合时宜。但由我设计的一种员工持股的"劳动股份制"，有点像我当知青时在乡下见过的工分制，还有历史上晋商在"银股"制之外的"身股"制，既讲股权这种资本主义的元素，也讲劳动这种社会主义的元素，确有点不伦不类，却也大体管用。比如凡是同我们接触过的人，那些做印刷、运输、批发零售什么的，都曾以为我们这一群人是个体户，说没见过哪个公家单位的人会这样卖命干。既如此，有什么不好呢？

让人不易明白的是，难道把团队财富都变成了领导的私产和私股，员工们就会干得更加心花怒放和热火朝天？

多年后我在美国见到一位经济学家，他倒是对我们当年的制度设计特别感兴趣，对这个区别于资本股份制的"劳动股份制"特别有想法，一再要求我把相关资料复印给他，好像要做什么研究。

我很抱歉，这个不伦不类的新制度伤了某些人的心。根据内部公约，作为一把手，我在每个议题上顶多只有两次否决权，并不可随心所欲。但就靠这一条，也靠一些同道者支持，我多少阻止了一些短视的民主，比如有人主张的MBO，比如更多人不时嚷嚷的吃光分光——那意味着放眼于长远的设备投资根本不能搞，社会公益事业更不能做，国家税收能偷就偷，如此等等。我这样说，并不妨碍我肯定民主的各种正面功能，比如遏制腐败、集思广益、大家参与感强等。在这一方面，民主其实是越多越好。

上世纪90年代后期，海南的法规空间逐渐收紧和明晰，我参与省作协、省文联的管理，与此前的企业化管理相比，单位的性质已变化，"劳动股份制"是用不上了，但定期民主测评一类老办法还可延续，且效果不错。包括我自己，因有一段时间写作，好像是写《马桥词典》那阵，去单位上班少些，出"勤"得分就唰唰地往下掉——群众的眼光好尖啊，下手够狠，一心要修理我，根本不管我委不委屈。

这些故事大多没有进入过我的写作，但我日后在一篇文章里，写到"真理一分钟不与利益结合，民众就可能一哄而散"。这句话后面是有故事的。我在《革命后记》中写到"乌托邦的有效期"，写到纯粹靠情怀支撑的群体运动，包括巴黎公社那种绝对平均主义的理想化模式，其有效期大概只有"半年左右"。这句话后面也是有故事的。90年代晚期，我参与《天涯》杂志的编辑，收到温铁军先生一篇长稿，标题大约是《现代化札记》。同作者沟通以后，我建议改题为《中国的和人民的现代化》。之所以突出和强调"人民的"，这后面同样是有故事的，有无限感慨的。

往事风吹云散，会不会进入我以后的写作，我不知道。其实，它们是否早已潜入笔下的字里行间，自己也不大清楚。

## 萤火虫的故事

2014.11

此文为散文集《夜深人静》自序，中信出版社，2015年版

在作家群体里混上这些年，不是我的本意。

我考中学时的语文成绩很烂，不过初一那年就自学到初三数学，翻破了好几本苏联版的趣味数学书。"文革"后全国恢复大学招生考试前，我一天一本，砍瓜切菜一般，靠自学干掉了全部高中课程，而且进考场几乎拿了个满分（当时文理两科采用同一种数学试卷）——闲得无聊，又把仅有的一道理科生必答题也轻松拿下，大有一种逞能炫技的轻狂。

我毫不怀疑自己未来的科学生涯。就像一些朋友那样，一直怀抱工程师或发明家之梦，甚至曾为中国的卫星上天懊丧不已——这样的好事，怎么就让别人抢在先？

黑板报、油印报、快板词、小演唱、地方戏……卷入这些底

层语文活动，纯粹是因为自己在"文革"中被抛入乡村，眼睁睁看着全国大学统统关闭，数理化知识一无所用。这种情况下，文学是命运对我的抚慰，也是留给我意外的谋生手段——至少能在县文化馆培训班里混个三进两出，吃几顿油水稍多的饭。可惜我底子太差，成天挠头抓腮，好容易才在一位同学那里明白"论点"与"论据"是怎么回事，在一位乡村教师那里明白词组的"偏正"关系如何不同于"联合"关系。如果没有民间流传的那些"黑书"，我也不可能如梦初醒，知道世界上还有契诃夫和海明威，还有托尔斯泰和雨果，还有那些有趣的文学啊文学，可陪伴我度过油灯下的乡村长夜。

后来我终于有机会进入大学，在校园里连获全国奖项的成功来得猝不及防。现在看来，那些写作确属营养不良。在眼下写作新人中闭上双眼随便拎出一两个，大概都可比当年的我写得更松弛、更活泼、更圆熟。问题是当时很少有人去写，留下了一个空荡荡的文坛。国人们大多还心有余悸，还习惯于集体噤声，习惯于文学里的恭顺媚权，习惯于小说里的男女都不恋爱、老百姓都不喊累、老财主总是在放火下毒、各条战线永远是"一路欢歌一路笑"……那时节文学其实不需要太多的才华。一个孩子只要冒失一点，指出皇帝没穿衣服，便可成为惊天动地的社会意见领袖。同情就是文学，诚实就是文学，勇敢就是文学。宋代陆放翁说"功夫在诗外"，其实文学在那时所获得的社会承认和历史定位，原因也肯定在文学之外——就像特定棋局可使一个小卒胜过车马炮。

解冻和复苏的"新时期文学"，在某种程度上很像五四新文化大潮时隔多年后的重续，也是欧洲启蒙主义运动在东土的延时补课，慢了一两拍而已。双方情况并不太一样：欧洲人的主要针对点是神权加贵族，中国人的主要针对点是官权加宗法；欧洲人有域外殖民的补损工具，中国人却有民族危亡的雪上加霜……但社会转型的大震荡和大痛感似曾相识，要自由、要平等、要科学、要民富国强的心态大面积重合，足以使西方老师们那里几乎每个标点符号，都很对中国学子的胃口。毫无疑问，那是一个全球性的"大时代"——从欧洲 17 世纪到中国 20 世纪（*史称"启蒙时代"*），人们以"现代化"为目标的社会变革大破大立，翻天覆地，不是延伸和完善既有知识"范式"（*科学史家 T.S.Kuhn 语*），而是创建全新知识范式，因此释放出超常的文化能量，包括重新定义文学，重新定义生活。李鸿章所说"三千余年一大变局"当然就是这个意思。历史上，也许除了公元前古印度、古中东、古中国、古希腊等地几乎不约而同的文明大爆炸（*史称"轴心时代"*），还鲜有哪个时代表现出如此精神跨度，能"大"到如此程度。

　　不过，"轴心"和"启蒙"都可遇难求，大时代并非历史常态，并非一个永无终期的节日。一旦社会改造动力减弱，一旦世界前景蓝图的清晰度重新降低，一旦技术革新、思想发明、经济发展、社会演变、民意要求等因缘条件缺三少四，还缺乏新的足够积累，沉闷而漫长的"小时代"也许就悄悄逼近了——前不久一部国产电影正是这样自我指认的。在很多人看来，既然金钱已君临天下，大局已定，大势难违，眼下也就只能干干这些了：言情，僵尸，武侠，宫斗，奇幻，小清新，下半身，机甲斗士……还有"坏孩子"的流行人格形象。昔日空荡荡的文坛早已变得拥挤不堪，但仔细品一品，其中很多时尚文字无非是提供一些高配型的低龄游戏和文化玩具，以一种个人主义写作策略，让受众在心智上无须长大，可以永远拒绝长大，进入既幸福又无奈的自我催眠，远离那些"思想"和"价值观"的沉重字眼。大奸小萌，或小奸大萌，再勾兑一点忧伤感，作为小资们最为严肃也最为现实的表达，作为他们的华丽理想，闪过了经典库藏中常见的较真和追问，正营销一种抽离社会与历史的个人存在方案——这种方案意味着，好日子里总是有钱花，但不必问钱来自哪里，也不必问哪些人因此没钱花。中产阶级的都市家庭，通常为这种胜利大"抽离"提供支付保障，也提供广阔的受众需求空间。

文学还能做什么？文学还应该做什么？一位朋友告诉我，"诗人"眼下已成为骂人的字眼："你全家都是诗人！"这说法不无夸张，玩笑中却也透出了几分冷冷的现实。在太多文字产品倾销中，诗性的光辉，灵魂的光辉，正日渐微弱黯淡甚至经常成为票房和点击率的毒药。

坦白地说，一个人生命有限，不一定遇上大时代。同样坦白地说，"大时代"也许从来都是从"小时代"里孕育而来，两者其实很难分割。抱怨自己生不逢时，不过是懒汉们最标准和最空洞的套话。文学并不是专为节日和盛典准备的，文学在很多时候更需要忍耐，需要持守，需要旁若无人，需要烦琐甚至乏味的一针一线。哪怕下一轮伟大节日还在远方，哪怕物质化和利益化的"小时代"闹腾正在现实中咄咄逼人，哪怕我一直抱以敬意的作家正沦为落伍的手艺人或孤独的守灵人……那又怎么样？

我想起多年前自己在乡村看到的一幕：当太阳还隐伏在地平线以下，萤火虫也能发光，划出一道道忽明忽暗的弧线，其微光正因为黑暗而分外明亮，引导人们温暖的回忆和向往。

当不了太阳的人，当一只萤火虫也许恰逢其时。

换句话说，本身发不出太多光和热的家伙，趁新一轮太阳还未东升的这个大好时机，做一些点点滴滴岂不是躬逢其幸？

这样也很好。

2018.11

此文为影像集《到此人间
一游》自序，辽宁美术出
版社，2020年版

# 人生忽然

我以前很少照相，总觉得留影、留手稿、留交往记录，是作家自恋和自大的坏毛病，无非是哪个家伙一心要进入文学史和博物馆，时刻准备着捏住下巴或目光深沉的姿态——累不累啊？

因此，我总是年少气盛地一再避开镜头，无意积攒那种狗狗撒尿"到此一游"式的留影，即便有过海鸥或尼康的相机，也多是给别人照。

没想到近一二十年，电子数码技术使摄影的成本大降，全民摄影蔚然成风，一个"读图时代"悄然到来。有关文字退场的预言虽过于夸张，但影像的五光十色琳琅满目，重塑了人们对生活的感受，其巨大的冲击力、感染力、影响力非同小可。好几次，我给学生们上课，发现自己哪怕讲出了满堂的惊呼或大笑，他们也并未记下多少，倒是 PPT 的一些影像更能在他们那里入脑入心，引来一次次议论和回味。一只枯瘦的手，一位前贤的冷目，一堵斑驳的乡村老墙，一段雪域森林的清晨航拍……似胜过千言万语，向他们传达了更多说不清甚至不用说清的概念与逻辑。

古人说："有诸内者必形诸外。"这不仅是说人体，也是说世界。一个世界本就是形貌多变的世界。一种对世界的真切认知，必是记忆中有关影像鲜活与丰饶的认知，决不止于文字——对于实践者们来说，对于相信"眼见为实"和"有图有真相"的很多人来说，恐怕尤其如此。所谓有内必有外，有品必有相，有义理必有声色，我的一本长篇随笔《暗示》（2002 年），曾集中记录和整理了自己在这方面的感想。也是在那时，回望自己多年的文字生涯，我相信独尊文字的态度无异于半盲，差一点后悔自己大大辜负了相机，暗想自己若能年轻一二十岁，恐怕会从头开始，去兼任一个"读图"的影像工作者。

可惜自己已扛不动那么多摄像器材了，很多事只能留给年轻人去干。说起来，我这一辈子虽留影甚少，虽匆匆撇下太多无影无形的往日，但亲历、见证、参与了中国"三千年未有之大变局"，大风大雨，天翻地覆，惊心动魄，又何其有幸。没想到的是，承蒙辽宁美术出版社诚邀，这一次我仓促应召，不得不临时找几位朋友帮忙，好歹收集一些零落旧照，勉强编印一本——尽管我自己不知道这样做于读者是否有些多余，一次事后弥补是否也来得太迟。

我想起多年前去拉萨一朋友家，未见他家有任何已故亲人的旧照。那位藏族朋友说，按照他们的习俗，销毁亡人旧照以及所有遗物，有利于转世轮回，让他们回到一个干干净净的陌生世界。那么，依这种说法，我的这本影册岂不是还自弃"轮回转世"？就不准备下辈子再与这个世界重逢了？

好吧，就这一辈子吧，我其实并未打算日后再来。

是的，我的亲人，我的朋友，我所有牵挂的世间生命，我曾在 20 世纪和 21 世纪到此人世间一游，陪伴了你们这些岁月，幸福已经足够。

一次性的生命其实都至尊无价，都是不可重复的奇缘所在。且让我们相互记住，哪怕记不了太久，哪怕一切往事都在鸿飞雪化，尽在忽然瞬间。